星河

黑陶

大/型/新/诗/丛/刊
2016年【冬季卷】

骆寒超 黄纪云 主编

人民文学出版社

图书在版编目(CIP)数据

黑陶 / 骆寒超，黄纪云主编. —北京：人民文学出版社，2016（星河）
ISBN 978-7-02-012276-9

Ⅰ. ①黑… Ⅱ. ①骆… ②黄… Ⅲ. ①诗集—中国—当代 ②诗学—中国—文集 Ⅳ. ①I227 ②I207.2-53

中国版本图书馆 CIP 数据核字(2016)第 313364 号

责任编辑：李明生
责任校对：菡　苕
封面题签：黄纪云
封面摄影：恒　父
美术编辑：戴小粟
篆　　刻：姚伟荣
内文插图：麦浪　等
责任印制：洛　依
印制助理：庄　红

人民文学出版社出版
http://www.rw-cn.com
北京市朝内大街 166 号　邮编：100705
浙江广育爱多印务有限公司　新华书店经销
字数 340 千字　开本 787×1092 毫米 1/16　印张 15.25　插页 1
2016 年 12 月北京第 1 版　2016 年 12 月第 1 次印刷
ISBN 978-7-02-012276-9　定价 39.00 元

如有印装质量问题，请与本社图书销售中心调换。电话：010-65233595

目录 MULU

XINGHE 星河

主　编
骆寒超　黄纪云

执行主编
　　骆苡

责任编辑
李明生　菡　苢

星河浮雕
主持人　周小波

星河组曲
主持人　怀　尘

繁星满天
主持人　袁丹丹

理论与批评
主持人　安　操

黑陶
HEITAO
【冬季卷】
DONGJIJUAN

01　XINGHE　星河浮雕

- 1　桑克的诗
- 5　马永波的诗
- 9　李郁葱的诗
- 13　沈彩初的诗
- 17　大卫的诗
- 20　古筝的诗
- 23　宁明的诗
- 26　风荷的诗
- 30　涂国文的诗
- 34　骆蔓的诗
- 37　苏波的诗
- 41　孙昌建的诗
- 45　离离的诗
- 48　曹谁的诗

51　XINGHE　星河组曲

- 51　指引（组诗）……翠　薇
- 53　一个人的村庄（组诗）……海　默
- 56　被树梢刮疼的风（组诗）……大　梁
- 59　春花秋月又棹歌（组诗）……陈美明

- 62　川东偏北（组诗） ················· 符纯荣
- 64　时光里（组诗） ··················· 高　凯
- 66　银质的寂寞（组诗） ··············· 古　剑
- 68　故乡（组诗） ····················· 陈柏林
- 70　贴身的温度（组诗） ··············· 刘素珍
- 73　故乡之殇（组诗） ················· 孟甲龙
- 75　秋风瘦（组诗） ··················· 蝶小妖
- 77　用一只眼与世界卑微的相遇（组诗） · 陈鱼观
- 80　暗流涌动（组诗） ················· 郭全华
- 82　金秋，说爱给那些稻谷（组诗） ···· 刘　霞
- 84　修行（组诗） ····················· 韦汉权
- 86　倒退的火车（组诗） ··············· 詹义君
- 88　万马奔腾（组诗） ················· 狄　芦
- 91　最后一片雪击伤我的头颅（组诗） ··· 刘海潮
- 93　你一个人在乡下酒绿（组诗） ······· 潘志远
- 95　秋色辞（组诗） ··················· 霜　剑
- 97　在江南（组诗） ··················· 缪立士
- 100　流淌在新疆的情思（组诗） ········ 刘子虚

102 繁星满天

- 102　北纬27度，遇见百山祖（外五首） ··· 乔国永
- 103　冬日（外六首） ··················· 马汉良
- 105　献给少女（外六首） ··············· 绿　木
- 107　大雪就要来了（外七首） ··········· 程佩华
- 109　离婚（外四首） ··················· 慧　子
- 110　初恋的样子（外五首） ············· 季承人
- 113　夜的女儿（外四首） ··············· 王国骏
- 115　后院，一个空酒瓮在看雪（外七首） · 许志华
- 117　桃花一定是一个女子的名字（外四首） · 林海蓓
- 118　七夕书（外六首） ················· 赵幼幼
- 120　马杜桥的雨（外五首） ············· 聂　泓
- 122　临江踏秋（外五首） ··············· 刘叶屏

页码	标题	作者
124	一片红色的布(外五首)	雪 潇
125	给德里克·沃尔克特(外五首)	乐思蜀
128	弯刀(外一首)	曾 瀑
129	小妇人(外一首)	卢海娟
130	荷塘,或江湖(外三首)	黄一叶
131	如潮诗句(外一首)	赵 强
132	锐角中的远视(外三首)	崔汝先
134	我想去远方(外四首)	周西西
135	入雨的唇香(外三首)	赵 春
137	对话	高 瑛
138	暮歌(外四首)	赵目珍
139	漫游者(外四首)	李建田
141	牵手(外四首)	夏敬渺
143	南方空瓮子(外三首)	郑亚洪
144	懵懂的期许(外四首)	倚 诺
146	村史馆(外四首)	川北藻雪
147	无花果(外四首)	范文澜
149	瑶琳仙境(外六首)	王静静
151	刺痛(外四首)	冯信子

星河长诗

| 153 | 祈祷辞(长诗) | 撒玛尔罕 |

散文诗专辑

162	一朵桃花把村庄的夜色温暖(组章)	张九龄
164	心灵的微波	陈蕊英
168	烟尘远逝(组章)	一 秋
170	禅茶一味	阿 土
172	心中的风景(组章)	孙培用
174	大地的另一种声音(组章)	晓 弦

178　美丽的玛曲随想（组章）……………………………………刘志宏
180　山中的秋 …………………………………………………………李　钧
183　灵魂寄居一棵苦楝树 ……………………………………………唐雅冰

理论与批评

185　试论中国新诗的色彩美 ……………………………………江锡铨
197　新世纪诗歌现场研究 ………………………………………孙晓娅
202　在浮躁中寻觅安静与升华
　　　——港澳散文诗散论 ……………………………………蒋登科
206　胡适：新诗革命的战略家 ………………………………骆寒超
217　"群体性呼唤"与"新诗戏剧化"
　　　——艾青抗战叙事诗的艺术探索 ………………………邱景华
229　渺小的伟大　卑微的高贵
　　　——评伊甸的《黑暗中的河流》…………………………陈　卫

黑陶
HEITAO
【冬季卷】
DONGJIJUAN

桑克的诗

冬夜里的巴士

窗面没冰没霜，
只有重重的哈气，流动的水痕，
飞行的子弹什么也看不见，
冰冷的栏杆盯着报纸，
越来越暗的标点。

巴士拐过博物馆，
拐过早已沦陷的尼古拉教堂，
仿佛一块生锈的早餐面包，
贴着冰面滑翔而来，
暗红的鬼魂。

关闭耳朵的开关，
把场景挪到电视或者影城之中，
提高放映速度，就会更加逼真，
从远处看是庞然大物，
从近处看是奇怪旅人。

缓慢地，带着飞扬的尘屑，
那些随着巴士抖动的人体，
那些躲在口罩后面微张的嘴巴，
被自身掀起的风吹动的胡须，
手指正在弯曲。

更多的噩耗
是冷和夜色共同传递的。
惊恐的眼和喜爱的眼联合制造
铝合金的人心，
并且具有凝冰的风气。

冬　日

今天的吉祥物是考拉，
昨天是糙苏。但是圆叶不等于圆滑，
不等于必须对冬天怀着临时工般的
洞见或者异见。

巴士仿佛带支架的面包，
在积雪峡谷间跟跟跄跄。
口罩里的呼吸突袭眼镜，
细腻白霜把心蒙在鼓中。

蒙在灯笼里，灯泡里，
仿佛钨丝或者小说别有用心的情节。
不要脸的导播把死心眼的追随者
引向荒凉的歧途。

金色的方便面嘲笑铁色的
黄昏或者蒜色的故乡，
而所有的友谊都将飞到我们的面前。
独立妙不可言。

给杰瑞·斯隆

我马上去密山。
坐地铁去东站，然后经过无数的雪野和无数的小山。
没有王维写过的小山。
涅斯梅洛夫肯定见过这些雪野但是我不能确认
他曾经写过。

我告诉你一件事。

近来发生的。每当午夜，
而且我妻子不在家的时辰，我都会产生
一种奇异的恐惧感。
与斯大林恐惧并不相同。

其实就是窒息感。
张着嘴，胸闷，首先怀疑窗帘太厚，
然后拉开窗帘，其次怀疑窗户过于密闭，
然后拉开窗户，肮脏的气息
源源而来。

耳边紧贴一种
虚无而坚硬的东西，
没有声音，但却接近一张
潮湿的麻纸。
你肯定想象不出这种刑法在清朝如何盛行。

各种不敢睡。
如果妻子在身边，我就不怕
或者说我就没有这种担心。
我现在只能硬撑着等着天亮，
等着气球泄气。

不安的涡轮飞机
从卧室逡巡到起居室，
又从那里逃到餐厅。
它并没有躲什么，
只想使自己尽快疲惫。

看书，看旧电影的网络文件，
让它们占据心脑的仓库。
什么都别想，尽快回到旅行准备工作之中：
车票在哪里，记者证在哪里，
还有零碎的纸币。

脏 雨

你在深圳很难理解
哈尔滨昨天长出青草的新闻
对沦陷区或者集中营的意义。
收音机被噪音干扰。

有人不高兴。
哈尔滨人高兴得几乎疯了。
为了这点儿绿色，他们几乎忍耐了冷一辈子。
比一生漫长的服从。

你在板斧镇没有被强制过扫雪。
未曾经验的语文学家编撰词条的时候必须注意
强制这个词的首要义项是什么。
我的中文系白读了。

帮助青草扩张自己喜悦的
是及时得不能再及时的雨。
而且不是毛毛雨，而是急不可耐的新郎一样的
轰隆隆而过的坦克一样的阵雨。

仍把此刻当成冬末的人
并没有带伞，自然不能躲过阵雨轰炸机的空袭。
带着雨滴跑进候车室的女文青
从自己头发的雨滴之中发现乡土气息。

混合雾霾与烟尘
使之对早春喜悦的评价汞柱渐渐回落。
一个起伏一个早晨就了结了。
青草和脏雨，还是看重前者吧。

存在感

存在感来自
呼吸，来自病。
来自写诗——
只有诗人承认。

来自阴雨
或者阴云，
而晴朗对应于戏剧，
如同电影与风雷。

仅仅是写字癖——
医生说的近于真理。
当然与草药

没什么关系。

我提供的
其实只是解释。
五花八门而且仍能
符合逻辑。

是逻辑而非因果。
这是风景之于地质学
金光闪闪的庙宇。
强调不是回忆。

不是阴沉的知识。
地铁出口的
上下行滚梯
并未遵循三一律。

才子并未对应于
美貌的妇女。
青春并非全都值得
考古学追忆。

活着
是第二重要的——
来自第一名的
严峻问题。

疑心病

我把固定电话砸了——
奇怪的回响终于消逝。
但是尚存的恐惧逼迫我搜寻壁纸,
搜寻每一个房间每一盏灯的基座。

我是以与太太争执家务的名义
把固定电话砸了——
每一个理由看起来都合情合理。
太太无辜的眼泪。

对不起,夫人。
现在听巴赫就是真正地听巴赫。

花撒不再扮演其他角色。
我不必冒充毫无防备的洗碗工。

交换美妙的寿司。
桑葚,葡萄和菠萝悉心描绘我们的未来。
手机颤抖——奇怪的回响突然插进交谈中间
天啊,我一阵晕眩。

项羽不肯过江东

乌江多么平静,
无风自然就没有波纹。
芦苇静静伫立,
仿佛正在睡觉的乌骓。

血滴从指尖垂落,
在水面形成扩散的唱片。
我的心中也曾有一张这样的唱片,
在那黑暗而灿烂的前夜。

虞啊,虞啊,
离别就在眼前。
我们早晚都会告别灰暗的尘世,
而你却执意将日期提前。

以前想说而没有说的,
如今只能说给阵阵的晚风。
而刘氓冒充而跑调的故乡之歌,
只是为了捣乱。

我保存一点涟漪,
在这绝望而难以忍受的秋天。
死亡和残缺并不可怕,
我只是担心露宿的年轻杯盏。

虞啊,虞啊,
平静果真来自虚无而非洞悉?
虞啊,虞啊,
甜笑果真出自内心而非岩石?

猜测只是为爱,

而历史真相，历史也不曾了解。
我已杀掉这么多忘恩负义的汉人，
不必忧虑粗莽的虚名。

埃德蒙顿路的鹅毛雪

我们得到的终将失去，
如除夕抢来的红包，如这会子
正在降落的混合胶水的鹅毛雪。

我们终将失去我们的一切，
失去名义上归我们所有而实际上只有
70年使用权的房屋和命运。

复杂的鹅毛雪降落即被
刚由冻土叛变而来的热地
异化为含着渣滓的液体。

没有单纯的泥泞和冰，
正如没有单纯的看起来
虚伪的名之以雨水的节气。

从埃德蒙顿路拐向
默默无闻的职工街，麦德龙的荷兰饼干
根本听不见脏水模拟的溪水潺潺。

载着积雪的轻型卡车
溅起的翼形水花正在招惹
汇源果汁礼盒与羽绒背心的联合抱怨。

我们喜欢的人物无人问津，
我们厌倦的气候从未冷门，
恰如正在壮大而自信的失眠。

丽江札记

丽江似乎还在
一个陈述句中，只是主语难寻。

肯定不是玉龙雪山。
洛克故居对阴影的兴趣
肯定高于阳光和青稞酥。

那就不必拉扯金桂或者小说家，
英文之后的尘土仍在闪烁着星辰。
不是火星，不是金星。

高反的理解继续加深，
反动或者反面大胆讥讽着钉子。
睡眠拥抱黄色的药剂。

无聊的趣味带着疑问，
并把质疑者掰成一扇木门。

雪 景

风雪交谈含糊不清，
并不妨碍玻璃窗的倾听。
他们偶尔显示基情，
让缺少节奏的喜剧头疼。

冰如兵，危险皆在表层，
雪之血，只有针能包容。
而蒙着雪纱巾的冰块更像魏国军师，
计谋图册翻阅不停。

鞋底纹路过于浅薄，
与冰私通反让主人陷于绝境。
他们扛着粗糙的木头，
裂皮的细枝刺入皮肉。

行道树的高腰白靴，
听起来仿佛讥讽的笑声，
空气中的腥味来自哪里？
哦，夜审室的暖器。

马永波的诗

星空下的寂静

秋天的漩涡变得澄清
闪烁着几颗被啄掉半拉的果子
一记钟声，把暗蓝色的深渊唤醒

我们朗诵秋天的诗
把星空像帽檐一样拉低
额头发烫，我们像庄园里的黑天鹅
黑羽下浑身插满整齐的白色箭簇
整夜巡游，去年它们已经长大

忽近忽远的事物
没有形状，一些冲动尚未成型
一些缝隙，透露着光亮
说不清是温暖，还是凄凉
似乎墙后面什么都没有

还会有几天温暖的日子粘在刀锋上
几滴蜜，几声叹息
几颗孤寂的星球
还会有越来越少的我们
踩着星星闪光的足迹

蓝色的墙壁竖立在天边
一架夜班飞机，像逃学的胖少年
翻墙而去，不知所踪

在黑暗中坐着
——献给诗人韩兴贵

我们，你，我，元正
在马原新房院子里黑黑地坐着
不坐着，难道要躺着歪着
和几个心怀叵测的家伙吗
所以，我们懒散地坐入黑暗
我们，就是黑暗的一部分
我们的笑是透明的
是阔大的，是传到大地对面的
我和我的两个兄长，坐着
我们谈起诗和人生，有些人
是鸟，有些，是鸟人没有翅膀
我们把翅膀像包袱一样背着
我们在黑暗中随时让黑夜
飞起来，像燕山泰山长白山
飞过头顶，然后弹弹烟灰
若无其事，似乎黑暗的岁月已经结束
似乎一场大战，我们幸存下来
轻声说起往事，硝烟，血和词语
我们就是幸存的词语，装饰了
宇宙的凄凉与黑暗，还有自己

再次分别

秋天本就是告别的季节
万物都在与母体分离
万物需要独自长出大风
而成长便是现在时的死亡
从自我的茧壳中挣扎出来

成为蝴蝶，或是眼睛茫然的蛾子
它们份属同门，翅膀上的灰尘
同样呛人，在阳光下闪耀虹彩

分别使坟墓比人世还要狭窄
来不及爱，更没有时间恨
分别使事物拉开距离，呈现轮廓
那些置身其中时无法分辨的细节
都一一显露真相和含意
包括我们早已沦陷的故乡
早已成为他人的乐园，我们的伤痛
这样的话，你不止在诗中说过

一次次分别，一次次撕裂
你向着北方之北的黑暗
我向着南方之南的炎热
更冷的是我们结霜的翅膀

大约在冬季，他们在桌子下低语
大约在来生，我们在屋顶上高歌
在来生，没有分别，也没有重逢
我们是巨大而永恒的花环之中
沐浴美光的两朵幸福的玫瑰

老街漫步

满洲里街，洞穿了我们的胸口
我几乎没有来过，它坐落在南岗区
一个已被车轮逐渐磨低的小山丘上
附近的老站上方，倾斜的红军街上
同样搁浅着一些老房子，龙门大厦
像一条黄色的船，龙骨很长
满洲里街，也许和那段历史
没有什么关联，正如果戈里大街
原来叫做奋斗路，和那个套子里的作家
也关系不大。我和诗人元正
一边吃菇娘，一边闲逛
四五处老房子，多是俄式建筑
后门廊的灯还积存着上个世纪
发黄的雨水，如果在清秋之夜
灯亮着，后院寂静，微风

深夜回家的醉鬼和哥萨克士兵
或许还有流浪歌手、妓女和继父
会压低声音，抱紧光裸的手臂
院子一角里高高瘦瘦的红砖烟囱
像一个想要离家出走的少年沉默着
这些想象，支撑着我们再去寻找
下一个白杨和丁香环绕的院落
它们都被生意惨淡的时装店
摇摇欲坠的小公司，面馆，鱼庄
占据着，如同一些枯萎的肿瘤
只有高大的白杨，像温柔的巨人
在它们日渐冷却的红屋顶上
撒下金色光斑和铁锈色的叶子
偶尔向它们俯身低语着
断头的光荣和苦涩的自由
还有风声传递的宇宙深处的信息
我们并不需要这样的往昔
这些老房子在我们体内逐渐衰败
会有白烟蓦然升腾吗，像弯曲的天鹅
这些和我们没有什么必然的关联
当我们骂骂咧咧地走过
眯起眼睛，当街道顶端
伟大领袖的绿色塑像
在秋天的宁静中闪耀出钢水般的火花

自己的黑暗
——致沈水波

你唯一可以拥有的就是这黑暗
它不可被阳光照彻，它乃是你
真实的自我之源，是雨露和声息
你蜷缩在里面，这温暖的怀腹
从孕育出生起，就一直陪伴着你
它不是深渊，也不是你的反面
甚至也不是事物残余的部分
它是始基，是水本身，光本身
它化生万物，属于你又不属于你
它是部分，不盈一握
它同时也是整体，包容万有

可是，晨光已透过朱红的窗帷
在眼帘上血一样浸染蔓延
你在南窗下醒来，随手翻动书页
又把它们抛进院子里湿湿的泥土
雨后的藤蔓将纤细的手臂
斜伸过落地窗，它们会越来越长
叶簇后的黑暗，光明内部的黑暗
低处的黑暗和声音里的黑暗
将和包裹你的昨日的黑暗
一起蜷缩在你的体内，抬头
四季积雪的山顶倾斜下巨大的头颅
湖水的心跳扩散向蔓草的岸边
已经是秋天，你的疾病
也将沿着风吹的方向一起消失

流放地遇故人：老剑

秋天，剑气纵横，山谷中
紊乱的气流变得平静澄澈
有白马静立于宝树之下
月圆之夜，红色的花瓣片片飘落
落在头上，而树下冥思的人不动
动的是花瓣，而花瓣不动
动的是风，是随时改变方向的旌旗

与此同时，某处无名的深山
一个刀客正在勤修苦练
准备出手时一刀定乾坤
他不停地磨刀磨刀，多少年过去了
茅屋越来越矮，山月越来越小
最后，他的手中只剩下了刀把
从此他就成了江湖闻名的老刀把子

这两个故事都与一个叫老剑的诗人
毫无关系，他现在悠游山水
他在词语和镜头中重整山河
他现在一举手，天下就落叶纷纷
他的爽朗和笑容依旧清晰
如晨光中的泉水和泉水埋藏的针
他看见所有的英雄消失在田埂小路
他看见万物在秋天上路，也不发一言

流放地遇故人：金黄的老虎

一头金黄的老虎纵跃于群山的台阶
按住跳动的矿脉，按住斑斓的大地
他本该属于辽阔的北方
属于高处的寒冷，属于乌托邦
明月，松岗和大雪映亮的天空

只有不世的英雄，才配与他同在
俯瞰尘世的炊烟与精神的渊薮
从自身冶炼出黄金的光芒
这头老虎，曾在恒河岸边漫步
宁静得像一个陷入冥思的佛陀
这头老虎，在词语的热带雨林中优游
他的啸吼，将花粉粘在低音区
又一爪将村庄的破草帽按在地上

他来自温煦的南方之南
那种植着胡须的山坡
他一路漫游，经过一个个前生
大海，熄灭的星辰，朝代与城池
衔着一只绯红的花朵
与巨大的落日隔着深渊相对

这本属于传说的神物
从天而降，身上插满了大风
温柔得如同一只大猫
明睛顾盼，偶尔从镜片后
闪出薄薄的刀光
仿佛心怀怜悯，对人世和我们
投以漫不经心的一瞥

新安江畔
——给诗人王国骏

起源于雾和清晨，又消失在雾中
高压线从对岸的山头横江而过
在雾中时隐时现，歪扭的村舍
半天不见人类活动的迹象

白鹭时聚时散，恰如我们
能在不到一年中见上三面
实属奢侈。第一次在象山
你脸色阴沉，你的酒量和身材
不成比例，倒是和你的高昂声调
匹配完美，那晚你醉卧车中
独自一人，醒时已是海岛的黎明
多么惊险！幸好那车没有将海风密封
五月底，你坐了三十个小时的硬板
从建德到哈尔滨，你的口音
让我们困惑又开心，还有你的固执
和固执的可爱。我们说了很多
或者什么也没有说。这一次
我们一同在微雨中登临严子陵钓台
坐画舫游江，在新叶古村转悠
在方塘边看抟云塔的倒影
把时间吃成欸乃的鱼头，喝杨梅酒
新安江从我们身边静静流过
这是条缓慢的江，江面不宽
更像一条清澈见底的河流
它从古徽州出发，经过许多
未经我们允许就存在的短暂的事物
它一定也是从雾中悄悄而来
我们在清晨的细雨中沿江漫步
你说，江越到下游越宽阔
夏天水很凉，冬天十七度恒温
白沙桥上，一百多头狮子神态各异
而那些山头也依然时隐时现

雾 江

新安江的晨雾与别处没有什么不同
它裹住连绵涌向天边的山头
与对岸的炊烟混在一起
它也笼罩住烂尾楼高大嶙峋的身影
有人从此寂寞无边，也风月无边
白鹭横江，仿佛有人大笑一声出门而去

雾总会散去，像我们的话语落入水中
明天总会有的，无论它属于雾还是雨
雾起的时候我们茫然无知
我们沉浸在另一种天气里
有人在里面张网，捕蝴蝶一样

捕捉从未存在过的饱含黄金的老虎

雾汽在水面铺展，暂时形成一条
与江水平行等宽的条带
江水似乎停止了流动
只有雾，像一个同样从未存在的爱人
伏在江上，它们一起缓缓移动
它们无心地抹去了沿途的村庄
林立的山头，电线，龙船

一些词语似乎从未存在过
一些词语似乎还在呼吸
雾汽的消音器，使一些
对岸传来的声音失去了含意
江水还在暗暗流动
等雾消散，就是另一场的人生

微雨中的江游

事物随着距离的消失而消失
但我们依然无法成为
任何事物的一部分
雾分开，翘起的船头向空虚深处延伸
如何与空洞做爱，并弄出动静来
这是一个性命攸关的问题
船尾的马达震颤，发热
像一个激动的新鲜的身体
船身压出的犁沟慢慢向两岸扩散
白色雨珠播撒其中
同样没有结果，水消失于水
身体消失于身体
两岸的青山一重重打开屏风
万物的筵席马上冷落下来
船在不知不觉中转换了方向
我们也更换了姿势
尽管风景还是同样的风景
雨还在下，这条新安江
也可能是兰荫江、富春江
长江或任何一条江，或者并不存在
我们也可能并不是我们自己
而是无法串联出意义的一些词语
或者不知该如何收场的雨

李郁葱的诗

黑 陶

这器皿里有着我们所看见的
那些花纹和颜色，在时间的冲刷下
微弱的展翅：一种光泽
像一个说话的人，他表达他的意思
却来自异国他乡。我们听懂了他的瞬间
他的漫长却被我们故意中忽略

在这样的雕刻中，假如
有最初的圆满，清脆地声响
火中之舞，它伴随着骸骨、玉器
和在沉默中的让我们变得陌生
光阴的镂刻者，他从哪里
找到这样的形象？他从哪里
让自己的骨骼变得这样的坚硬
又被粉碎？在这样的黑色中他看到自己

多么幽暗的此刻，黑
像一个白昼跪下时的庄重
我们按照什么样的线条创造了它？
啜饮于它饱满的躯体
华丽的腰，模仿着蛇的逶迤

这器皿
如果我们能够拼贴那些遗忘的岁月
在它们被打扰的嘴唇中
我们会触摸到谜一样的凝视吗？
那些遥远，在冷和热之间
我们封闭了言辞，我们
打碎了自己，而它，曾经是土

插 曲

在另外一些地方
也会有这样的生活：

这样发明了火，但眼睛里
都是灰烬；这样去狩猎
但仓皇中摆脱
这样去织网，但掉入了陷阱
……

总是这样的表达，如果
简单的音节说出丰富的意思

我们有过这样的天真年代
我们有这样的倾诉

太阳被我们的肩膀
扛到了地面之下
所以黑暗降临
所以暮色四起

人
大地上的问号……

玉 琮

在纤细的手腕上，美的一瞥
模仿了天圆地方，献祭于这个微蓝的天空
我们会是这天地间一滴凝固的蜜吗？

人是模糊的，神同样暧昧。我们塑造了神

用自己的形象，在文字中
堆砌了他，我们的想象没有抛离大地

但大地在时间的雕琢中：君子如玉
这样的礼貌仿佛细微的断裂
这些石头，这些秩序，这些被打磨的

以那些山水为中心，隐入那些鸟
走兽，和闪亮的鱼，而风和远方
束缚于可以看见的空。把生命串成了叮当响

用这样精心凿出的喇叭口
放大我们的视野，能够穿过的不止是骆驼
我们从墓穴中听到它们的沉默

像骨殖，凌乱散布着，
还有那些木材的腐烂，那些石头的笨拙
在这样的美中熠熠生辉

是什么可以让我们保留得更久一点？
如果有一种深深的凝视，像月圆之夜
我们啜饮这干渴，多么古老的饿

看　见

如果黑暗有多大声音就有多远，你在多远处？

那么声音消散，你用什么样的图像
确定了自己？一如生命的回旋
是什么样的种族，时间的基因
旧时代的记忆，还是被重新所看见的
那一切意味着什么？

那些可以倒回的路还要重新走吗？那些
可以认出的人还是你所熟悉的吗？
如果从未来看见，今天在怎样一个疆域？

那些风，和那些风所覆盖的
我们所看到的难道不是出于想象？
在可以看见的地方看见了什么？是风
它缤纷的走动，还是我们夏日里
那被禁锢的心？一束折断了的花？

消融，一个孩子无声的飞，这世界的颤栗
我微微的恐惧："一个好人，在他的愚蠢中
他犯下所有破碎的罪，而罪并非怜悯"

我看见风，其实是它的形状
如同我听到悲伤，其实是人们身体里
被砍伐的泪水，为所有微小之物落下的泪
软弱的、贫瘠的、孤独的
增加这个世界的高度，我们的难度

"外面世界的雨，如果你在房间里感觉
那被淋湿的：天花板、地板、和你触摸到的墙
它们荡漾如海，有过这样的辽阔吗？"

我看见那个熟悉的人，是否
他给予我安慰？在淡漠的灯光下，他
虚无的声音，找到了一个突然的高音

某一日

需要忘记或值得记忆的
但是它是空白：我无从寻找
如果街道改变，多少年过去了
当年的老人已经消失，当年的孩子
长大成人，而我的青春
在那里独自孤独：也许
孤独早已改变了我，在我的体内
它形成了街道、河流、滂沱和阳光
一遍遍惩罚着这些被记忆遗忘的人
那些旁观者，如果
寻找废墟的真相，那些鲜花
突然中枯萎，那些相片
在泛黄中走出一个失去的时代
那些声音还是真的吗？那些
颤栗，还能让我们
感受到肉体的温暖吗？
我相信那些尖锐的事物，交给
我们不一样的夜晚
盲聋、纯粹，像是爱的碰撞
某一日，和爱的人分手
那一天突然长大，在失去中封闭

像凝聚在风中的琥珀
保持着火焰的形状

拔牙记

无用之物。钳子轻轻的敲击
有着空洞的回音，它并不带来记忆
正如它从无咀嚼的经验
在我年岁渐长之时，它是一个礼物
仿佛标志着一种人生智慧的抵达
但那么多年，在懵懂和明白之间
它耗尽了耐心：另一侧的那颗
数年前已被拔去，一个浩大的工程
像是对城墙的撤毁，它牢牢占据着牙床
并不想抽身而去，那声响，至今
还让我心有余悸，撬动它
这世界微妙的颤抖。而一个没有实现的梦想
忘记它最初到来的缘由，
这一个下午，我被它拔出后的空虚
煎熬，像是一段闲暇而浪费的时间
带给我美好的记忆，那个时候
它在托盘里，丑陋、沉默，它的影子
和我闭嘴缄口的样子出奇地默契
——在我年岁渐老之际，它是一种脱离
形成一个空洞，虽然被填满
好像它从没存在，我却得慢慢习惯
好像我早已习惯于它的无用

行走在温宿托木尔大峡谷

几乎感觉天地间我是一个人在走：
在某种寂静里，我落后于
其中的一些人，又远远
走在另一些人的前面。被这无声
所封闭，此刻，我只是独自一人
空虚，或沉默，这些被风化的痕迹中
看起来好像是火焰般的泥土
我们触摸，而它们有着浩淼的坚固
风，可以轻易地吹散我们，可以
把我们化为齑粉，把我们蔚蓝的向往
吹奏成深深的呜咽。在这样的边缘
如果我们眺望大海，把风称之为波澜

如果我们看见苍鹰，把绿定义为白昼
那么为什么会有那么多孤独的星辰
把这些寂寞归纳为一次行走
我短暂的看见它，漫长一生中的某个时刻
我听见它的寂寞，一种沉浸
这样的天地间只有薄薄的枯燥
但雨在暗中酝酿，当雨落下来
喧嚣犹如万马奔腾，洪水裹挟过这条峡谷
葬我们于这样的风中，在滋润的雨季
却微小如一枚枯叶，让我恍然
惊惧于这样的平静：那些时光
它削出天地间的壮美，也削出我们的卑微
我一个人走着，颤栗如一张拉满了的弓

帕米尔高原上的早晨

我没有听到鸟鸣，只有无边的寂静
这寂静像是一座房屋
让我还沉浸于夜色中的睡：无声的睡
有着死亡的色彩，像是一个遥远的梦
一个故人，跨越帕米尔高原，
当年，和现在，高原并不曾改变
但我只是旅游，从平原蜿蜒而来
他，带着远离故土的感受，又仿佛是归途
我在院子里怀念了一下。当风
吹得这树木发出嗦嗦声，像是
来自于黑暗中的召唤：
和其他动物一样
我害怕死，尤其是无缘无故的死
稀薄的空气中，假如我读到那些
死得比风还轻的消息，我没有声音
也没有发出声音的冲动。
高原如鹰，俯瞰着时间和它的涟漪
万物：这些颓圮的土城，这些草原
这些冰川、缄默的山坡和雪的影子
它们勾勒这人间那么朴素的脸
并允许我这样走来走去，但用这样的无声
让我在这个早上哀悼那些离开的人

石头城的黄昏

一切都在流动，此刻

当无花果在树枝上微微颤抖
阳光般的絮语，在鸟雀的啄食中
呈现出一种炽热的孤独
像我们身体里的眼睛，
看到更多的神秘

如果自己就是一个国度
那跪下来
向你敞开的道路又能通往哪里？
你没有走的路是否真的存在？

时间里的冥想，这云彩的喉咙
重到一个远行者无法说出他的言辞
如果是岁月描绘了这些山河
破碎的城廓是怎么样的记忆？
这些来者，那些去者；这些王，和那些
蝼蚁般匍匐着的人——

这草木簇拥中的城，这道路
汇聚成的城，高原的景点
一些人曾经生活过，战争也是生活
而我们熟谙于抬头看见的风景
作为卑微之物，我听到了风……

云

那是它们的气象，在此刻
这些拼图，我们想象中的模样
变幻成另外一种光阴

我们得到和失去的
缺失的时间，或许只是
在冰激凌的暴力中所体现的

如果是一片游移的影子
像凸显的喉结，暗示这性别的差异
我们最大声的地方恰恰是沉默

云无心，但可以看很久
突然间的欣喜，突然间的失落
突然间它有猛虎般的暴躁

我们说得更久一点吧
这云的年代，像是在高空
贴着几厘米厚的玻璃：我看见风

但能够勾勒出大地吗？
那片浑浊和无常，在那高度里
有一刻它会为君倾盆落

像泪水，我们终究不曾转身
在一个坚定的地方化作虚无：
这云所递出，我们常常的遥迢

醉后书

那些烧着我身体的，是水？
还是粮食？是那么多的饥渴吗？
如果黑暗席卷，它会分泌出更多的快乐？
我不是我，或者更加是自己：
挣脱出了肉体的累赘，还是我
被另一个空间任性的释放？
但醒来，那么大面积的空虚是什么？
是什么横亘于我体内的某处
那么粗野、狂暴，像是在街道上蹲着的
夜：如果热情短促而时光虚无
我的言辞能够抵达到一年的深度吗？
醉，那么辽阔着的醉；醒，那么
浓缩着的醒。当醒和醉如此紧密
像我们耗尽了氧气的吻
终究，我们成为独立的个体
带着淡淡的迷茫，生活是一种能力
独自醒来的早晨，睁开眼
每一个醒都是独自的
疲乏的躯体，藏着什么样的魂？
当我看到多么熟悉的场景：
阳光、树、汽车、一幢连着一幢的房屋
以及那些走动着的寂静的人
直到他们无意识的声音把我从夏天拉回
我有小小的颤栗，却与此无关

沈彩初的诗

山林中的几只鸟

我观察它们很久了
它们跟林中的暗影混在一起
在这个强高温的季节
燥热已将蝉鸣扩大了分贝

而唯有它们的叫声
清脆又阴凉
我走进一片记忆
山脚又溅起童年的水声
蒲公英、刺梅、格桑花依次开放

回归室内,旋转的风扇
与这些鸟抖动翅膀遥相呼应
这山,是一幅巨大的立体画卷
而它们,只是挣脱枝条束缚
会飞的几片叶子

我越来越不像我了

我常常看到的是别人
或一些,与自己不相关的事物
即便看到的自己,也是局部
除了偶尔照照镜子

看自己最多的时候
是局部,比如:拿烟的那只左手
膝盖或脚

我越来越不愿看自己这张面孔

因为时间,将年轻的我
在镜子里一张张揭掉
每天,都在我的脸上涂抹
并日渐衰老

我看到的都是别人的缺点
恨自己的眼睛
长在自己这张脸上
将我的缺点潜藏并忽略

所以,我一直没看见
自己的后脑勺

傍晚,我用想象跟夕阳对话

临窗,我被装进一个相框
脑海里频频出现
这样一幅图画
一只红气球,渐渐下沉
好像被树枝扎破了
满江都在流淌着血水

电视里还在播放
南海,打口水仗的声音
一只鸡下了几个蛋
它们,被几条疯狗觊觎
一艘艘军舰和近邻的几个岛国
像蜈蚣,在贪婪海水里游弋

我看见海的呼声越来越大
那只鸡在版图上抖了抖翅膀
几枚碎蛋壳仍在海啸

和新闻中沉沉浮浮
而我，今夜却好像被弯月这把刀
割去了舌头

梦中　那张撕碎照片的手指

深夜他从一小块
乌云的黑布中醒来
想起她鼻息间又散发出
柠檬的味道

他将蓑笠像鸟巢一样
戴在头顶
那天阳光很好鸟影与叶子重叠

垂钓的池塘
变成了一块软玉
这块软玉被风吹过蝉鸣与他
毗邻而居

西天晚霞像一条绞碎的红纱巾
成了她脸上的胭脂
他垂钓她站在他的左上方
他把删除键像汉字一样
镶在一首诗里

她的眼泪在梅雨季节抽身
又沿一张脸下滑
她把他推进内心风暴

暮色开始发白
他的指头与虬枝一样颜色
他只是向天空
抓了抓

妹妹他们走了
——写在鲁蕙带她儿子乔治和品墨、冬雁三位诗友开车来看我分别之际

他们走了
我的鼻子一阵酸楚
看见两位妹妹眼里盛满泪水
天目的眼睛，也装着雾气
只是送别的鸟鸣
有些声嘶力竭

哎！人生长恨欢愉少
太阳与月亮就是像个轮子
我们情不情愿
都坐在时间这辆车上
相聚后，又被岁月推远

所有的椅子板凳
又回到了原来位置
我一遍遍擦拭留在地面的脚印
但，更像是抚摸
一种纯真友情的温度

现在，我坐在临窗沙发上
阳光变得格外刺眼
脑海里，他们的影子
仍在屋里晃动

小　白
——与黄晓华兄同题

一

它死因不明，昨天跟黄兄吃鸡
我们吃剩的骨头和肉又想起了它
总之，它真的是死了
在它死去这段日子
我无数次的梦中和散步
它影子都一路尾随

其实，管它叫小白并不确切
它毛色属黄白相间那种
这种命名，也许是
人们对这个花里胡哨的世界
一种调侃、避忌

二

在人与人之间相处

也许大家太需要纯白、真情
与忠诚的清洗
大概是我们和它处时间太久了
它的死,泪水曾打湿
黄兄悲伤的脚面

这个夏天太热,它仿佛还活着
又趴在了我们冰凉的地面
在有节奏的喘息中
一次次吐着舌头
并用深情目光与我们对视

三

最难忘的是,那次我和黄兄
离开桃源山庄烟云居
它跟在我们车后拼命奔跑
看我们的车远了
它颓然地站在大路中央
后视镜,记录了这揪心一幕
它也永远站在我们记忆里

如果,人类社会的词典里
还有"痴情"与"忠诚"
那么小白,就会复活
每夜,远远传来的犬吠声
都会砸开两扇门

散场了
——写在"端午诗会"分别之际

都走了,空留我和天目山的烟云
与鸟鸣对话
他们就像一壶煮沸的水
从热闹场还要倒进
各自生活的杯里

日子就是这样,更多时候它像一杯茶
需要自斟自饮与慢品
一切时光都会泛黄
而一些友谊,会在不经意间

沉沉浮浮

现在,我坐在一张张照片前
我们离得如此近
又如此的远

三台车,又缓缓地鱼贯而去
他们在我对面向我挥手
我远远站在六楼阳台
和他们作别
此时的路,瘦成了一根线
好像跟着他们在跑

忽然,我的心不知被什么
一阵阵拉紧

炊烟,让我借用一下你的意象

仰望白云,我让记忆
找到了倾吐对象
在我远离家乡步入深海时
它是一条条游荡的带鱼
现在,我已撬不开
时间的嘴巴

想起童年、想起儿时玩伴
想起被放生的爱
在心如明镜的天空底下
我只能以囚徒身份
一遍遍擦拭四月
我只能,做一回哑巴

炊烟,你这往事为白云
解开的鞋带儿
让我对命运低下头来
让我一次又一次把自己扎紧
又一次次走在
孤独的路上

风，给一杯咖啡翻书

春天，落在生活几案上
它成了大地的封底
一杯咖啡放在那
放在，一本书左侧
季节轻轻一笔
一片绿意便行走在字里行间

当俗世多了一口欲望的井之后
生活变得更加深不可测
我是个喜欢简单的人
面对，日益麻木的情感
我把自己冷却。常常躲进一张张照片中
与往事风花雪月

有时我在想，不识字该多好
或许就不会有这些杂念
昨夜梦中，风开始一页页翻书
在一只白色蝶羽翕动的瞬间
我又一次被梁祝故事
掏干了眼泪

对着，一面镜子我找到了自己

面对一块水银玻璃
我左看右看
怎么看自己都不像自己
其实，我早把自己弄丢了
在童年的相册中
我已经成为时间的夹层

从平面到立体，再从立体，到平面
即便用勾股定理，也测不出
人性的高度
我丢失在同学中，丢失在官场
最后丢失在叫做"家庭"的
两枚汉字之外

我举起手，伸向镜子里陌生的我
指着鼻子问：你是谁？
他默不作声
其实，我早已不是我了
在社会这个大染缸里把自己捞出来
晾干：我已面目全非

梦中，时光在梦醒后变焦

今日是腊八，祭祖的时间又到了
这几天经常做着同样一个梦
我和弟弟驾车走在回乡的路上
两侧是高高的古树、白杨
四野苍茫，所有的枝条
都被霜雪包裹

这路是白色的，坚硬而平整
几只乌鸦与喜鹊在蹦蹦跳跳中觅食
接近它时，它们分散飞开
有只像燃烧后的纸钱，落在不远处树梢上
树枝一颤，它就扑楞一下翅膀
霜雪紧接着簌簌落下来

醒后，这场景仍然挥之不去
远远看见村庄伸出烟囱的手指
梳理着故乡飘飞的缕缕白发
当乌鸦和喜鹊叼着枯枝
在树上垒砌春天时
我已走成了皈依路上的风声

大卫的诗

颤抖的词

狮子在群山之巅奔跑
凛冽的嘶吼,让石头与血
同时抵达了桃花
正在失重的,除了天空就是生命

山峦翘起着身子,她的一草一木
都是盐在呼喊
今晚,我最害怕梨花与杏花
提前停电

死亡是那么深刻而具体
樱桃红起来了,一个词,以蝴蝶为肩
大地变形之后,风正经过这里
它将和草籽一起,把春天重新布置

两个人同时弯曲,足以让世界变成另一个样子

这是绝望的姿势,这是幸福的
另一种颜色
用整个大海才能布置你的腰肢

你在我的身上起伏,远山
正在沉沉睡去
我要的孤独,比孤独这个词略大

疯狂是一种必须,而寂寥才是此刻的
全部意义。天不可能一下子就黑的

它是慢慢地笼罩,慢慢地落下来

仿佛万物都不存在一样
它慢慢落下来的时候,像下在心里的雨
像比羽毛还轻的呼吸

我爱你,是玫瑰对百合的偷袭
是风把多余的黄昏刮去
你在我的怀抱里慢慢地变红、变黄、变
蓝、变粉、变绿

你在我的怀抱里,慢慢变成绝望这个词
你在我的怀抱里,慢慢地变成哭泣或者
亲爱的哭泣……

黄昏如约而来
两个人同时弯曲
足以让世界变成另一个样子

燕子矶

一只超低空飞行的燕子正试图拎起暮色
肯定有一条长长的河流在故意迷失自己

我不是游子——游子从来都在远方
月光缺席,没有一朵浪花可以提供故乡

在一条江的上游写诗
辽阔是他自己的事

两岸的暮色,到底是谁伸开的翅膀
母亲不在,每一厘米都是他乡

红 叶

红啊红啊红啊，一山的红抵不过一个乳名
那燃烧的，那十月的，那经霜的与未经霜的

每一片枫叶上都有一千条动脉
除了火焰，人间没有别的颜色

每一棵树都在恋爱，露珠不是心跳
星星也不能算作热切的喘息

幸亏我与这座山擦肩而过
不然，一个疯子会遇上另一个疯子

空 山

仿佛曾经来过这里，一个人的夏天
山中的石头像不守纪律的孩子，很散漫地卧着
从人间走进，吹我的是快哉之风
我说清，说凉，如果再有一个人，就可以说：
爽
你不在，我只能说，所有的溪水都是潺潺的
哗哗的，也是凉飕飕的

其实我更愿做一把尺子，把漫山的绿色
一寸一寸地丈量，因为我的到来
山，空得更像一座山
一粒鸟鸣洗不亮树叶
寂静到来之前
我该如何安排身子先撤

沸 腾

火焰让水上升，有一种温度
专门用来沸腾
舌头是最早染绿的叶片
有些滋味必须先放出去

缺少凉水
人间的热度如何降下来

从一种口味开始
青菜之青，白菜之白
烹大国若小鲜
如果愿意
鲜字后面还可以再加个"也"

去年我就说过：
流水东逝就让它逝去
在人间走动
时间是一双更长的筷子
谁都是小菜一碟

如果遇到一场雨

如果在天台山遇到一场雨，该做一棵树
还是一片叶子？蜜蜂带来黄昏
鸟鸣如果再浓一些，溪水就不敢独家使用
潺潺这个词。不知名的花开在山腰
如果一场雨突然来临

如果雨点是小尺寸的马蹄
放下欲望，她是不存在的
一座山不带女字旁
——人间也是这样

隋梅：让一棵树走进人世

没有力气说出这个下午的重量
与隋代相距大约五米，不远处是另一重台阶
如果不坐在凉亭里吃这几只桃子
肯定比现在要走得更高一些、更远一些

一只蝴蝶倏地飞过，仿佛最后一阵暗香
一朵花最轻的死亡
浙东南。夏天。谁代替我站在这里
一千四百年来，多少扑鼻的花香开成了
大吨位的推土机
似乎要把世界轰隆轰隆地埋葬
多少落花凋得一钱不值，用错的形容词
也不过如此，赞美亦即堆砌

让一棵树走进人世，可以再快一些或者
再慢一些。初来乍到，对山中的事物
通常不能正确理解
或许我从来就没有见过那棵隋代梅树
长达一个下午的清澈
或许我就是这山中的某一种植物
——最绿的也最笨的，最胆大包天
也最小心谨慎的

静

漫游者，请把这堆寂静撑开
碧潭为口
小小竹排：恋爱中的舌头

对着一片竹林说爱
心是空的
有时候，你只能把天空倒扣过来

早起的鸟儿
是上帝顺手打出的快板
千万别在雨天和竹笋恋爱
一夜之间
恨，也会呼啦啦地冒出来

流水哗哗东逝，万物不过尔尔
每个人的前世都是一根竹子
现世却只能做一根牙签
区别就在于：
有的粗些，有的细些

下午的梨园

十二点过后，风能带着梨树
飞上天去
你看到的枝条
类似于某封情书中的破折号

个大是一回事
个大、皮薄、多汁是另一回事
一垄垄套种的大葱，并非提醒你
婚姻里可以套种爱情

大野无人。秋天发挥到了极致
别指望开春
和梨花相比，宽恕更是个易凋的词

雪夜广场

你感觉到的宁静
其实是一种别样的白
逐渐升高的广场
仿佛一张巨大的饺子皮
我走后的每一夜
都是韭菜鸡蛋馅的
原谅一个离家者，怂恿火焰
做雪的表妹
那排新植的银杏树
两个小时前就让位于那堵墙了
这个地方曾经被我写过两回
爱上一个女人也不过如此
第一回是爱
第二回是爱得死去活来

草 垛

谁能否定麦浪不是神的翅膀
太阳更像一匹野兽
葵花是它金黄的爪子
我愿把这个不甚规则的草垛
说成上帝最爱使用的一枚私章

向晚的风里，尚有许多心跳
我不敢动用
贪杯者，醉了才把酒瓶掷去
麦秸：一根为马，三根为家
遍地月光，乱成群狼

你听见血液奔突了吧，一个异乡人
他在体内饲养了万千红狐
灵魂是一个椭圆形的打麦场
心脏做的石碾子隆隆滚过
鸡叫三遍
我爱的是你呀你呀你呀……

古筝的诗

敌 人

所谓的敌人,是一种欲望
我没有有形的敌人
任何人,都没有可能
成为我的敌人,像一根骨刺
生长在体内

惟一被我确认的敌人
只有欲望与时间。也唯有它们
可以伤害和蔑视我,并与我
长期为敌

我喜欢做梦,在梦中,我甚至
没有无形的敌人,只有放纵的欲望
最原始的火,时间里倒流着一江
粼粼春水

星 星

多年不见星空
星星们仅剩下一个名词,供黑夜幻想
这些辽阔中的水晶球,距我的生活
越来越远

那个要带我去草原看星星的人
比星星更远。在江南,我动用十根手指
折叠出一堆星星,想你了
落星星

可他总说,没有星星的夜晚

眼睛闪耀的光亮,是寂静日子里
最亮的一颗

因为爱

每次清理屋子,都会扔掉一堆旧物
过气的衣物,一年不曾翻动一次的书籍
母亲常说:旧的不去新的不来

旧的倒真的去了,至于新的来不来
我不知道。但在一次次清理中,总会有只瓶子
被拿起,搁下,再拿起,最后被软布
擦洗如新

那只小巧的香水瓶
里面的液体已在时间中散去,我甚至不知道
最后一滴香,何时离开

总这样,在耗损一下午光阴和体力后
在黄昏里,望着收拾一新的屋子,陈列柜中
那只空空的玻璃瓶,想起
香水的味道

椅 子

这张红木椅
曾承载两个人的重量。在冬天,椅子晒着暖阳
吱吱呀呀。如今,仅剩下椅子
与其中一人

下午的阳光拂过椅子暗红的身体
它显得有些孤单。在冬日,两个抱在一起

晒太阳的人，为何会进入不同的梦：
一张椅子两个人
一张椅子与一个人

一张椅子与两个人
坐实了多少时光与悲欢。一张椅子
与一个人，有太多
相似之处。

银碗盛雪

你看见什么
被时光遮蔽的回忆总在夜里出没
像昨夜的一场雪，一只小银碗
便装满了

雪下在石头城，仿佛一层粉笔末
散落在树叶与河面。江南特有的湿冷
似乎与生俱来的忧郁，游走在
整个冬季

这不是你期盼的大雪

小情歌

这些年，我偏爱手指
偏爱你手指的各种小动作
偏爱你左手拎纸袋，右手牵我
穿过斑马线

手指的词语暧昧
多像冬日的暖阳，夏夜的月色，春风细雨
润物无声

我在一叠细节中抚摸你的手指
他们阡陌宽大、生动厚实
十分乐观

背　影

行李箱登上自动扶梯
缓缓上升，缓缓上升的还有他的背影
一队背影缓缓上升，你转过头
谁是谁的背影

候机大厅人头攒动
穿过大厅你这是要到哪去？你看不见
你的背影，与这个寒凉的秋天
一起踩在脚下

谁是谁的背影
转过头，身后的一切已远去

这样的夜晚

杯盘狼藉后
集体滚入经济的泡沫，新一轮狂欢
又开始，叮叮当当，你推我撞，这节奏
日复一日

水壶开始唱歌。亲爱的
新置的茶具是德化瓷的，一壶
两杯。今晚的肉桂，我加了一点糖
入口香甜

半首诗停在空气中。空白部分
更宽阔。从墙壁弹回的《梧桐月》
闪耀着一种蓝色

这样的夜晚多了些盈余
经过发丝到骨骼的每一条小径，不断更新
自枝叶到根部

中华路上的法国梧桐

这条街的法国梧桐，每一棵
都生于民国。这些民国时期的树，只与风对话
对我们永远沉默。

这些沉默安静的树，我喜欢它们
甚至超越对一座城市的热爱。我希望它们
永远站立在中华路上，不必担忧

为城市让道。

这些粗壮的梧桐树,我活不过
它们的年龄。但它们不会保护自己
我总为它们忧心忡忡。

灰调之美

在春天你以朴素的深灰
与浅灰交相叠印。一切消逝的过往
向内的笑,都以灰色呈现

灰色之下,纯净的米色
以及一种纯白,那些光阴,翠绿
便从脚下升起,上升到脸颊

当灰色成为一种情感的基调
当中性色以其独特的风格,完成
暖性转化,当灰色超越一切——
一个精灵便诞生。灰椋鸟煽动
灰色的翅膀,这个喧嚣的世界
应当明白:美并非绚烂。

酒醉的探戈

我醉了
才相信这广袤的天空
都是你馈赠的领土。我醉了
才相信地久天长
我醉了,才会抱着一棵树
不松手,众目睽睽之下,允许你
揽我纤腰,在一支探戈中
醉生梦死
我醉了,才会像一支红玫瑰
妖娆在刀锋上,将地毯
一寸寸染红。我醉了
所以我肆无忌惮,不在乎
众叛亲离,忘记了

这个复杂世界阴险的存在
也只有我醉了,才相信爱情
才会一把扯下面具,曝光在
骤然灿亮的聚光灯下
无处躲藏

我的神一定不在寺庙中

山中两百多座寺庙
住着不同的神,我很难确定
谁是我的神

在山中住下
他们告诉我一定要去五爷庙
烧头柱香

庇护别人的神,是无法保护我的
也不可能听见我的祈求,因为
我心不诚
我相信我的神一定不在寺庙中
我摸着我的心,它说:
求人不如求己
求神不如敬神

也确实没什么需要祈求的
能得到的我已得到,而得不到的
则不是我的

我无法确定和找到
我的神,他的模样千变万化
有时是我父亲的脸,有时是我母亲的脸
有时是我儿子的脸,有时甚至是
我自己的脸

更多时,我在山外,在寺庙外
在人群外,在一朵盛放的花瓣上
看到我的神,它是美的
甚至不会自我保护

宁明的诗

中秋夜

待所有的眼睛都睡下之后
月亮
才能代表我的心

我不怪月亮
谁都有把持不住分神的时候
天涯海角
又怎能只照亮一个人

只有今夜
月亮才不再顾忌世俗的说教
它想圆给谁看
就圆给谁看

月亮走,我也走
你也走吧——
走出八月,就又回到了
那些忽冷忽热的日子

一条河

又一次梦见这条河,没有上游
也没有下游
它流动的方向
总是顺着我目光投出的方向

很多人站在岸上
过河的人,在担心河的城府深浅
而观景的人,只顾指指点点

河的心胸宽窄

这条河一再对我表白
你走到哪里,我就流到哪里
它无条件的绝对依恋
反倒让我的脚步,经常地迟疑不前

这条河让我想起了另一条河
总是聪明地绕来绕去的样子
可我始终看不清,它究竟隐藏起了
多少颗已被磨光棱角的心

一杯咖啡

我在早到的一个半小时里等你
在一杯咖啡里等你
在阳光下的秋风里等你
在过去的有苦有甜的日子里等你

大厅里正在播放一首好听的音乐
而我的心跳却来不及谱曲
想到哪里,就在那里拐一个弯
只要你在听,我就不用担心
这些不安分的音符会飞出去多远

我把前半生泡在一杯咖啡里
像观看显影液里的相纸
生活的细节开始逐渐清晰起来
那些未经导演的日子,少不了会有
现场直播带来的缺憾

是啊,人老了也就变好了

生命像一枚磨圆的卵石
虽然秉性依旧，但已忍痛放弃了
许多尖锐的棱角——
"磕磕碰碰才是我们生活！"
现在把这句话说出来，也不算太晚

秋 分

不要说黑与白势不两立
其实，是黑成就了白
也是白不露声色地迁就了黑
所谓黑白分明，只不过是
给那些黑白不分的人做做样子

今夜，黑与白握手言和
它们各自占据的领地平分秋色
只是没人在意，一旦黑与白
颠倒之后，含义将有什么不同

从明天起，黑夜将步步紧逼
白天则节节后退
日子，就像温水锅里的一只青蛙
不知不觉就已叫不出声来

望着渐瘦的仲秋月
我不再担心，所有的月光会被黑夜吞噬
过着世外桃源生活的月亮
无法将我引领到，那个神话的世界

鱼缸里的鱼

天天在透明的鱼缸里洗澡的鱼
一生都在企图证明
自己的洁身自好

鱼的一生，总是在不停地赶路
连它自己也记不清楚
游览过的一路风景，哪一处
曾打动过自己的心

其实，鱼是在目不转睛地日夜寻找
一粒暗藏杀机的诱饵
它与某一个大人物或一只小鸟
在思想境界上，没有太大的区别

鱼无法逃离这个混浊的世界
每天，当我为鱼缸换水时
它才会让自己的理想
扑棱棱地激动上那么一小会儿

一条鱼落在了地板上

一条鱼，总是装作一副
无忧无虑的样子，游来游去
有时，它把身体悬起来
轻描淡写地摆动着透明的尾巴
像信手写下一些闲笔

其实，这条鱼时刻对外界
保持着高度的警惕
即使为它喂食时，也常会
激灵一下，做出一种逃离危险的动作

被柔情包裹起来的鱼
一生不肯卸下护身的铠甲
鱼，一旦生了戒心
睡觉时，都会睁大着眼睛

这条鱼偶尔也会跳出水面
仿佛在练习跳一道龙门
只是昨夜，它落在了地板上
早晨，才被我的一声叹息拣起

与一条鱼对视

与一条鱼对话
我们只使用哑语
每次我都能准确无误地听出
它对饥饿或自由的表达

处世风格婉转的鱼
却并不狡猾

只是每每在一些诱饵面前
经不住考验

隔着一层透明的玻璃
我和鱼彼此羡慕
其实，我们内心都做不到一个
无忧无虑的人

看看那些已浮出水面的名字
和仍在混水摸鱼的人
在擅长潜泳的鱼面前
都不能算作，一个合格的学生

美发室

将花白的岁月涂黑
掩盖起曾经走过的坎坷之路
让乌黑发亮的青春
重新焕发于稀疏的头顶

用所剩无几的激情
对峙大片荒芜围攻的尴尬
在镜子面前，不愿侧过身去
看到生命的另一面，正在加速沦陷

此刻，最适宜闭目养神
那些剪掉的或未被剪掉的记忆
就会重新葱笼起来
像一茬庄稼，对播种和拔节的回放

每一次去美发室
我都不愿说出真实的动机
仿佛坐在一辆高速前行的列车上
总有一个想法，一刻也不肯
停止它一厢情愿的逆袭

霜　降

今天，即使降一层霜又有什么关系
反正秋天已经告退
季节总得表现出一点冷意吧
这样的面子活谁都能懂

让人不可思议的是
一个心里冒着热气的人却在诉说冷
他嘴里的每一句话
比地上的霜更冷热无常

一盏灯在黑暗中替自己辩解
光线已无须装腔作势
温暖的眼神能走多远
霜打的叶子们都不会在意

如果，今天不是霜降
我会指着鼻子怒斥这一页日历
并彻底撕碎，它白纸黑字
对普天之下人的无耻欺骗

秋后的玉米地

熬到秋天
玉米，在秸秆的眼里
就长成了金子

玉米的命很贱
一大堆用汗水喂大的金穗子
也换不来几张轻飘飘的纸币

玉米成群结对地离家出走后
秸秆就抱作一团
在风中哗啦啦地哭
田野里，像新添了几座坟头

无论为饥饿的耕牛粉身碎骨
还是被塞进灶膛里化作一缕炊烟
这些把玉米抱大的父母
都没有一句怨言

风荷的诗

月 亮

漫游的月亮,有乳白色的汁液
喂,你剥
剥月光的鳞片。海水的余波,爬上了城市的
格子楼
你的月亮,像一条鱼
真的,像一条鱼
在水里
游。鼓足了腮帮,鼓足了慈悲和勇气

江 湖

如果相逢,我会收紧眼眶里的
海水。给你微笑
秋风起,落叶飘零
我会拾取最后的金线
包裹忧伤的记忆和记忆里渗出的花香

唯有你,令我难过,歇斯底里
唯有你,证明爱曾来过,并诞生下许多诗篇

当我弹拨琴弦,那最后的颤音是灵魂与你碰
撞,擦出的火花
当我隐姓埋名,在人群中也能听见你的叹息
和那叹息裹紧的谜底

江湖阔大啊,唯有我想你时
它才缩小成一颗心的形状

小情歌

平静的小镇,只有我
看见了涌动的波澜,邮差就要来了
万物都让我省心
现在,我顺从我的轻,和名字里的风声
你活着就是为了
遇见我,信笺里走下来的书生
你递上一声柳哨
多好,白蘋洲的水草
都是月光做的,我也一直都如月光般轻
把自己带到楼台上
千帆点点,人间微醺
容我慢慢给你回信,顺便用一朵桃花
押韵

G 小调

弹奏吧,以肋骨为弦,或者发丝
或者睫毛,黑色的
一身都是修长的动词

安卧在月光之下,大红锦缎之上
蜿蜒着夜的无限悠长
眼睛里的千军万马都是忧伤,任它走得
很远很远。白色裙裾退到腰下
有波澜漫过

弹奏吧,把她想象成一条河
水花,卵石,鱼群
都交给你。唯有你才是她唯一的琴手

不管世界有多阒寂。此刻
如若指落弦动,弹响每一根念想,指尖留下
的刻骨
便风起云涌,活过来

近乡怯

沿途的细枝末节,你的诗行
迈开忧伤的
韵脚。你从一个我
返回到另一个我。任激流和小径,繁华和破
败
在体内
对峙
故乡越来越小了
故乡只有墓园一般大了
你像一棵树
在旷野,埋首于自己的阴影
又被星空下
梦魇的风声
吹动

星 星

那么多星星,有时最亮的一颗
在这边,有时在那边
有时我抬头,很自然地喊他们
喂,但丁;喂,卡夫卡;喂,亲爱的乔治桑
你们好。多有意思啊
我想喊谁就是谁
这全取决于我灵魂的召唤
前些天雾霾沉沉
我误入命运的歧途
我抬头喊其中的一颗:菩萨,菩萨
眼泪簌簌流下来
之后有很长的一段沉默
姥姥说,地上死一个人,天上就多一颗星星
我希望爱我的人不要离开
至于百年以后,我不得以奔赴
一场星星的盛宴

哦,我希望我自己是小而清澈的那颗
就如同,我在人间的理想

等一场雨

南方高温,而她弱不禁风
连日的感冒,病毒在她体内恣肆

等雷声隆隆。天空被乌云修改
等你。从古代送来铜镜

总是这样。梅雨连绵的时候
不想自己是一颗青果

总是这样。酷暑烈日
又希望下一场雨,将声嘶力竭的蝉淋透

等一场雨。等盛大的雨丝缝补
身体里有太多破绽

等你。给她梳理,为什么一首诗
平淡无奇,像蜜蜂对花香亏欠了一个回吻

小茉莉在墙外,随风摇晃
她深信,它比她更懂得如何收藏烈焰与刀口

雨的印记

天空像一只灰色的桶
那么多怀孕的云
等不及了,而我正缓慢地
路过小飞蓬,无花果,金丝菊……

如何在植物中间站稳
像一朵鸟萝牵住雨的衣襟
小暑之后,更多的雨落在异乡

我在南方,一直练习着身体的平衡术
头顶,是蝉的嘶鸣
脚下,是滔滔东去的逝水

一滴，两滴，雨落在我扬起的脸上
欲言又止，而后杳无踪迹
但我确信它已来过
就像爱情

时　间

水缸迷离的样子
让人恍惚。是老家门前的那只
缸里接满了雨水
水已变成绿色，水上面布满蛛丝和孑孓

一株荷，在水面直起腰身
长出鲜艳的叶子
又举起花苞

说到时间。我的脑海里跳出来的
是这样一个画面

仿佛老家门口真的有这样一只水缸
有跟祖父一样的年龄
又仿佛并不存在
跟祖父一样消失已久

我还是害怕衰老

我眼前的老人
第一次看见她时
衣着光鲜，头发黑亮，说话洪亮

而此刻的她，像暗淡下去的炉火
像缺水的野菊
像丢在墙角的破伞，像废弃的旧报纸
像捆绑了无数次的绳子……

我每联想一次
心就难过一次，疼痛一次

我还是害怕衰老啊，尽管看惯了
寒风中的芦苇
经霜的白菜，柿子，枫叶

草木一岁一枯荣
而人生真的只有一次

我怯怯地喊了她一声
像喊将来不久的自己，我真的
还是害怕衰老

因为我还有一颗
少女的心，我想她也应该跟我一样

暗　香

落日压低荒草，在带哭腔的
墨水里。慢慢浮上一个旧了的世界

水井里有月，碎花旗袍
躺在樟木箱底。风悄悄经过庭院

而命运总是陡峭，像远处的
波涛起伏。你回头

恍惚中，看见他又站在照片中间
是年轻时的光景。不爱说话

眼睛像两汪春水，将一朵梅
含在里面。而今，你已从他的目光里

走出，像快要凋谢的花，唯有
把孤独的暗香留存

过白云一样的生活

知了在窗外嘶鸣
天热得像妖精。她赤着脚在房间里
走来走去
特别在意自己的体形

绿萝，吊兰，茉莉，石斛，滴水观音……
绿色的植株中间
放着一台秤，她一次次站上去

嘿，又轻了，真好
天热得像妖精，而她渴望成为真正的自己
不断扔掉身上的赘肉
不断扔掉心尖的欲望

她不认同一切都是过眼云烟，无迹无踪
但她确实希望自己干净
轻盈，像一朵不加修饰的白云

砝　码

天热的时候，不想出门
就在房里安静地看书，喝清茶
世界在心里

青山，绿水，教堂，钟声……
依次在纸张上出现
像曾经坐着绿皮火车路过

天热的时候，努力放下不安
就在刚才，我顶着烈阳
去社区医院
配来芙朴，清开灵，咽立爽……

是的，我的左手边是书，右手边是药
我一直努力，在书这边
加重砝码

理　想

有时候，爱也像糖衣
包裹着她，使她
慢慢失去辨认时间的能力

一寸一寸，茑萝沿着铁栅栏向上爬
它们又开花了
细小的叶，鲜红的五角星花

而她在一首诗里
不停地修改主语，谓语，宾语
修改人称，让它们更靠近生活一些

所谓理想，也就是蓝天上白云悠闲
身体里没有过不去的坎

读诗及其他

午后，读当红诗人的近作
无非是在纸上加重了自身的阴影
或心头的悲悯

想起昨夜梦里
她年轻的母亲，在溪边浣衣
短发，碎花蓝衫，那背影生动得才有诗意

天太热了，她决定省略多余的客套
省略诗里的针芒
让爱远离人群，远上白云

或者回到少年，安静地坐在门槛
等水开，等风送来木槿香
等山外的一封信

XINGHE

黑陶

涂国文的诗

我们都是失踪的人

我们都是失踪的人
在生活的转角处　我们弄丢了自己

我们在春风中遍贴寻我启事
满世界寻找自己
我们看到很多与我们相像的人
有的容貌很像有的表情很像
有的背影很像
但都不是我们

我们一直都没有找到自己
我们怀疑自己可能早就死了
于是我们在雪地里
为自己立起一块块无字碑
添土燃香焚纸鞠躬
自己给自己扫墓

我们以这种方式　确认自己的下落
如果有谁在哪里看见我们
请转告一声
叫我们回家

若惦念，请来旧时光里寻我

我想做一个江南旧人物
趿着一双木屐
藏进旧时光里去

我将丝质的新生活脱下
扔在河岸上
像溺亡者
遗留在人世的一堆衣物

棉质的旧时光
棉质的旧人
旧得就像一朵老棉花
旧得就像一团和气

旧得就像一辆
在雨巷中穿行的人力车
旧得就像胡同里一串
鸡毛换糖的叫卖声

比驿站还旧比邮路还旧
比一袭青衫还旧
比一把铜锁还旧
比一只藤条箱还旧
比政党和革命还旧

旧成一把油纸伞
旧成一条青石板路
旧成一只茶盅
旧成一阕宋词

若惦念
请来旧时光里寻我

让我离开自己一会儿

让我离开自己一会儿
离开这间厮守了几十年的老宅

去山中或海滨
到比青山更高的白云深处
比海滨更远的海潮声里
做几天客

在山中和神仙们下几局围棋
帮山蚂蚁搬几次家
替山风扶一扶枝头摇晃的鸟鸣
或者去海滨　像捉鱼儿一样
捉几个浪涛玩玩
完了在月色中　走进一只蚌壳
和珍珠一起躲迷藏

让老宅在春天的雨水中腐朽倾颓
在夏日的炙烤下着一次火
烧成一片废墟
然后在秋风中
通知一只古代的青狐　来荒草中
和书生一起
谈一回轰轰烈烈的恋爱

当我踏着积雪远游归来的时候
我已经找不到可以寄身的老宅了
多么好呵
那个让我厌恶的自己
终于彻底消失了

我是江南王朝的末代废主

我是江南王朝的末代废主
我只做了三天君王——

第一天千里莺啼
第二天水光潋滟
第三天暗香浮动

第四天大雪纷飞
我向虚无拱手让出我的江山

我遣散百花妃子
让她们回到水湄回到山坡

回到美和春天
回到大家闺秀或小家碧玉中去
只带着芍药：我忠贞的王后
开始在宋词中的逃亡

我是江南王朝的末代废主
我不期望分封　更无意复国
我将西湖瘦西湖斫成琵琶
将秦淮河斫成胡琴

将苏堤白堤杨公堤三根琴弦
装在这三把乐器上

我只愿做一个永远的废主
怀抱三把独弦琴
任内心的黑暗
在江南五千年的颓废和孤独中
长出一身闪光的木耳

梅家坞

傍着芭蕉
面对流水
摆下一架古琴
请来一位美人弹奏
最好是一位古典女子
穿旗袍的不要
那从开衩处跑出的白光
与绿犯冲

当然，此时
还必须在山前斜挂一道雨帘
薄薄的透明的
以遮挡不了彼此的心思为宜

接着我们面对面坐下
下一盘千年的棋局
在楚河汉界
玩一把争夺天下的游戏
你为君我为臣或者我为君你为臣
我们君臣在自己的江山

恣意妄为

一局终了
一曲未终
我们各自捧起手边那册线装的唐宋
摸一把唐时明月的脸
窃一缕宋朝菊花的体香
并且开怀大笑几声
仿佛两个揩油得手的色狼

之后我们正式进入主题
拎起一只装满清泉的铜壶
搁在红泥小火炉上
然后从各自的胸膛中
掏出早被雾霾熏成上等好炭的肺叶
塞进炉子，生火

一沸时加盐调味
二沸时把春天里的五百户生产的
"诸子百家"新茶
连同功名利禄，一起投入铜壶
三沸时拎起铜壶

飞流直下
江山如画
美人何在
春秋倒流

致大海

我多么喧嚣地澎湃成大海
一匹公豹在一海尖叫的玻璃渣上奔跑
它左眼充血右眼失血
你们认出了太阳和月亮

我内心的火焰被一片辽阔的忧伤收藏
在一股隐形的飓风里
这群蓝色蝴蝶　扑扇着翅膀
填满了整个海洋

我可不可以这样倒退着看雪

第一眼，我俯瞰江南鳞次栉比的屋顶上
大雪匍匐的身姿

然后，我倒退进驿站前的一丛梅花
像一位前朝书生，将前程交给弥途的风雪

接着，我倒退进唐朝的一间柴扉
掸却满身的寒冷，烫壶热酒，与影子对饮

饮毕，我倒退进魏晋的一座青山中
大雪飘落，我横陈卧榻，酣然入眠

半夜酒醒，我倒退进秦朝荒僻的海滨
在乱礁中，就着雪光，捧读一册禁书

秋天记

大雁横着叫了一声　鹧鸪竖着叫了一声
秋辽阔了

江水打了瘦脸针　山峰露出马甲线
火焰轻了

金属扣倒挂着硕果　盘扣暗结着心事
时光旧了

芦花朗诵《静夜思》银杏撰写秋风辞
乡愁重了

在西湖之畔安顿我的形骸和灵魂

好了。就在这里
把我的形骸和灵魂安顿——

把我的悲悯和忧伤
安顿在苏小小和冯小青的年华里
我要弹拨西泠桥这根独弦
抵达落花背后的春天

把我的桀骜和放旷
安顿在林和靖的孤山一片云中
那点燃季节的梅的喉叫与鹤的绽放
是我亲爱的姐妹或兄弟

把我履风的跫音和荒凉的前程
安顿在曼殊半是胭脂半是泪痕的袈裟中
安顿在弘一大师交集的悲欣里
我要紧随他们风尘仆仆的背影

把我的青铜剑藏入匣中
安顿在岳飞于谦张苍水秋瑾的遗骨旁
让热血将剑锋焐暖
抵御红尘的锈蚀

把我盛大的才华，安顿在白堤和苏堤
这唐宋的双管适合抒写我的诗篇
甚至也把我春日的慵懒和冬日的沉醉
安顿在李清照和柳永的婉约里

把我复苏的爱情
安顿在白蛇出没的断桥上
把我失落的家园
安顿在满觉陇的一坛桂花酒中……

一颗还能愤怒的心脏多么值得赞美

今天车子限行
我坐公交上班
邻座的一个美女，低头看着手机
她好像是在阅读微信或者微博
当然也可能是电子书
这些都与我无关
问题是她一边看着
一边不时地叹着气
呼吸粗重表情愤懑
好像看到了人间的不公与不平
这很令我感动并且羞愧

在一面青铜镜里辨认故乡

透过青铜镜暗红的锈斑　我首先隐约看到
一座史前的坟墓
那是我的心脏
里面埋着我死去的爹娘

接着我看见脊髓沿着我弯曲的脊椎
汩汩地流淌成信江的模样
我身上飘挂着的燕语
在都市的钢筋丛林中　迷失了归巢的方向

然后，我看见自己遍身的体毛出现在镜中
就像故乡茂盛的农事
和那茂盛的山林与红白喜事

我的肝、胆、脾、肺、肾、胃和膀胱
摊在故乡的地图上
那是一串湖泊
名叫林剑湖马山湖荷叶塘洪家塘扁担塘棉
花塘洋片塘

我扬起的手掌　一只潮红一只苍白
潮红的是故乡贫穷时虚旺的肝火
苍白的是故乡致富后失血的风尚

我的眼眶忽然涌起一阵炽热和凉意
原来是我的双眸
变成了故乡农历中的日头和月光

我满头的青丝在秋声里向着故乡潇潇而落
沧桑的额　裸呈一座荒凉的悬崖
锃亮的是苦难
闪耀的是荣光

我猛地感到右腿的韧带在隐隐作痛
那是我在履风的旅途中被地平线绊倒留下
的隐疾暗伤
这样一种浪子的职业病
只有回到故乡的鸟声里庶几才可治愈

骆蔓的诗

时光的宠儿

我想像风一样自由，比如劲吹
把怨念留给人间灯火，拍拍手离开
让阴影蒙蔽住一些无谓的魂魄
在迂回里作沉默的代言

我想像鱼一样呼吸
不让天空看见河底的青荇，招摇中
等待月落中天
与水达成某种隐秘的协议

我还想像时光一样没心没肺
开启一场说走就走的旅程
不去看经年的流霞
分分合合中磨尽的春色

我更想做时光的宠儿
攀附上精致而洪荒的宇宙
直到所有的劫难
在我的身后，长出灵性的翅膀

美好生活

我坐在这里，编辑文字
身旁，一杯绿茶，冒着小小的白雾
几瓣薄薄的柚子肉，不带杂质
原味小蛋糕，刚端出烤箱
触手可及的暖与温饱

不用回头，也知道外面的阳光
途径飘窗落到我的肩头
遮掩了一些阴影
屋檐下的红点颏
开始了一天里悦耳的鸣声

我不觉得这样的人生有什么好与不好
习惯了面对与顺从
即使今天与每一个昨天没有本质区别
我还是安心于这一份平静
并且满足

与你无关

这一刻，才终于明白
我喜欢的不过是把时间堆垒
死士般挡住那些刀光剑影，诸如
侃侃而谈
言不由衷的承诺与期许

遇见你时，我就跌入了一个漩涡
编织假设的梦想
努力把封存已久的日子解禁
抹去灰色
以为就可以通向多彩的从容

单纯渐渐埋葬了自己，让我窒息
灵魂的火焰自燃，抛开
生活所有的附属品，包括你
埋在忧伤里，憔悴写上面容的墓碑
这一切，其实都与你无关

改 变

我终于为某种命定的趋向而改变
有关夜，黑夜意识
我把所有的热爱托付给一场盛大
飞蛾扑火般的义无反顾
我的名字在蹦出的口中，熔化
温柔得绝无仅有
所以，我选择毫无畏惧地打开
心内那扇尘封已久的门扉
让接纳的虚妄
与窗外的月色一起
燃烧殆尽

第一次

月华驱散了点点清冷
暗影，增添一道远离之后的轻快
走在城市热闹无序的街头
路过的人，触及的场景像幻觉
生动，且留白

黑夜遮掩下的喜怒无常
看不到头的高楼、灯彩围护中
深切感知的真隐匿了
疏离与退却
在反思中失守了马奇诺防线

坚持是最后的脊梁，在平静下来的目光里
依旧想冲破禁锢
抵御角逐，却被无形的戟穿透
有尖锐的痛感
让那些冲动的情热死亡，纯良如初

离开之后

破晓的天空开始有了红彤彤的光芒
亮起来的天色中
血色，落地窗帘后面的妖娆

杂乱的夜，杂乱的声音
似还在心间游走
一些失真，一些承受不起的重
让这个早晨显得格外清新
脆如玻璃

蜷在被絮里，想象
一种久违的温暖
忍不住感动得落泪，一滴滴
打在棉质床单上，晕开
像一朵舒缓绽放的洁白花苞，美不胜收

面 对

离别之后，设想过许多再次面对的场景
都抵不过此刻，你在我面前
视若不见
不近不远的距离，嘴角疏朗的笑意
有拒人千里的漠然与轻漫

与生俱来的渺小与怯懦
像一只惊魂未定的脱兔
不动声色的对峙
心里奔逃的速度远远大于体能

那飞扬过的弱不禁风的爱情
她也属兔

把雨水从人间清理出去

你抵达或者离开，已不重要
秋天的雨下个不停
慵懒，午后充斥着湿润的气息

雨声中喝茶、听歌、看小说
只为了想绕开心内的坎
今日之前，尘埃落定的谜底

我让积攒胸口的疼都站立起来
竖戟碰撞相向
灵魂中嘶嘶马鸣之势

把雨声从人间清理出去

无处投递

怎么面对，我不知道
在那夜之后，在今晚之前
空气中飘满迟桂的馥郁
那样浓烈的喷发
让人难以忘怀，也难以接纳

到站的公交车来了又走
像黑夜的抽屉，我还是不敢取舍
渐渐亮起的路灯
把我的身影拉长、拉得生疼
魆黑，扑朔迷离

你终于没能出现
即使月牙已越过山岗的脊梁
与雨星子不期而遇
路口在夜色中变换了频率
一闪一闪鬼魅般的黄色信号灯
跟记忆里最后的回眸，碰撞而碎落一地

所有的夜色，都是你的影子

雨滴在眼底，欲落未落
强忍着，内心的酸涩
不去管月光，她倾泻的弧度有多弯曲
还有，一闪而过的流星
撕开了黑

此刻，你和我在同一个站台上
看着你的背影
从熟稔渐渐陌生，我捂紧嘴角
不让哽咽发声
不让你看到身后，失措的我

你登上最后一班零点列车
似乎也张望
空荡荡的街头，还有我
没有了牵挂的借口

所有的夜色，都变成了我眼中的钉
那是你离去时的影子

在你之后

石沉大海，激不起一丝涟漪
孤帆远影伴着殷红晚霞
移出我的极目
血色却延绵着视线的半径

鸥鸟撕裂了鱼，让雌鸟分享
这个举动刺痛我的眼
强者之心是否能掩盖孤独
浪漫掩藏了杀戮
让我惴惴不安的联想抵达痛处

不过是一词之遥和另一词之远
无处着落的空茫与惊悚
我明白，即使能用尽一生的心力与计谋
也抵达不了
你描画过的海市蜃楼，在心刃之上

雨中，抱紧自己的灵魂

雨一直下，飘飘洒洒
高处的屋檐冒出淡绿色，似乎是青苔
钻出了千疮百孔的瓦楞
一点蠢蠢欲动的小小心思

从我的角度看过去
绿得更透亮些，像三月的芽苞
在黑沉沉的缝隙里
起舞，不加掩饰地畅达

我也有过那样的不管不顾
在岁月的风尘中怒放，波澜壮阔
如果可以
还想，抱紧自己的灵魂
一起飞越

苏波的诗

啊,尘土
——对布罗茨基语义的一次戏仿

尘土,这怪异的物质,扑向你的面孔
它值得注意。它应先于尘土这个词抵达我们
而不应隐藏于其后,那灰色的布帘
尘土扑向我们
头发,皮肤,手,孔窍,从开放处
渐至内在幽暗处的降落,附着,混合
那么,它仅仅是躁动的土么
找不到自己的地方,却构成世界这个区域的
精髓

尘土,它是大地努力要升向空中
升向更高处,使自己脱离自己
如同身体自己向炎热屈服
如同欲望脱离了欲望本身

而雨暴露了这物质的本质
虚浮,黏稠,流动
当它的黑褐色细流在你脚下蜿蜒
被冲回到大卵石,以及粗壮的树根
然后,沿着这个原始的高山草甸起伏的动脉
流走
而自己却又难以敛集成足够的水洼
车轮泼溅,多于居民的面孔,黝黑的枝条
那喇叭声,那命运里推涌的噪音
把这物质带走,越过大桥和涵洞
进入浙江,富春江,金城路,章家庙
以及最后的乌鸦塘*

*章家庙、乌鸦塘,皆为地名。

流 水
——雨中读森子兼致中原

流水是一种残酷的美学
向下的力量,玲珑的水晶之斧
砍削蘑菇上的灰尘,肥胖的奶油,以及固守
原地的保守哲学

初冬,未见雪花,雨水倾倒
南方很像南方
江水在概念里流着,桨棹在屋顶晾晒
中原,历史的腹地,位居中心仍十分遥远
正好,有人就着揽锅菜,冷硬的篆字和绵长
的方言下酒

时间没有陷落,文字在瞳孔的星光里闪烁密
码
历史不过一壶茶的功夫
有人吹箫,有人策马,有人打盹,有人死去
那厚厚的黄土,是历史的沉积岩
一层杀伐,一层金帐,一层坟茔与竹简
还有洪水与兵燹持久的回响

我不是史家,面对浩繁卷帙,惟有沉默
你是我的上游,是我的青铜杯盏
我痛饮你如饮自己的血
在历史的凹处,在时间隐秘的黄昏

在路边

午后,晦暝的冬天

印刷品里的太阳蜷伏在卷角的墙边
修车摊，经济学巨著里一个省略的标点
我的影子投在马路牙子坚硬石棱上，没有鸟鸣
电杆高耸，仿若时间的权杖
插入不同地质结构的底层生活
一面巨大的玻璃窗，毛玻璃，眼翳
鲜红的"当"字，承受玻璃内在的碎裂
"能发挥各种用途的本套房出租"
曲折的汉语，歧义，口袋里的舌苔和口红
一个先哲说，在窗帘后面，总有奇迹发生
而我不能穿过玻璃，洞悉一切
修车师傅背对我在配一把钥匙，齿纹里的秘密
除了饥饿的肠鸣和零落的词语，我拿什么典当
自己

夜航班机

我发现，在童年的夜空中
蓝黑色幕布上，缀满星斗，没有飞机
这藏匿在星群之后的怪兽，复杂的洞穴
被饥饿的时间诱捕

而在白天，轰鸣的鸟，拉出白线
牵动三百六十度的脖子，脆弱的几何学
那个时刻停在指针上，童话般的雪糕
一架航班重新结构社会与哲学的多重关系

而此刻，夜空下惟有我一人
那轰鸣，那闪动红绿灯，那锋利的灯光的刀片
舷窗的挡板拉开，阅读灯，密码
你短波的目光，穿过云层和石头，抵达洋面

夜航班机，在睡眠与爱的调频中
飞过戒指上的宝石镜面，和弱音的幸福

岁末留言

我坐在自身的寂静里，风声，箭镞
荻花从内部折断，空空的头颅
被投进了欢乐的灶火

香烟，字典，药瓶，残酒
一年的烟灰耸起眺望，坍陷
形成新的时间黑洞

揽镜非白发，镜中人已去南山
背影漫漶，经年的木牌换成了石碑
诗句在岁月深处咳嗽

亲友们仍在联系，路遇，短信
读过的书，写下的句子，不再记起
我的脸空空，像二手书店

恍　惚

午后，窗外阳光灿烂，西高原金箔闪动
室内，暖气片滋滋作响，灼热的刀在雕刻冰块
我坐在椅子上，在半梦半醒之间
一本诗集从砾石上滑落
沃尔科特的白鹭正掠过泳池和金合欢树
零下二十度，垂直的水银凶险
而钟表移动的太阳，而双层的厚玻璃
雕花的暖气片搬运的煤块蒸汽及黑暗的管道
在明亮的审判台上，敌意与隔膜在宽大的袖子
里角力
有人搬动冰块，有人拨动炭火，在一月，在西部
在江南遥不可及的虚空里
在氧气匮乏的钟表的阴影里

雪霰，擦亮午夜的钟声

马匹走过山麓，戈壁切割着子午线
有人从另一场大雪中不断返回
父亲守着孤灯，守着玻璃上分散又聚拢的霜花
路灯昏暝，雕花的头颅挂着冰凌和光的流苏
马路黝黑，路边堆积的雪黑白分明
像隔夜的争吵和溃败的爱情
面馆，馕铺，冻得通红的土豆，背着琴盒的琴童
在低处生活的人们，依然有热气腾腾的额头和
欢快的低音
"不要指望有奇迹发生，守住一盏灯，
就像守住我们全部的生活"

抬起头，细小的晶芒在倾斜的光中舞蹈
就像我此刻的手指，划过明亮而沉默的河流

白玉兰

白玉兰是一个人的名字
白玉兰是许多人的名字
现在，她们来到一条街上，来到一棵树上
在早春清冷的风里，她们喊着一个人的名字，
叫着一个人的魂儿
我躲在楼里，应也不是，不应也不是
这早年犯的罪孽呀，这春天惹的祸水
清香黏糊的花苞里，满是蚂蚁和火焰

在天地农庄

在天地之间，农事已然十分古老
而更古老的雨水在倾斜屋瓦下搬动农历和桑
梓
我来看望乡间，尽管我的乡间已遗失多年
吊桥晃动，云朵中的脚踝
山映在水里，没有人能搬动它
秋千在眩晕中飞出体外，尖叫翠绿
风吹过亭子和往事，番茄在水果之外红着
亭子边古人吹箫，时间缓慢，钟表在倒影中
捉住了悬停的蜻蜓
鬓角斑白的父亲坐在石头上，小儿滚绿了一
大片草地
我拨开水面的落花与尘滓，久久辨认深处的
面容

一块旧船木

不能不说春天，在三月明亮的阴影中
沸腾的油菜花使蜂翅倾斜衰老
江水漫过画布，鹭鸶孤独
而高过桥面的漆黑方木，是拆毁的时间和生
活
友人从其肋骨处取下这块方木
用珍贵的外套，裹着石化的婴儿
涛声，淤泥，航行日志，锈蚀的罗盘
从裂缝中倾倒出来
这个下午的阴影越堆越高
我带回了船的肋骨，以我对大海全部的执念
与背叛
桅杆耸立，白帆空洞，黑木在水底潜行
是夜，我关闭所有灯盏，方木明亮起来
它带来一座失踪的大海和大海全部的黑暗

在路口，遇见几个黑人

西溪湿地，天堂的肺部，不规则几何形
池塘或溪流，柔软而明亮的肺泡
在挖掘机的阴影里，一只黑蝶在花蕊中讲述
眩晕美学
衣衫隆起的春天，溪水在倒流

美是不能占有的，我的照片不过是赝品
人们从喉结中滑出，湿润的尘埃
在红绿灯的争吵中，我来到了路口
斑马线是个隐喻，马的蹄子有黑白两只

黑人的出现有些突然，仿佛乌云穿过玻璃
这黑直接大胆，像随口说出的真相
我努力藏匿双手的黑，而说出的词语从未洗
白
洗面奶，护肤霜，增白乳液，这美的涂料
漂移的斑马线，黑与白在角逐中无法重合

太阳部落的人，带着煤的燃料和漆黑的词语
酒，篝火，弓弩，爱，脊背上的河流
而雪白的牙齿，这恶意镶嵌的玉石
黑与白的交媾，在喷溅与浸染中
交换失去密码的骨头、盐粒和终生的离弃

在太阳沉落之前，请你说出一个事实：
黑手党的皮肤是白的

黄梅雨

清晨的吉他，低音和弦，雾有窗帘般的褶皱
田野，草木，楼宇，和不断晃动的伞尖

星河浮雕

雨滴，在一个词里，闪动阳光的晶斑
木屐嗒嗒穿街而过

一颗梅子，饱满，性感的颗粒
在不存在的盘子里反复濯洗，沥干
高大的影壁，幕布抻平，一个斑点
像你多年前的暗疾

伞挤着伞，面目模糊，雨取消了某种合法性
姓氏在潮湿的宗谱里起皱，转暗，坍陷
烘干机在持续的咳嗽中，取出药丸，和暗黑的血
是谁在阴影的阳面悄悄受孕

你并不能从秩序中分离新的秩序
就像把一滴雨同时置入两个不同的杯盏
在偶现的阳光中，热水器发亮的尖叫
你徘徊在濡湿的石径中，那疤痕，那暗褐色胎记

对　坐

我与一个少年　对坐
这种方式构成了我中年后期的主要生活
一张陈旧的松木桌子，两把榫卯松动的椅子
暗黄格子桌布上，置以眼镜，茶杯，字典，时钟，和观念
午后或黄昏，我们坐下来，面对面
中间隔着定理，公式，习题，司芬克斯之谜
少年低下头，年轻的豹子，嗅辨荒草中的石头
他的气息带来午后血液的上升，短暂的眩晕
他的沉闷的低吼，在渐渐突出的喉结里，
白开水的咕咚
他被捆绑，被命令，被迫执行数字和文字枯燥的游戏密码的
搬运与誊写
我在监督，在虚拟的高榻上，在权力的真空里

我偶尔站起走动，在他的背后
在龙卷风下滑的凹槽里
点烟，伸颈，瞄几眼微信，偷觑一下对面阳台上的红裙子
他的脚趾在流苏下面，冲破拖鞋与桎梏，奔跑成风中的马
他的背长成了山的模样，缓慢移动，木桌倾斜
白马驰过，留下了风和马的形状
少年来过，他年轻的血拭亮了时光之刃
并跃过我颓败的生命之堑
年轻的豹子，他的血，他的低吼，他的轻轻的跃动
带动了桌子，椅子，钟表，和废墟上的血

深夜想起富春江

深夜，我时常搁浅在几案上
在灯光铺就的一小片沙滩上，彳亍
流水不舍昼夜，富春江亦然
就像此刻，它的潮水和呼吸漫上了几案
富春江在自己的航道里流淌，舵有两种颜色
它不停流淌而从未有过两次同样的方式，流淌
而我的夜晚在重复，笔和烟在重复
袅袅的烟雾，无法在这一刻的江流上停留
我偶尔出游，以背向水的方式进入水
富春江以蛮横的方式命名这些水，和它的流向
这些水穿过很多地方，而始终在一棵树下，静止的月光
漂浮的茶桌上，有烟雾，坚果，和小小的龋齿的方言
渔火，机器声，江流映现的星光
多少人事没入水流，鱼跃出水面的泼喇声
在时间蔚蓝的中心，在水文的某个刻度上
沙子磨擦河床和淤泥，微弱的音节，正传递到我的耳蜗

孙昌建的诗

思无邪

你可以不相信面包
你怎么可以不相信麦芽
如果连麦子都不相信了
我们又怎么相信土地

你可以不相信水滴
你怎么可以不相信大海
如果连大海都不相信了
又怎么相信桅杆上的晚霞

你可以不相信爱人
你怎么可以不相信爱情
如果连爱情都不相信了
我们又怎么相信我们的孩子呢

天呢,让我们相信什么呢
相信面包是由麦子做成的
相信水滴还会汇成大海
最后,相信孔子说过的这句话

思无邪,思无邪
诗三百首,我每写一首
都是为你写,为你而邪
为那些被打掉又咽下去的牙

寒山寺

我抄写了四遍寒山寺
小丁还没有把球打进洞里
枕边的桔子突然变脸了
你为什么不剥我的皮

我想变成寒山
我又渐渐躁热了起来
小孩磨牙了,老人梦遗了
我起床躲进了冰箱里

东坡肉

先准备一头猪
还是先养一个苏东坡
以为种了几棵竹子
就可以像大侠一样飞了

口感要问姑娘的,晚上爆灯
让一个时代的电工都暗了脸
最后大家一定玩烧烤的
不信你躺上去试试看

书法课

人人都在吆喝
水果正在腐烂
乔布斯和牛顿
都朝姑娘看了一眼

我悬腕到第三天
王羲之突然失踪了
据说皇帝把兰亭带走了
儒生从此不可能再把字写好

那就写诗吧
给我一只螃蟹
在见到亲爱的之前
我一定口吐白沫或莲花

写,还是不写
或是继续装聋作哑
人人喜欢瘦金体
我不瘦了,夜草失火了

思乡曲

到了叙事的部分
应该是在山阴之处
路一转过去
那里还结着薄冰
马就打着响鼻
再也不肯往前走了
好吧,再给你一把干草
一把只有一根弦的二胡
再打一个响鼻吧
亲爱的,前面还有一个海子
海子里有一个又黄又圆的月亮
多像我们老家的烧饼

终南山

没有捷径　那条小路
在我二十岁的时候已经走到头了

然后就往回走了
期间遇到过王维的唐朝

我本想涂鸦书画的
后来发现敲击键盘更像一只鸟

因为这只鸟就在手指间飞翔
像一根从未走远的烟

那所有的不过是它的备份
去找吧,一千年后肯定找不到

鲜荔枝

皇帝为博妃子一笑
竟然要快马加鞭
而我今天一个回车键
就已经塞北江南

键盘声代替了马蹄声
还有这个夜晚的蛙鸣
车轮带我们到城市的边缘
在边缘的边缘
折成脚手架的钢管和竹片

美其名曰登高望远
等一列鲜荔枝的专列
等下班之后的宵夜
一张暧昧的餐巾纸
擦干充满汁水的嘴唇

妃子啊妃子
你的两颗换我的两颗
换不换?一比六点六
数学不好的人
一般最后都做了皇帝

譬如朝露

结庐千年,只取一滴露水
美还是不美,枉争无意
就看天地之间一夜之间
谁来交一份山河的白卷

谁让屋檐翘起一个逗点
谁让毛竹长出一根根的惊叹
谁又在小径上铺写脚印的省略
鸟飞绝了,让猴年抓耳挠腮

山巅一寺一壶酒
每个人把嘴张成一个 π
乡村和田野,河流和山川

最后给一朵腊梅以特写

而你和我，不配一场大雪
学校和课本都是不配的
从来也听不见寂静的呐喊
这将是中国最后一根稻草

喂北京的鸟巢，大姨妈的水立方
最易倒坍的恰恰就是千古农业
当高速像一支利箭射来
我该不该去保卫一颗青菜

结庐乡间，快递二手风雪
就在你门口随手一扔
我用雪水煮一锅冬功阴汤
最后滴上几粒远方的朝露

之所以

之所以没有接半夜里的电话
是因为我关机了
正如临睡前我还翻翻书
书中自有颜如玉的添加剂

面包店关门，人并没有饿死
司机呆在家里，车还开在路上
要开出去很远才看到一块田
田里没有农民，书上还存几个

这是我看书的理由吗
红袖添香的那个早就无袖
不要再问今年下过雪了吗
我问：你们真的玩过车震吗

然而油菜花真的就开了呀
她只比蜡梅晚了一点点
孔夫子带帮学生去洗澡
服务生问：要哪一种套餐

也可以快递送上门的
扫一扫或者摇一摇

一个钟点就这么过去了
要不要再加钟，我听老师的

我不想起床，驰骋汉时疆场
以为一个视频就是秦时明月
大风起兮，云不飞扬
鼠标一点，弯弓一万年

学生问孔子：到底好射了没有
子曰：逝者如斯夫，不舍昼夜

黄 酒

在涉过很多条河流之后
我又开始喜欢黄酒了
我可以把外套脱了
不再谈孩子或者下一届人选
房事也请免谈
五十步笑百步
不过就是一个跑步软件

接下去是加多少姜丝的问题
这些姜来自哪一片土地
在涉过很多条河流之后
看到一滴水我都会俯下身去
一个大海真的就在胸中了吗
你的胸真的容得下两只坛吗
那么黄酒算什么呢
它到底存于酒缸还是我们的身体

这就像一条鱼
在离开了水之后
它到底还能活多久
而我在涉过很多条河流之后
我发现只有一种酒
在尘封了多年之后
让我慢慢脱掉人的面具

新昌大佛

这些年我一直在瘦下去

在西风和红尘中瘦下去
不是因为素，而是肉
肉让诗歌得到了肥沃

但是还有一种诗
一直瘦得像一根竹
就像我多年前说的
一句话：俗人还俗

在天台

在天台，我把头抬了起来
我抚摸着星光的脸
在天台，我深深地吸了一口气
好像我把佛放进了胸怀

山和流水，树和寺院
在天台，我又把头低了下去
星空之下，我像一只蚂蚁
尘埃之上，我也是你的那一粒尘埃

瓯　江

一时语塞，右边是鸟吗
极目江上，会飞的也不多耶
只有少数派的鹅　很像王右军秋游
我们相互打量，彼此没有激情
它摆它的甫士，我发我的微信
若将一个字写端正，鸟自然来栖息了

刹那短路，比刹那更短的
是不易察觉的忧伤
一网撒下去，在乎的是姿势
溪鱼都被你们放进了锅里
最后只好以柔软的刺小作反抗

吐也吐不出，咽又咽不下
想不起那个最熟悉的字
就会要了一个晚上的命
一直要把灯笼点到子夜
说只要米饭和醋

就可以把牢底坐穿

这样的活被称为慢生活
不过是些闲情逸致
突然想起那个右　就是一片瓦
瓯，瓯江，最是零星小雨时
一叶扁舟向鹅卵石慢慢靠拢
卵也是一个难写的字
想到瓦片上的雨水
我就一下子就软了下来

某些船

某些船是不真实的
正如街上的店名
那些来来去去的人
连水滴都不是
水和水本来可以汇成溪流的
而现在，我们只是一个瓶子
过安检时你都得喝上一口
我们吃下去的鱼
一直游到夜宵的酒里
第二天清早，鸡
叫了一声就不叫了
窗台上的猫看了看鱼干
喵呜一声下班了

小　镇

我被安排在精致的园子里
望着远处的十字架
阳光很好，可以泡一壶茶

但是我更想去菜场
踩着湿漉漉的菜叶子
闻鱼腥味，听方言的问价还价

我终于走到了街上
看到有一个人在嚓嚓嚓地磨刀
我马上逃了回来

离离的诗

致——

我快要老了
还走城西这条道
如果亲爱的你来看我
像个储满了欲望的水罐
让我在老去之前
抱着一只粗糙的罐子在西城区
走上一回

让我抱着粗糙的天空
一只孤独的鸟
无法言说的美

在新华书店

此时，我多么小
任意翻开的一本
都可以藏住我
小小的舌头，迷茫的思考
我多么小
像走在无垠的旷野上
植物长起来就是
一排。人们都是陨落的星
躺在那里就是
一排。这些背井离乡的纸
想要拯救人类的欲望
连成一片
这是下午三点的新华书店
我像一个和上帝妥协的
苹果，渐渐呈现出
淡黄的无知

童年

这个小城没有我的童年
只有我正值童年的孩子

他的双脚从被子里呼之欲出
他在熟睡，蓝天刚刚被打开
这一对将要飞起来的鸽子
我俯下去，吻
似乎要沉入大地
我爱这小小的峡谷，激流，和他喜欢的

广场的石羊，或在马路的一边
和小朋友玩弹珠，他喜欢一半英文一半汉语地
和我说话。他的玩具，笑嘻嘻地躲在卧室里
等他放学回家。他说
我爱你妈妈——
他一口气朗诵完十几首诗歌
他在每一秒溜走的时间里
慢慢长大

那时候

开始时，一切都还是未知
村子里四处都长满了树和庄稼
我站在草中间
多么遗憾，我从它们之间
走了出来
就有了郁郁葱葱的心思

那时候，能和你在一起说说话
很好。说到彼此的心，我们相视而笑

仿佛击中的就是对方
那时候，麻雀飞过高高的电线
我靠着电线杆
听一首老歌，抬头望见远处的影子
以为飞走的是自己

天空很蓝，总以为剩下的那些蓝
就是你

这便是爱

还是那张床
只是换了新的床单和被套
还是那间屋子，地面被反复
扫过，甚至看不见
一根掉下的
白发丝
光从窗口涌进来
照见的
还是两个人
一个70岁，在轻轻拭擦桌子
另一个，在桌子上的相框里
听她反反复复
絮叨

乳　房

作为养女，我从来都没敢碰过
她们，即使在她们最饱满的时候

养大我的那只母羊
四岁时我还牵着它
去园子里吃草
用手轻轻摸它身上的毛
也轻轻摸过
为我挤出奶的地方
它被别人牵走的
时候，我站在墙角
偷偷地哭

三十多年后

我给七十岁的母亲
洗澡，在水中，她羞涩地
护住私处和乳房
她转过身，只让我为她搓背

我还是不敢去碰
那对皱巴巴的乳房
她们在衰老的时候
都显得那么远不可及

祭父帖

最近我很难过，唯一能想到的亲人就是你
可你在深土里，那年我们一起动手把你埋了，
我很后悔。现在。
也许你试过很多种方式，想重新活过来。
要是选择植物，你一定能高出自己大半截了。
可你坟头的草，长高的那些被村里的傻子割了
我刚刚从田边走过，每年的庄稼哥哥都收了，
他说你也不在其中。

如果，你选择的是昆虫，我不知道
你会喜欢哪种昆虫的名字。
那时候家里飞进一只七星瓢虫，你会马上捉给
我看，
就在你的手心里，红色的身子上有黑斑点。
现在我的左手手心里捧着一只，貌似多年前的
那只。

我右手的食指正要轻轻地碰碰那只觅食的蚂
蚁，它真瘦。
我反复寻找它的骨头，突然就触到你的。
已经不能再瘦了，那些骨头。乱了。散了。
十一年间，我是没有父亲的孩子，但想象过
很多种骨头排列的形状。即你的样子。
原谅我，父亲。

也许就是这只蚂蚁和它的同伙
动过他们，改变了原来的你。
之前每次来看你，妈妈说少在你坟前放食物，
怕招来虫子。也许就是这个道理。

怕它们吃着我留给你的食物,
闻着气息,就找到下面的你。
可我每次都没听她的话,也许我真的会
害了你,我可怜的父亲。

这一年我过得并不好,就加倍地想你。
有时在夜里哭醒,睁着眼睛看看
窗帘上的月光,想你若是光,飞来。
你可以上到天堂(是我的所愿),
也可以回到人间(是我所等的)。
光穿不透的地方,再不要去了,
比如地下。我再也不会借着土的力量,
把我们分开。

绳

小时候喝过几年羊奶
我把我的母亲　用绳子牵着
带她去吃草
带她爬在陡峭　但是草茂密的地方
后来他们把她卖了　我的
作为羊的母亲
在她眼中　我是另一只小羊
她简简单单地爱我　喜欢用头轻轻蹭我
被牵走时　她回头
叫我——咩

我宁愿从此
改名叫
——咩
从此,我没割过草　也极少踏草而过
我只愿她们自己枯了　干了　烂在自己怀里
从此我再没见过
绳子那端的
白茫茫的爱

做一件悲伤的事

我偏爱悲伤多一些
因为照片上
妈妈不再是美人

她可以往脸上涂胭脂
走在黄昏的街道上
米面、蔬菜和水果,甚至药丸
都挽回不了
她曾经美如清晨的容颜

——妈妈
我情愿不停地洗这些小白菜
小芒果,小田螺
小小的物件
把母亲养成老妇人的
小东西

我情愿以此来证明
我的悲伤
源于他们

我喜欢简单的事物

全世界的路少一些吧
那样我出门就不会再迷路

全世界的颜色
只留着白色吧
孩子你想画什么
就画什么
孩子你重新描绘一个童年吧
天空的风筝多了
是靠不住的

风也别换着方向吹
风也不要吹完大海就吹回西北
风也不要带着鱼腥味
和战争的味道吹

风请沿着一条铁路
拼命吹吧
我希望那个方向
总有人回家

曹谁的诗

壶壶喝酒

我看到一种小花
双脚就无法挪动
从喇叭一样的花朵我窥视童年
这是我们童年的红酒
拔下来可以吱吱啜饮
我们叫他壶壶喝酒
我们一起在故乡的山中奔跑
寻找草丛中的壶壶喝酒
紫红色的颜色是高贵
甜滋滋的味道是优雅
这是我们过家家的饮品
这是我们走亲戚的酒水
他可以在我们练武功后助兴
他可以在我们打胜仗后庆功
壶壶喝酒，壶壶喝酒
我弯腰拔下来一支
啜吸白色的酒杯口
再也吸不出童年的味道

绅士礼帽

我戴着绅士礼帽走在街头
这种上海滩和纽约城常见的帽子
让我想起年轻时的爸爸和舅舅
他们都有一张照片
爸爸戴着帽子骑在骆驼上
舅舅戴着帽子向世界微笑
每个男人都想像绅士一样在世上行走
只可惜他们现在只能灰头土脸劳作
我突然把帽檐压低
偷偷擦拭眼泪
我想这次回去
给爸爸和舅舅都买一顶绅士礼帽
带着他们行走在大街上
向着前方脱帽致敬

老性狐

冬天的老性狐站在山顶
窥视着故乡的灰色山野
妈妈说老性狐在叫
让我们赶紧藏起来
老性狐叫就要死人
老性狐叫就要死人
圆圆的脸庞高贵
大大的眼睛性感
犀利的叫声穿透夜空
我们小时候的颤栗
后来我知道这被遮蔽的大鸟
她曾经是最早的女神的面庞
希腊的智慧女神雅典娜
殷商王的媸婳将军妇好
她们都佩戴老性狐的面具
我已经许久未见老性狐
我要在颤栗中怀念童年

毛呦呦草

毛绒绒的穗在天际摇摆
绿杀杀的杆在风中起伏
看到毛呦呦草总是想起故乡

毛呦呦草就是狗尾巴草
他们是谷子的祖先
见证多少是非成败
他们是幽会的床铺
沾染多少恩怨情仇
我小时候喜欢躺在毛呦呦草丛
撕一根下来嚼在嘴里看着天空
一丝丝甜甜的汁液渗入唾液
我在憧憬远方的美好
我在构筑英雄的梦想
长大后我离开故乡
许多的梦想渐次成为现实
仿佛我在毛呦呦丛中走过
指尖探到毛呦呦的
撩拨得人心痒痒的
只是再没有少年心中的美好
我已经多年没有碰毛呦呦
何时再次躺在毛呦呦丛中
嚼着一根甜草杆
回想少年时的梦

夜白狐

黑色的夜白狐穿空而过
在繁星满天中自由翱翔
小时候我特别想拥有一只夜白狐
夜白狐就是蝙蝠
有鸟的翅膀鼠的脑袋
人们跟我说老鼠吃盐后就变成夜白狐
我对此深信不疑
小伙伴们抓住一只老鼠
当天喂他吃许多盐
希望经过一个月夜
他变成一只夜白狐
我们在黎明去检查罐子
老鼠却不知所踪
我一直怀疑他变成夜白狐飞到空中
等我长大才知道那是谎言
我却怀念童年时的夜白狐

马奶草

小时候我经常去红崖
跟着姥爷去山上玩耍
在那里采野菜
苦苦菜可做咸菜
红根根像红萝卜
我最奇怪马奶草
叶子像衣服的花边扭弯
拔下来后渗出白色的汁
姥爷说这叫马奶草
吃起来甜甜的
那时节还有不少人家养马的
我记得小时候我家的大白马
马奶草大概有马奶的味道
姥爷说三年困难时期
这些野草救了很多人
他们吃得津津有味
我却并不感觉好吃
那是他们青春年少时的记忆
现在隔着帘幕成为我的回想

大麻游戏

大片的叶子是头盔
中空的茎秆能做枪
带刺的球果是子弹
红色的花朵能饮酒
大麻就是蓖麻
他浑身都是宝
大人们运到榨油坊去榨油
这是我们少年时的武器库
炎热的夏天戴着树叶
每个人腰间挎着手枪
我们在密林中穿行
想象着自己是战士
蓝色的花也可以送给美人
凯旋归来就会有人过家家
头顶上带着花环
脖子上挂着绿叶

她们用树叶来缝香包
她们用荆棘给你打针
麻麻的感觉传遍全身
这时才感觉到人生的真

指甲草

花如仙子翩翩起舞
叶似婢女手持芭蕉
小时候家家都种指甲草
谁家的女子十指纤纤
她们都会捂上指甲草
红色的指甲花被捣烂敷在指甲盖
绿色的大麻叶用丝线细细包起来
花香在傍晚氤氲满屋
清凉从十指传遍全身
纤纤玉指在醒来就有红色指甲
妖媚中透露纯洁
妈妈总想让我也捂红指甲
我总是一口回绝
就像我不喜欢红色衣服
就像我不会穿各种凉鞋
我认为那是女孩的装束
我可是梦想征服天下的英雄
长大后知道指甲草叫凤仙花
我看着凤仙花如仙子飞翔
只是再也飞不回我的童年

少年的葵花籽

我们买许多葵花籽
其实就是瓜子
我们小时候叫葵花籽
自己家的田里种的向日葵
春天播种，土壤翻滚
夏天开花，向着太阳
秋天收获，颗颗饱满
冬天无事，人们就用鏊子炒好

我总会装满四个衣兜
出去给小伙伴们分
这个一把，那个一把，每人一把
我们嗑着瓜子
去滑冰，练武，梦想征服天下
葵花籽皮在飞扬
我们越走越远
我嗑着瓜子在大街上走
跟旁边的朵咪说
最近怎么了？
我总是怀念过去
最近怎么了？
我总是怀念童年
明明现在很幸福
却总是想起那些往事

兄弟的果园

大风吹过果园
绿色波浪起伏
苹果像红色灯笼
照耀我们去巡逻
一起吃着苹果
一起说着笑话
树林中低头可以看到脚丫
有人来害苹果
我大声吼一声
那小孩一溜烟跑掉
春波和雪波跑到下面去追
我突然感觉身体不适
我对他们说：
兄弟回来吧！
我们的果园中还有许多果子
最重要的是兄弟要在一起
我们肩并肩在绿风中往回走
我突然从梦中醒来
看着满天的繁星
想起故乡的兄弟

指引 (组诗)

●翠 薇

花苞打开时有巨大的轰响

院子里的桃花马上就开了
它大红的花苞是欢喜的
我看它时　它也在看我
我们之间相互愉悦
紫叶李用小白花　摊晒阳光
石榴大妈暂时不动声色
枝干红褐衬托三叶草的小喧哗

木质座椅牵动我的衣襟
两缕春风为我描眉
天气晴朗　春光四射
守着日月静美　时光斑斓
我愿意就这样荒度余生
听花苞打开时发出巨大的轰响

我正穿越新鲜的湖水和晨光

前方有绿森林，松木香
有待开的蓓蕾
转弯处迎春绚烂，花蕊里住满甜蜜
我突然身轻如燕

背阴处也是新芽生发，蓬勃盎然
连枯草都焕然一新
雏燕低飞，掠过水面的光芒
迷醉的留恋的事物
印在心里，继续抽枝长叶
一群儿童伸展双臂，向前飞跑
我认定这其中，一定有从前的我

春夏秋冬依次而过
一路的遇见令我安详
时光的浮尘在身后腾起落下
被一层层风景浸染　刷新
人间繁盛，我正穿越新鲜的湖水和晨光

提着我的篮子

我正试图放下
篮子里　提着的东西
比如叹息　比如乡愁
比如在枝头不肯褪去的青涩
比如让我面若桃花的喜悦
比如跟在身后的疲惫
比如不肯承认虚度的光阴
提着我的篮子
走过清晨的细雨　明亮的人间
拐角处的桃林里升腾的云烟

让静若止水穿过
让不动声色穿过
提着空空如也的篮子
我是多么富有

打扫干净体内的庭院

如今我已经习惯慢生活
在散漫中看日头溢出温热与清凉
慢下来
把余生收拾到平滑　顺畅
看生活的河流
自然而然流淌细密柔波
山高水长　不再是我的奢望

星河组曲

抬起头看阳光将黄金布泽
俯下身子融入身边草木之香
日子平稳起伏我抚摸春风的纹理
放慢行走和心跳　与日月同一个节奏

我想打扫干净体内的庭院
拣去半生积累的寒冷和枯黄
搬走无意混进来的石子与尘埃
释放出自己被充塞的空间

把体内的庭院打扫清爽
我把心腾出方圆二百里
让阳光　明月　清风
都那么轻易地来去自如

荒　野

风从身体的漏洞里穿梭
石头是松动的门牙　有些坐不住阵脚
苍鹰，摁在天空的钉子
偶尔也会松弛一下闯入视野
——这么丰满的阳光这么辽阔的草地
这么闲散的风声都陪着它一起晾晒孤独

风吹草动带来生机
一匹马牵着自己的蹄声由远而近
停留一会又狂奔着拉弯地平线

荒野少有来访者
它不由自主像个苍老的妇人
抱着自己打起瞌睡
马匹　野兔或者一只蓝色蜥蜴走过的地方
青草又站起来抹掉痕迹
道路隐匿。一片片老去的时光
在干枯的草茎上倒伏

聆听泉声

二百米之外即是闹市
滑板鞋五彩斑斓，在人流中穿针引线
游乐场的滑梯
男女老少都可以飞流直下
强烈的表现欲望呈现
——人间繁盛而匆忙

一道灌木的院墙将我与闹市隔开
植物高低错落，晶莹如
尘世之初

花香在缓慢中旖旎从风
我从闹市中抽身而来
领悟到碧绿里的寂静
才是我长久的庇护
——天籁正从无声处开始

我收敛翅膀
愿意是灌木上的一枚清露
聆听见来自内心——滴答的泉声

仰望星空

夜晚赐我蓝宝石
穿越时空　抵达时间之内核
头顶之上
上苍的目光柔软　满怀慈悲
他有银色手杖赐我力量
抚平我心尖的颤抖

仰望星空　我解构生存的意义
"谁是真正的隐士
躲在败局之外　迟迟不肯现身"

在天空的蓝地毯自由漫步
进入奇幻梦境
星光葱郁　我乘坐其中一枚
抵达重生之境
用本能的意志　抚摸无穷玄机
风的流动　时刻新鲜与饱满

深入一颗流星内部　被光芒同化
夜幕深邃
我为被宇宙的美德包裹　喜极而泣
山河万里　盛满苍茫神迹
时光辽阔　流年茂盛如二月之花
是谁正策马扬鞭飞奔而来
分享我无处安放的心疼与狂欢

一个人的村庄（组诗）

● 海 默

漫山遍野的残雪、枯枝、鸟影
阴阳混生的世界，全部的生机和美
是别梦依稀，无从觅得的另一个自己
如何在灯笼摇晃的旧时光里
奢侈地出场……

时光缓慢、舒展……
我和一座村庄的缘分
还在漫长的岁月之巅，荡漾、陷入
努力寻找离尘逸世的一棵树——

我荡过的秋千呢？听过的鸟鸣呢？
我倾诉过的那一朵云呢？
我喊过的那一滴露珠呢？
梦想是一树的叶子，是幽深的星空里
数不清的小忧伤……
仿佛许多我没说出的心事
被一阵风轻轻提走

好吧，让我们以缄默的姿态
做一下午的隐者，你不说
我也晓得，我越来越像一棵老树，执念于
收藏传说和陈年的雨水
不知所措地空
情深意长地活

夕 颜

暮光沉落，万点星光之下
一朵花，将尤翅的身体悄悄打开
洁白的爱，在黑暗中低低地飞翔

像千年小妖，聚敛大地的精华
顺着自己的意思，报恩或者救赎
亲爱的，这一夜的情怀
就是你永不散去的容颜
是你一生的聊斋

从夜晚到夜晚，被一朵花照亮的尘世
该有怎样的雨露阳光
炼就一枚医治暗疾的灵丹妙药

这一程，我们不说抵达

这一程，我们不说抵达
我们只谈论土地上的种子长出的神话

一座新城，一棵树或者一片绿地
以清奇百态之姿，不问方向，不辨大小
捻开万顷碧波，你就是我的
千朵青莲，在必经的路上
度我前世今生
以血脉相通的热度，流向亲爱的祖国

一草一木，一石一水
昭示着一种指引
神秘的辽滨新城，有多少梦想
轻轻翻身，碰醒沉睡的旧时光
告诉我们，家庙、宗寺以及那一年
惊慌流过的千年马帮

此刻，我，或者我们
都是她的一份子。无数次涤荡，无数次幻化
历史的步态，矫健、迅疾

光阴难锁探寻的目光，那一声
熟稔的呼唤，源自一个永不醒来的
梦

我忍住雷声，忍住呼啸的风
只为还给天空一朵晴朗的云

我与自己背道而驰

这个黄昏有着脱俗的深度，我或者另一个我
飞升在万米高空，除却浩渺——窗外
西天的万亩残红
是我不期而遇的谎言，云朵是太阳
遗留给天空最后的灰烬，藏着旁逸斜出的疼
一路向北，一路向北，我在告别
灵与肉，生与死的相互打量
在这一刻弥漫着离别的味道，缠绵。盛大。
空旷

——我与自己背道而驰

这一刻，我不在人间
"我想要越过茫茫宇宙，
到下一个星球去，到最后一个星球去。

我要留下几滴眼泪，
和一些笑声。"

这一刻，肉身无用
当暮色打开万丈深渊，自黑暗扑向黑暗的路
途
我将掩去所有的光芒
在远离人间的高处，忘却记忆，忘却时间
在一切之后，陷入无边无际的虚无
亲爱的，惟有想到远处的你
我才感觉到真实的存在

我是你一览无余的轻

伸出水面的一节枯枝上
蹲着一只安静的白鹭，一动不动

它以这样的方式
忽略肉体的风吹草动
所有想说出口的话，都是过往的风

这样的停留多么有限，学着你
立在大地的中心，不理人类，期待下一个轮回
生出如你一样的翅膀，亲近蓝天
同时也迷恋枯枝、杂草和清风

远远地望见——
这老老少少的绿，是无岸的火光
将一部时光简史慢慢地、慢慢地燃成灰烬……
守在大地的指尖，禅尽尘世凛冽的真相
我必是你一览无余的轻

枯荷听雨

爱极了这苍茫之色
这阔天之下的光阴、风骨、静寂
以及雨打枯荷的隐忍和通达

挣脱灵魂的锁链，你无为的样子
是我含着泪水剔除的一掬青泥
如何养育一枚清荷一门心思地
往枯里开，往虚无里开

雕梁画栋之间
有尘埃落定后的幽怨和静美
雀跃或者沉吟
都是一场细雨留给我的舞姿
唯我独尊却又忘记了自我

此刻，我是我的阳光
我是我的快乐，我是我的
深渊。一池的秋声，一池无言的歌
都不及你的一个眼神，几十年如一日
清洗一株凋蔽的荷，一颗凡心
是一场雨的使命

窗外的夜晚

偌大的夜晚挂在窗外,时间的力量
在一小块注视里,流变。蓬勃
有万家灯火、闪电和雷声
有我体内拍岸的忧虑和雨滴破碎的惊慌
有更远处的黎明……

还能怎么样呢,那么多的路
在更前方
伸向夜的深处,走哪一条
都会踩疼自己的影子
都是命运给予的一种仪式,而不是选择

一扇窗挡住了风和雨,让出全部的黑
却挡不住闪电的光芒,刺破大地山河
片刻的留存,是一次拯救,风吹草低的命运
轻车熟路地,在一切歧途
穿上自己的鞋子,走向哪
哪就是自己的庄园……

原 谅
——和宋晓杰《原谅》

原谅你,策马扬鞭,独自辽阔
原谅你,离我越来越远
却能够偶尔回眸

你永远不知道
这充满火的生命,途径我的黎明
灵魂飞升的是你独自离开时
留给我的高傲、谦卑和混搭的诗句

读你的诗句
常常觉得,你就是另一个我

原谅你,辽阔的余生
我是你一路丢下的小孤独、小漩涡
小快乐……
在任何想起你的场合,一只梦的蝴蝶
都在飞,在阳光下、在风里、在雨里

原谅你,在翻卷的浪花里逃走
像一支金枪鱼,刺破从远方而来的
黑夜,我只是心疼
回身时,我不是可以洗去
你一身疲惫的孤灯、舟舸、麦田……

人在旅途……

怨怼、暗讽、不屑……以自己的方式
释放锋芒,隐匿内心的软
这持续的引开,成全了诗歌和诗人

很多时候,那些只对诗歌说出的真话
都是我一生珍藏的草药
用来悬壶济世,也可止自己的
长痛和短痛

这么多年,我两袖清风,活得潦草
像一把生锈的剑,徒有虚名

学习爱,用烟灰一样落下的阳光洗尘
在无数个黄昏写诗
任凭心被一阵风吹乱

偶尔对着月亮掏空自己,对着爱人
披头散发地哭或者笑或者骂人。其余的时候
不过是人在旅途

被树梢刮疼的风（组诗）

◉ 大　梁

零公里

低矮的云，像街角耷拉的眼神
加剧了黄昏下
乞丐，和霓虹灯的惊愕
街道上
车流貌似井然
粘稠的风，堵在猩红的信号灯上

有雨，穿着拖鞋跑出来

隐　喻

在一块突兀的石头上
坐久了
风就会变得锋利
总有猝不及防的事物
被无辜地误伤
像被树梢刮疼的风

如果再剧烈一些，那些隐喻
会不会像我一样：跺脚、弯腰
而不出声

梦中所见

摩天大楼像一根根竖起的白发
高耸云端
许多人在楼顶晨练、浇花、遛鸟
俨然偌大的广场
只有我窥到它剧烈地摇晃

我醒来去照镜子
摇晃还未停止

这多像

如果，再细心些
对看到的痕迹不再宽容
我相信，姑息就不是一个借口
现在，面对镜子里的自己
扭头而去。这多像
无意中，我们漠视了一个概念的
宽度和长度
以及不可小觑的深

读《瓦尔登湖》

卢梭是秉烛的信徒
也是沉默的路牌

远处的路陡峭
有人能听到他手腕钥匙的叮当声
有人听不到丁点声息

我读《瓦尔登湖》时
正临湖垂钓。无钩、无饵
不远处，有人撑伞，回眸
有人入水，与鱼聊天
话语闪出粼粼波光

那是个雾散的早晨
短信上说：来的路上

有人罹难，所以抵达幸福的路上
一直塞车

湖　畔

呆久了就会听懂风声、鱼语
那个垂钓的老人微闭双目
左手指搭在膝盖上，轻轻弹
成片的鸟鸣被他调来遣去
那细微的划痕，像唱片机的磁针
湖面的波纹渐渐走远
水芹菜、菖蒲跳舞归来

我偶尔经过那里，恍如抵近教堂
那个虚无的老人像教父
刚听完我的忏悔
他起身抖落宽大的衣袍
所有的星光洒下来，宛如
在果园，随心所欲放在
筐里的心情

象　棋

黄昏时，父亲还在下棋
对弈的另一位老爷子
刚被时间抽走
父亲手中的棋子举棋不定

我喊父亲吃饭时
父亲把那棋子带回来
他把筷子放在棋子上
那是一枚
还没过河的卒

飞机上

安全带将一段难耐的时光捆住
起飞或降落时，我下意思地伸出右脚
想踩油门或刹车

从此地到彼地，可以俯瞰一段尘世
仿佛看自己的掌纹
那些模糊的线，如一团乱麻

走下舷梯时，空下来的安全带
已然消失，像一个小线头

秋　风

绕过坚硬、不可抗拒的物体
转而捕捉细节和漏洞

一时的柔弱和谦逊，非同于流水
并不一味地避让、躲闪

琢磨不透的事物、遗留的后患
它会带刀回来。慢慢地剜

汽修车间

噪杂中，他无聊地抄起一本诗刊
他是个无聊的人
无聊到车上总备一本无聊的诗刊
劳碌的工人和喧嚣的噪音混杂在一起
油渍在阳光下泛出异样的光

不远处的锤声一下下把时间打扁
他看在眼里，却无能为力
他把书页翻得更加缓慢。仿佛拖住一根
承重的缆绳
他有些羡慕那柄锤子，貌似杂乱无章
内心无名的悸动却随之起伏

在躲避一块儿突兀的寂静时
他发现自己
迅速地被拖进阴影
像黯哑的铁锤被声音吞没

花　圃

那是一座荒凉得
令人恐慌的花圃

星河组曲

如一座无人认领的坟茔
更像一个被遗弃的
——患孤独强迫症的孤儿

那孩子静静地坐在
单位食堂门前
整天整夜地坐着

花圃前是一排停车场
每天有各色的人
从车上下来或上去
中午来食堂吃饭的人
必须打它身边经过
好像每个人必须打烙印里经过一样

但那些人无暇多看它一眼
好像每多看它一眼
都会患上恐惧症
产生墓园里的幻觉
花圃就越发地自甘暴弃
荒凉得斜枝旁出，乱云飞渡

直到一天有人重新拓荒
栽上苹果树。苹果树下
种上苦瓜、角瓜等果蔬
花圃才更像一个花圃

但我一直担心
它们能否完全覆盖花圃

——从前的荒芜
和那个孩子内心的孤苦

昨天下午

出租房装一部油烟机
昨天下午，七十五岁的父亲
在五楼厨房喘息不止
他一个人刚把油烟机拖上楼
汗水塌透了他沉重的喘息声

外面快下雨了
沉闷的空气中，火星燎烤着干柴
他准备好冲击钻、手锤
如果不看他满头银发、松弛的皱纹
根本看不出他已年逾古稀

他站上木板条搭成的
板凳上时，我紧抱着他的双腿
能感受到他的颤抖

我不停地用手背给他擦汗
他眼里闪出慈祥的光芒时
我迅速地扭过头去
窗外的雨已瓢泼一般

昨天下午，我这个腰脱患者的疼
骤然加剧。那种疼
一辈子，都无法痊愈

春花秋月又棹歌（组诗）

● 陈美明

致青春

某个早晨一觉醒来
我发现我丢失了很多东西
浓密的黑发，清澈如溪水的目光
棱角分明的嘴唇
总有说不完的幻想

大把浪费时光，对过去说不
喜欢冒险，晚上搂着仿真枪周游世界
暗恋同桌的小女生
偷窥过女老师，低头
哗哗洗头发的美妙声音
疼爱我的父亲早已
步入天堂
成人礼上曾送给我的那块表
至今还在走动

当我明白所有远去的都值得怀念
会坦然对我的下一站
抱有新的激情

等你

我在长满苔藓的台阶等你
天空失去夕阳的温暖
暮色中隐去了故乡
多少春花秋月都在风雨中
堆成远山

等，是无声的乐曲

我是那吹奏人
不停地渴望，不停地吹奏
今夕何朝
终于吹空了我的身体

后来到处都是我
你喊我时，我会立即答应
你却看不见我

芳邻

为邻已很久。一男一女
也许各自都很忙，彼此没说过一句话
说来也巧，每天在同一时间
双方打开自家们的时候
都会碰面。大约出于什么原因
都给对方投来一个微笑

忽一连几日，不见对方
遂产生一点不安，一点牵挂
自此再不见踪影

少了一种感觉啊，曾是那样美妙过

虞美人

拿扇子的美人，挑珠帘的美人
带一路清风，如星碎步越过多少君王额头
回眸一笑江山多情千年
月儿不变，美乳如狡兔
联手一片夜来香
朱门外，原野上，谁家牧童泪眼婆娑

今夜偷约，心儿半是兴奋半是不安
没成想，迈出那一小步
从此流传于说书人的惊堂木中

自由也许只有一次，相见欢，莫错过
虽自古焚情多伤感，意已决
扭动香肩，轻柔提裙
轻轻道一声：去了

复　活

复活每天都存在。如果你今天的心
被最柔软的音乐覆盖
说这话的时候，第一次感觉夜色有响动
我的后花园，我看到一棵菩提树下
凸起的小土包，渐渐裂开
爬出一位光脚丫的少女

似一团白雾，舞随歌声飘来荡去
有些忧伤，看不见泪水
但一定纯洁，一定有故事
让我不知所以
我的呼吸有了蝴蝶
而勿忘我草因蝴蝶的忠诚
想起故乡弯弯的炊烟

情之所至，刚饮一杯烈酒下肚
少女却不见了，身体像被一颗子弹进入
朦胧的冰凉
是被我压抑很久的另一个我

博尔赫斯的雨

我走进博尔赫斯的雨
孤独的庭院，缺少陌生者的气味
但并不影响
明亮的线条不停缝补
我的旧衣裳

我接过一根放在耳畔

隐约听见一个膛音很重的老者
用西班牙语
向我讲述他的庭院
他的布宜诺斯艾利斯，女人桥下
蓝眼睛汇起的河

他说已经好久没写诗
说着说着，他宽大衣服袖口
突然飞出一群鸽子

我的眼睛有些湿润
雨是永远不会衰老的，不分国界
现在我的窗玻璃，我看见雨点依然年轻
像我们各自的亲人
望一眼我们又匆匆离去

当我老了

当我老了，忽然觉得
我年轻时做过不少错事
赎罪是我最后的想法
要抓紧时间去做，不然来不及了
我不想把遗憾带进坟墓

我的第一站，坐上飞快的火车
穿过寂静的白桦林
走进呼兰河猎人勇敢的民谣
来到大豆散发一片片
幸福的知青点

敲响老队长的门，是天意吗
他还活着。时间一下子倒回去
谁也没说话，相互眯眼瞅着对方

老半天才认出来
两只爆满青筋的大手
使劲摇着对方的肩膀，相互喊着
就要被岁月遗忘的
那土得掉渣的外号

私 奔

不能再等了，趁一个月夜
我们奔向远方，那里没有世俗
草木都很友好，山岗的纯洁
一定会出乎我们的想象

我用山泉水，为你洗涤长长的黑发
你牵来小红马，让我骑上
踏出两个人的小路
客人是飞瀑，邻居是松鼠
一百种花香吻着我们自建的小木屋
我们采集后悔药，我们相依为命
我们醉了，我们不愿醒来

挽 歌

几只蚂蚁想看看
外面的世界
把一堵墙壁咬出一个大洞
一只鸟趁机飞过来
不容分说把蚂蚁吃掉

鸟活着时，吃蚂蚁
鸟死后，蚂蚁吃鸟

乌鸦在天空睡着了

远看山，是不动的
它可能深陷在遥远的梦里
近瞧湖，像明镜
它决定固执地走向静止
树叶在阳光下绿油油的低垂
就是不滴
太阳好像许多年没有转身
红袈裟的背影
定格在一次与想家人的谈话中

我发现，几只乌鸦
被谁钉在天空上，一动不动
又似几粒黑米，最后我认定
因长途跋涉困顿，睡着了
无忧无虑，是此刻的薄欢

天空几枚小小的果实
不久必然带来诱人的事情

错觉是美丽的
我保持这种痴迷
只要我作为一种诗人的符号
独享试刃有什么不好

星河组曲

川东偏北（组诗）

● 符纯荣

巴山大峡谷

神斧劈开的一道伤口，前河
是淌不尽的血液

这么多年，迎头碰上的横截面——硬生生
的骨折，怎样消弭掉那一阵
钻心的疼

峡长百里，草莽割据。意义或在于
分解无以寄怀的情绪

而俗世快乐总是忘乎所以
当皮筏顺流而下。当水花喊出冰凉的惬意

——当拍打、尖叫
小剂量紊乱
一天中短暂安顿的神经

毛坝镇

国道210线，拴紧一根清蒸猪蹄
柔软而顽固的香气

——某年冬，北风骤降，尘土迷乱
青砖。瓦房。石灰标语。受潮的供销社食堂
一不留神
成为霉斑密布的黑白年代

此时，夕阳西下。街面规整，坝坝舞热闹
后河淡然若定，穿过记忆的暖色

——国道210线
为我打开的一扇木门，通向那不可决裂
亦无从取证的一场遇见……

出　川

铁轨并立、无语。远去的哐当声
连着无限放逐的凉和静
铁与铁激烈碰撞。总有这样一些时刻
生活的态度，安于压力或歧义

大巴山侧身拎紧的一根铁道线
等来短暂的兴奋，又被崖壁削弱、分散
车窗一闪而过。飞快丢下的喟叹
河谷尽量用深度来接纳

顺着铁道走。方向单一，却拥有
不能回头的坚定。比如河流
动身向北，走了多远的路，只为提醒一声
穿过隧道，脚下就是陕西

老皇山

距皇天近，离厚土远。据说，无限风光
在险峰——崖畔野草
是时光悬而未决的一场疑案

景致因其步步惊心，内质正是缘于
反复错过：失足的雨，无根雪，丢魂步履……
万丈危崖宛如巨大沙漏
掉不尽的风尘，一再推迟枯萎的遗书

鹰隼搏击长空，也俯冲谷底
当它敛翅而立，远方
远若星辰，闪过猕猴背负黄铜夜色的脊背

路途

多年不走，它宽敞许多
也平坦许多

边缘有蒲公英
交待陈年旧事的繁文缛节
蚂蚁欠身让路
正如与生俱来的谦逊

替换或拼接——幼年的骨质、疼痛
方向的断裂

——穷途。陌路
皆维系于此生躲不过去的
人间……

回村记

从溪畔竹林数起。竹虫、竹鸡、竹蛙
淡忘许久。流水将激情消减
夜鸟与缄默混为一谈，它们不再轻易现身
而是静观其变。这难免让人疑虑——
是否所有秘密，皆与人去楼空脱不了干系

"美是困难的"，爱亦如此。黑暗中
月是可贵的持烛者。野草攀上窗台，微尘
跌落屋檐。瓢虫一半闪烁一半幽微
当星光一点点挤进墙缝，它们才有可能交出
深谙于心的诸多想法

小路，果蔬，庭院……寂寞太久的事物
不止于此。雷声隐动之际，飞虫惊起，云层
堆积，晚风带来微凉——今夜，我不关心
旧天气。纵然下到一半的雨水
像等待中的颤栗部分，重新找回勇气

笔架山

松柏早早醒来。蜗牛爬过石阶。阳雀子
追来追去，一路丢下欢喜

这是最适合笔架山的早春：天空蓝得
漏下墨汁。草木清新，像谁交出内心的书写

数千步石梯，数着数着就乱了方寸。幸好
阳光在山中铺展，备下一页适宜妄想的纸张

春光大好，山风轻拂。唤醒安谧的细节
撩动我们心中墨迹未干的诗句

脚下县城逼仄，仿佛与一切摆脱无关
山腰处，墓碑新立，未能惊扰墓园的旧秩序

——经过的时候，我们可以读一读
简洁碑文，为失散者找回春天的地址

南坝镇

前河流淌而过。几间吊脚楼靠在一起
耗着一堆木质的时间

它应该是孤独的。日月交替出场
声音和面孔叠加，只是很多已不再熟悉

我们面对着它，浅斟慢饮。前河沸腾
杯中茶香被一段纷扰冲得寡淡

整个下午，阳光悬停瓦檐。旁边是电梯公寓
存立的姿态——不仰望，也不低头

临近傍晚，街面愈见喧嚷。它兀自沉默
容忍众多事物的到来或离去

一堆木质的时间，守住从未妥协的流淌
动与静、悲与喜入骨经年，已无谓道别或离散

时 光 里 (组诗)

● 高 凯

天那么的深那么的蓝

天那么的深那么的蓝
一群大雁沿着我的视线一字儿走去

我究竟把什么东西全部拿起了
我究竟把什么东西彻底放下了

独步漫游在金黄金黄的大地上
懒散的我幸福得无所事事

而且　我不知把什么世道遇上了
今夕已忘记是何月何年

修表匠

时光里　一台制造时间的机器坏了
修表匠深深地埋下了头去

但时间没有坏
时间仍然从修表匠的指缝间流出来
又从眼皮子底下流失
只是　作废的时间越来越多
剩余的时间越来越少

面对时间　修表匠只会修理时分秒
不会修理年月日

所有的时间都不是修表匠的
年久失修　修表匠老态龙钟
就像制造时间的机器

坏在了时间里

一个修表匠的一生是多么的无聊乏味呀
不摆弄时间只摆弄制造时间的机器

一个活蚂蚁背着一个死蚂蚁在飞奔

我看见
一个活蚂蚁背着一个死蚂蚁
在飞奔　两个生死相依的小蚂蚁
在穿越它们的大漠在强渡它们的激流
在攀登它们的万丈绝壁
我不知道死蚂蚁因为什么而死
不知道活蚂蚁背着死蚂蚁要去哪里
也不知道死蚂蚁让活蚂蚁背着去做什么
更不知道两个蚂蚁之间是什么关系
我只是看见一个活蚂蚁背着一个死蚂蚁
在苍茫的人世间一路飞奔
不离不弃

麻雀　麻雀们

一个母亲生的
当然是一模一样的
一模一样才会天天飞在一起
天天落在一起

一模一样的体型
一样的羽毛　尾巴　翅膀　爪子
叽叽喳喳一模一样的口音
一模一样的嘴巴
一样的贪吃

一模一样的眼睛　一模一样的眼神
以及眼神里一模一样的东西

一个个一模一样
才会从那么多的鸟儿中
一眼把同伴认出来
才不会把谁丢失

个儿虽小但五脏俱全
对待生离死别的态度都是一样的
比如　突然有谁个死在眼前
大家既不高兴也不悲戚
好像什么事儿也没有发生似的
谁也看不清它们脸上那些
一模一样的表情

而且　一群活着的与一个死者之间
从此再也不认识彼此就是
一模一样的麻雀

不死的灵魂

我笔下文字里魅惑的鬼怪和幻境
你梦中经常遇到的故人

一些人从前世一转身就到了今世
另外一些人又在去来世的路上

人世间　总有一天你会灵魂出窍
而我也必有一天会失魂落魄

万事万物　眼里看见的都是明的
眼里看不见的都是暗的

那个让我们伸手不见五指的空间
一直远在天边近在眼前

忽明忽暗　不死的灵魂就是一种暗物质
奈何桥上熙熙攘攘只为抵达彼岸

脚下原来还有这么多卑微生灵

没有想到　低下头之后
我的脚下原来还有这么多卑微的生灵

比如蚂蚁比如蜗牛比如蚯蚓
比如等等的比如

它们渺小地蜷缩在我的脚下
让人心酸　却伟大地活着

天地间　它们的命和我的命一样只有一条
甚至比我更容易遭遇死亡

或者　它们因死亡而获得的疼痛更大
卑微让它们更加看重有限的生命

尘世以外　在那些蜗牛蚂蚁蚯蚓的眼里
我肯定只是一个徒有虚名的巨人

银质的寂寞（组诗）

● 古 剑

被思念覆盖的北方以北

被思念覆盖的北方以北
继续着想象的美，和梦境的朴实
风吹稻浪
大平原，无需虚构
秋天炽热地燃烧金子的火焰
久违的故乡
恣意燎原一个游子的心

在这个秋天，我应该沉静下来
放下所有的词
在异乡，成为一个与秋天不相识的人
从仰望开始，一朵云
轻的失去主题，失去了黯然与伤感的心情
一阵风，没有了
翻天覆地的勇气和寂寞穿梭的念头

故乡，多少年了
我写下遗忘和遗憾，走在城市落叶的街头
脚步缓慢
面无表情，不爱，不恨
在光影之中，沉默不语
保持一个风度
一个风平浪静、幸福满满的样子

我走进院中

我走进院中
落叶和鸽子让人信任，我站上台阶
喜鹊报喜的那一天

白银的节日，西北风的高度
河流结冰
雪沉默在大地上

密封的窗户
冰花是灰蓝色的，人们聚在一起
笑声朗朗
那个穿着旧式军装的老者
控制自己的语速
一双眼睛给人以透彻和坚韧

东北猫冬的日子
火热的土炕，像一个充满戏剧的舞台
悲也一天
乐也一天，豪爽敲响钟声
灼热散发着烟袋的柔意
和盘腿大坐的深沉

向东，春天开放

向东，春天开放
向东，太阳升起
向东，平静的尘世，故乡一杯六十度的酒
把我们灌醉

我们在月下舞蹈
踩着柔软而温暖的银，躺在星光的草地上
找回自己
叫醒梦中的鸽子
双手合十，祈祷春天雨水充沛

我们把自己变成一束禾苗

摇曳露水中的影子
摇曳一望无际的田野，摇曳清澈的日子
醉眼惺忪
流下忍不住的泪水

一朵花开在大地上

一朵花开在大地上
二十岁的姐姐，唱情歌
怀春的小令，桃花灿烂，我爬上枝头远眺
有风吹过
五月的情怀，一顶花轿扰动春光

一尘不染的日子
垂柳下的窗棂，开了又合，合了又开
喜鹊喳喳
你静坐窗前
掩盖不住的笑，对着镜照个没完

春天藏一眼清澈的水
布谷鸟叫响准确的播种时间
父亲和大黄狗下地去了，我牵着你的手在
小河边
野花开得那么妖娆
花香缠绕你的心事，醺红你的脸

家乡的美

家乡的美
来自于白桦的黄昏
土里土气银质的寂寞
我的旧居，保持着一片时光的静

偏僻在祖国的东北角
远不算什么，燕子和麻雀住在屋檐下
西北风朝拜这里
阳光朝拜这里，云是天空自由的灵魂

小镇坐在夜的中央
星星落在河水中，月亮游在湖水里

风和芦花高过季节
一场新鲜的雪染白大地，染白父辈的头发
一行脚印走向天边

一只蝴蝶跟随我

一只蝴蝶跟随我
走过野花遍地的荒原，它让我想起了爱情
想起一本旧书扉页上的村庄

想起了父亲的田埂
母亲的炊烟
以及一场雨水，和一条透明溪流的名字
风往高处吹，水往低处流

坐在一棵树下
我开始成为自己的倾谈者
把埋在心里的记忆翻了个底朝天，心隐忍
疼痛
两眼满含热泪

小镇进入春天

小镇进入春天
太阳那么一跳，便刚好越过山脊

我伸了个懒腰，一滴露水
从一朵花瓣上滴落下来，打开一扇窗
有清风进来

农人们下地去了，留下寂静
我冲着空荡荡的大街叫喊，风慢条斯理地
把我的声音收走

故 乡（组诗）

● 陈柏林

醉在故乡

是那蓝色火焰呼唤灵肉的苍茫
多少次醉倒在爹娘的故乡
所有的疲惫可以放在任一个地方
挣断缠裹
让赤裸裸的心绪晒一晒太阳

分辨着每一张面孔追寻先辈的模样
盐渍的俚语是这样润肺牵肠
眸子深处的大街小巷
走着曾经祥和的牛羊
翻拣那些岁月的笑脸让我热泪盈眶

田野上打一滚儿寻找少年丢失的铃铛
泥土中飘散着庄稼和汗水窖藏的醇香
这方水土孕育了代代乡亲送走了慈祥爹娘
午夜的思念里
奶奶的歌吟穿透时光潮湿悠长

就这样醉一个地老天荒
就这样醉倒在故园的热炕
爷爷的鹦鹉叫着儿时的乳名
清澈的小河
浸湿了我泪眼朦胧的望乡

梦断故园

头顶冻土的草芽
咀嚼命中这涩涩的忍耐
默默等待
春暖花开

用鲜血写下铭记或者忘怀
远处的洪流把神祇冲击得东倒西歪
泪水漫过向阳的山坡
知道那是先祖的故园精神的所在

有些过失永远无法谅解
颠覆的灵肉写下岁月的悲哀
坐守枯灯心潮平静
有些路途任谁也无法更改

当所有的所有
都化做了尘埃
午夜里侧身静听
那团精气依然在故园里徘徊

守望故园

我用夜晚袭来的梦安抚自己
安抚一份跋涉后的凄苦
如果在上路前就懂得臣服
旅途上饱满的米粒
就会抚慰现在的饥肠辘辘

当踏上这条朝圣的路
风雨无时无刻不在漂泊着我的孤独
当手中的拐杖变成一棵棵站立的树
蓦然回首
褴褛的衣兜里只剩下岁月的尘土

还是用坦诚推开一间间柴扉的茅屋

还是用执着挑亮那幽怨暗淡的灯烛
还是用鲜艳的血滋润孩子们的双眸
还是用沉默去应对
那些扰乱了时间和季节的鸡鸣与蛙鼓

必须夜以继日
为那些习惯裸奔的人们织一块布
必须回到故园
为那些丢失了歌吟的喉咙谱一首曲

洗一把脸
在如母的热炕上静静读书
午夜时分
再一次倾听父亲那殷殷的叮嘱

雨中故园

在这个季节
蝉龟醍醐灌顶
等待脱变
等待飞翔

像赴约样
我安坐在故乡老屋的热炕
隔窗
和老桃树熟悉的往事遥遥相望

不再有老母亲烙饼的炊烟缭绕梦乡
不再有屋檐下的鸣叫依偎着温暖翅膀
不再有坦荡的吆喝呼唤着酒香
不再有后园架下脆生生的小黄瓜清凉芬芳

无人和我挽起这滴水的怀乡
无人和我晾晒这绵绵的惆怅
雨在诉说我的心事
而我举起酒杯却无处碰响

五月的故乡

风说
不再捎带任何的消息
思念的墨汁
已经涂满茅屋的四壁
雨说
不忍挑逗那灯盏的光曦
她已心如止水
桃花也已绕过山涧的茅屋
燕子的呢喃
不该唤醒了雨后的虹霓
朦胧的小路
那个身影总是若现若失
不该让那粒种子亲近热土
不该让那次花开赋予意义
不该随意跪下对天起誓
那句话成为今生的谶语

星河组曲

贴身的温度（组诗）

● 刘素珍

贴身的温度

黄金山上的茅草遭遇大风来袭
他们没有理由不抱团取暖
残酷的风，还是将它们打倒在地

这半山坡上，金黄的一片茅草
多像天赐的温床
在阳光下，一根根茅草一根根闪亮

他们抖落身上厚重的雾霾
敞亮出久违的笑容
披上太阳投下的金丝围巾

一根茅草把另一根茅草搂在怀里
一根茅草恨不能燃烧自己
给另一根茅草以贴身的温度

你是扎进我体内的刺

你是多年前扎进我体内的刺
留给我的也许是一生模糊的痛
我在挣扎中与你拥抱
试图忘却那隐隐的痛

如果有人能伸出神奇之手
将你悄悄地拔除掉
那痛感消失了，我的生命也快消失了

虽然你是多年前扎进我体内的刺
但你却让我活得真切，痛并快乐着

眷恋你留给我生命里诸多的真
如果你不在，我把蚀骨的心跳留给谁

如今，你这颗多年前扎进我体内的刺
已长成为我灵魂上的支柱
如果没有你，我会浑身无力前行

我守候你的到来

凭着一枚小小的秋叶
你就触摸到我，让我怦然心动
凭着一湖静静的秋水
我能感觉到你，正在乘风破浪

月光投掷到水面　　波澜不惊
你虚拟的船只，扣动我的心弦
一个念想，追风逐月
一个眼神，穿跃千里

我守候你的到来
为相逢的那一刻
积聚更多的喜悦与狂欢

你的船只没有靠岸的时候
我就是磁湖边的一块石头
任凭雨打风吹，都磨损不了我等待

布满阳光的下午

阳光布满了下午
布满了湖边的小山丘
一大片一大片的白漫下来

风光遍布周遭

在一座小院里烧水煮茶
听布谷布道
风从树梢下来与阳光交欢
院里院外到处都是脆鸟无忧无虑的鸣唱

品一茗香茶，独享下午的好时光
光明普照，吞吐如兰
阳光，雨露，一切自然而然
就像我的白日梦一做就是一生

一个女人的车站

在车站，在辽阔的微凉之中
我独自享受你纯净的凉爽
啊，除了我热爱的事物
今夜，风成了我的伴侣

在车站，你没停下，还在奔走
你伸出再长的手臂也带不走我
我迷醉在你的温柔里
深爱你在春夜月下顾盼生芳

啊，在一个人的车站
仿佛在一个温存的怀抱里
风，从哪里赶来
把我置身于风波之外
投身在它的柔波里，甜甜入梦

就是给我翅膀，也不想飞翔
从此陪你走下去，陪风经过车站
夜晚在春天复活，我在夜晚苏醒
我分别爱上了风、车站、夜晚

在一条短短长长的街道边
在或大或小的车站里
我们彼此肌肤相亲，却不得相拥而别
路灯在不远处盛开，影子越拉越长越淡
近似乎，我们从来没有到过车站一样

最亮的星

日月穿梭　斗转星移
我看见夜空里那颗最亮的星
相隔那么遥远
你的光芒曾照耀我亿万光年

无边无尽的天际
望见你，我总能那么兴奋
谁转动了星河，转动了你
你泛滥的光亮毫不掩饰
夜夜嚣张地倾泻在我的周围

我怕夜太短，怕阳光来得太急
不愿你在我的眼底依稀迷离
我想要追寻一双欢畅的翅膀
扶摇直上，不管天晴下雨
不管地冻天寒

最亮的星在头顶上最遥远的地方
飘忽的双眼　遥远的仰望
黑夜里，你的光亮将我点燃
我敞开胸怀收割你的目光
习习晚风中挽住无法言喻的快乐

趁着沉睡的太阳
我的手从容从空中划过
轻轻地揽你入怀
你到达的那一刻
照得我的生命金壁辉煌

云上的日子

万里云海，云飘无声
神马振翅奋蹄，天路洞开
满天鲜花开满了幸福

他不分云里不分雾里
借助神的力量
在这云层之上再站一百年

星河组曲

不成佛，不成仙，不动摇半步

再也无需登高望远
把脸贴进蓝色的天空
无需表白
只需固守这片无边无际的苍茫

千里之外，气象万千
从前那无法比拟的年华
翻过去就是无法比拟的未来
云上的日子哟

致爱可登

你让我的山峰高高耸起
一路行走，一路秋波荡漾
无论怎样颠簸，你都紧紧贴在胸前
像舒适的宫殿，接纳我的奔放

无声的流淌，让人痛快淋漓
登临的险峰，饱览无限风光
有你的支撑，我策马如风
还能挺起当年的模样

历经多年的风雨与磨难
哪管世人惊艳的目光
只想你给我圆满的幸福
永远生动如初，就是我的愿望

从明天起

从明天起，我要着装窈窕美丽
进门出门，面带春风
不让暴日肆无忌惮灼伤我小心翼翼的天空
也不用焚毁自己的烽火置换内心的冷暖

风一如既往地吹着
那些杂乱无章的思绪无法言喻
不回首，只在磁湖的一隅
沏茶、举盏，与草木共舞

梦境曾如此辽阔
因为你，我爱那些人生最暗淡的时光
也爱这火烧火燎的沉重火热
天边空明，金色的黄昏闪耀着梦的光芒

一块石头

此刻，既不似白天也不似夜晚
血管流淌的，似乎不是血
而是一块石头破碎后的砂粒
每一分每一秒的流动，都让我心痛

此刻，风在暗处刮着
阳光很贴近也很热烈，晃在明处
我想把命运搬迁到三界之外
那里，一块石头就是一块镜子
能照见我的正面和反面

哦，此刻时光包裹着一切
多想那些砂粒能从血管里流出来
不再横行在我体内的各条通道
让它们重新聚合为一块石头

故乡之殇（组诗）

● 孟甲龙

母亲，母亲

母亲，城市的月色与我无关
今晚，内心一片死海
思念成疾，我把回忆一吐为快

一颗泪滴在黄河边
今夜我心如废城
只有母亲的白发，与形销骨立

母亲，我不醉酒，不抽烟
不找小姐，甚至不在网吧过夜
我是你的好孩子

城市的故事，蜚短流长
只有我的母亲，今夜
仍在担心麦子的长势，与我的模样

酒 杯

一杯颜色，红透了人心
玻璃以内的结局
不容乐观，比如：喝醉的姑娘
曲终人散，人们集体出走
躲过车祸，又跌入另一个陷阱

将自己寄存在酒杯，苏醒后
生命苍白，空得那么彻底
疼痛又无关风月，无关爱恨情仇

直到人走茶凉

我才小心翼翼叫醒父亲
仰望苍穹，北斗七星引燃夜幕
一杯酒，喂饱了灵魂
可终究成不了气候
我只能仓皇而逃，乘着月色
逃遁在一场暴风雨的前奏里

雨落村庄

夜阑人静，一场暴雨开始肆虐
打湿了小镇，与绿叶交织
宛如一场春梦，逐渐逼近村庄

我知道自己无路可逃，窑洞
已被攻陷，蝼蚁在污水上流亡
倾诉出最后的秘密，灯盏昏暗
老人蜷缩在炕头，目光短浅

春雨，让人与牲畜同病相怜
冒死解救一头病羊
又淋湿了自己，像一只流浪狗

身体江河日下，变成问号
行走也成为难以企及的高度
黄昏薄凉，村庄的命运
山穷水尽，或马上灯尽油枯
我要远走他乡，在下一场雨来临之前

诗与远方

远方，还是一样的古老，流传了千年
从外公到母亲，再到我耳熟能详
传说给别人，他们深信不疑

星河组曲

在宣纸上浓墨重彩，写下：
除了苟且偷生，还有诗与远方

在群山以外，用骨肉宣誓
新生活逐渐开始
像宣纸的洁白无瑕
被墨水玷污了前程
却又主宰出祖父的家规

徘徊在凌晨，画出远方的棱角
美好的事物露出端倪，和女人狂欢
我目睹了诗与远方的衔接
一炷香的烟火，已经湿透灵魂
如眸子与眼眶的距离
趁着狼毫未干，我写下：诗与远方

故土，光明之外

远离故乡之前，我倾诉了母亲的疼痛
爱的供养至高无上，月色
照亮母亲的白发

父亲的咳嗽声
掺杂了烟草的味道，又如
古稀老人的双手，青筋暴起
生活，犹如一种疼痛的曲调

女人黏在土炕，为食物呆滞
为一场春雪沉默
田埂上的枯草，一片狼藉
蝼蚁在缝隙间苟且偷生
衔来粮仓的麦子，度日如年

离乡不归的小伙，背负不孝的名义
出轨的女人被五马分尸
寡妇门前，一直都是门庭若市
落叶归根，带来晚秋的悲凉
不孝不睦，不仁不义，贫穷与
混沌摇曳着村落，故土，陷入困境

秋风瘦（组诗）

●蝶小妖

一

拣起浆声，絮语
滑翔的露水
把秋天挑亮，浓浓淡淡的心情
在你的童话中，静候暗香

那么多的
那么多那么的多啊
象声词从童话里出来的时候
低着腰枝，反复折回
在一面镜子上
读出福分

二

此刻，九月点燃的火焰
和深蓝共执一把浆
秋风越来越薄
船梢的低处
一条鱼儿，溅起一段情节

降落
这个美丽的故事
n次方里，有
小莲花的香气
我想挤进花瓣
分担一部分风雨

三

秋风已瘦
花蕊虽小
那青涩的小词，却让我记住了
站在花下不舍打盹的人

有弦声循风而来
醉花阴里，青衫拂袖
叹尘世曼妙
咿咿呀呀，世人沉醉

四

秋风已瘦
美丽的童话，填满了
女孩的耳朵

折叠起昨夜的雨声
大朵大朵的淡紫，在闪电中
怒放

花盛开的时候
我有透明的翅膀
飞出一程，释放掉空气和水
把故事珍藏起来
保存到老

秋天到站

掰玉米，酿桂花。一碗地瓜粥
甜丝丝的
梅菜饼、哈密瓜，十个指甲鲜艳欲滴
院子里摆一方小桌
一盏女儿红，盛着你一颦一笑

相逢只在天涯
寂静里有蛛丝马迹
虚无到不能

星河组曲

精致的梦易碎，剩一缕微响

秋天已经到站
你有水晶鞋，你有胭脂色
你是我错过的少女
我允许你尽情流泪

琥珀里的时光

不，你有神圣的使命
沉默被打破

泥土里养着的时光
擎一阕小令
诗人们横卧
雅得让山水、菊、红叶，纷纷跌出画框
有钟声自南山来

结愁怨的姑娘，琥珀
微微低首
半城烟雨换了颜色
另一半，伸一个涟漪的懒腰
拐走我

花开在眼前

秋天
涂满了酒的颜色
我知道
菊花正在预谋一场雨水

小火焰藏也藏不住
撇下疲惫
撩起双足。第一次知道
一向安静的我，其实有着夏天的热

花开了
我举着杯子，高高的

把那些酝酿已久的
念
喝下去

陇上，那一抹嫣红

那一束嫣红
是天空的笑靥
正穿越陇上，向一湾云的深处
飘去

流年不会在我们的遐思里
染一丝尘埃
此时，你舒展瓜叶菊一样的心事
用身体刻出一条条深巷
在一阕清词里掌灯

那些金属的质地
转瞬化为眼里的辽远
手掌的起落
多么像一生，于朝暮之间
起起伏伏

谁和谁相遇相求
存于逆流的血液
九月并非只是一个口型
许多纯朴，美丽的句子
被缝补得又暖又脆

是时候了
我们阅破人世繁芜。飞升，飞升
羽化为翼

用一只眼与世界卑微相遇（组诗）

● 陈鱼观

眼 疾

一只眼在发炎，肿痛！
另一只无能为力——
只能干瞪着，看隔壁孪生兄弟的小眼睛
眯缝成刚出生时小狗未开眼的模样。

如此结果，大概是这些年
看了不该看的东西，
或有些脏东西撞进毫不防备的视网膜，
让我犯下了不能饶恕的错误。

于是收起眼帘的底板，
包藏流亡的隐秘。
用一只眼窥探因黑白混淆孳生的光怪陆离，
另一只眼，与世界保持距离。

一杯酒

站到一杯酒前，我想干掉它！
可此刻没有任何菜肴，
我不舍这杯酒平白无辜地葬身腹内，
也不想用肚子来承受它的
全部怨恨。干掉？还是
不干？此刻纠结比接纳一杯酒更加为难。
我和它从来没有这样靠近过，
也从未如此遥远。
以这杯酒为心，我要画一个圆，
或者画一连串的圆，
我读不懂每一个圆的意义，
其中句号，以及眼睛投射的贪婪？

其实我并不想干掉它，它也不会选择我
作为最后归宿。时间在相互对峙中，
不断地渗漏而去。

一片突然出现的白云

天空突然出现一片白云，
陌生化的柔软包藏着老去的固执。
白色须发染满北方的絮语，
一段冷空气的暧昧，
呈现鱼的鳞片，闪闪发光的冷
与天空争吵，从雾霾中生长。
身后是垂暮的老人，
褶起的皮肤如孩子的哭泣般——
大地有很多不忍。我注意到这片白云：
单薄。游离。灰色调。
我们相互作揖，称兄道弟，
为改变秋天而庆幸，
放下阳光，享用同病相怜的冷。

中元节，没有遇见一个鬼

人们说中元节是鬼节，
在潭美台风即将到来的这个夜晚，
我在寻找一个死去很久的鬼。
我没见过鬼的样子，但一定有别于我，
包括我所处的这个世界。
我不知道鬼曾以何种方式死去，
可能被风鼓起的身体藏着衰老和病痛的颤音，
满载怨恨和无奈，
躲在路的某个拐角处发泄；
或死死地贴附在土地上，

不敢有丝毫的分离。
我想鬼一定害怕回答与死有关的提问，
她需要一场倾诉，找到一位倾诉的对象。
我的经过是台风的前兆，
猎奇着另一个世界的风景。
鬼或不敢面对阳光，
极度自卑让她保持着寂寞的存在，
风雨开始逐渐增大，
一秒钟之后，可能被吹刮到更远的地方，
回乡的路更加艰难。一个被雨水淋湿的鬼，
一个被台风吹刮消失的鬼，
一个与这个世界格格不入的鬼，
我终于没能遇见的鬼。

像一只蚊子，被赶进了秋天

秋天张开了大嘴巴，
它将吸收雨，使之成为秋雨；
吸收风，使之成为秋风。
我像是一只无助的蚊子，
随被吸收的风雨赶进了秋天深处，
从此失去嗡嗡的话语，
在秋风秋雨的淅沥中逐渐沉寂，
放弃辩护的权利。
我已不再信任秋天，
茫然等待人类的一记无关痛痒的耳光，
骗取身体最后一滴血。
风雨搬弄是非让我体验彻骨的寒冷，
翅膀献给一场葬礼，
黑夜迟缓，空旷想象无法容纳
下一阵急促的风雨。

九月九日晚上的街头

九月九日晚上，一如平常的城市，
太阳按时下山，灯光准时上路。
与灯光一起登场的，还有充斥城市空隙的
烧烤铺、水果摊、理发店……
总有那么一群人习惯赖在街头，
绞尽脑汁把自己塞入夜晚
待价而沽。当我走过街头，

首先看到的是一家娱乐会所，
它的大门口摆着两个花圈，
据说里面刚刚有一个人被砍死，
低垂的祭品与昏暗的灯光交织一起，
人们选择交头接耳方式来寻找一个赔偿的理由。
仇杀？情杀？或是为财而亡？
一时冲动，黄泉路上多了一具直立行走的鬼。
这家娱乐会所已经停业，
大厅里坐着几个昏昏欲睡的老年人，
他们伸着懒腰，面无血色，
大概为死者伸冤，放弃了对夜晚的理想，
人们用对峙来肢解痛苦。
路的拐角处，不知何时搭出一个舞台，
一群兜售手机的商贩正在表演节目，
一段歌舞过后，一名男子敲碎一个灯泡，
将玻璃碎片放进嘴里，
咀嚼的快感，伴随着嘎吱作响。
人们似乎也受到感染，纷纷向舞台中间聚拢，
投以鼓掌和欢呼，将隔壁娱乐会所内
透出的哀乐声竭力压制。无论悲欣——
此时灯光无私地照顾着周围一切，
恍惚间，烧烤铺制造的油烟
跟随涌动人流爬到高处，
梳理一条条用笑声挤兑出来的鱼尾纹。
听说过会还有吞剑的表演，
只是我已无力顾及更多的刺激。

五月哀歌

当他们被赶出春天后，
选择在五月集结，用一朵苔藓的命运
为陌生人传说。
或重复蜗牛爬过的山峦，
跟随一群大象，朝针尖上逃亡。
他们的五月苟活于阳光泛滥的土地，
与骤然苍老的早晨一起醒来，
我的支持者除了一只趴在墙上过夜的壁虎，
所有反叛声音被锁进抽屉。
他们在五月身上
谋取国王的信任，
为藏匿一枚舌根下的毒果。

我要加入征讨者的队伍，去寻找鸟的羽毛，
任何疯狂告白从此隐瞒。
我的五月是一次失忆的放逐，
经历着雨水的欺骗，在日落时的
一场风光大葬中痛哭。

自刻章

石头属于过去，上面所刻除了刀痕
因为年头已远认不出所以

我先是将石头放在一张粗砂上
打磨，迫使陌生人从身体搬离
最后化为粉末，没有人能还原金石般的固执

直到一个截面的沟壑被彻底消除
我就将石头放到一张细砂上
用心安抚，不敢惊动一丝呼吸
到现在，我始能拿出刻刀
刻我蓄谋已久的狂狷，来为他立传

行刀时，选择以阴文小篆推进
一刀一锉，将名字从石心中剜出

吹一口气，名字在刀口散开
纷纷跌落在地，命运与我无关
只是石头刻度——有了锥心后的快感

夜　醉

夜色扑上来，缚住了我的四肢，
继而霸占喉咙和胃壁，
将不属于我的一切注入体内，
驯服每一个细胞，浓度比夏天苛刻。
潮水瞬间涨到脸上，
征伐者以戕残无辜而获得快感，
我无法抵御娇媚的耳语，
不能从风剑霜刀中独善其身，
但必须爬上楼顶，用惨烈的呼救来证得清白。
可我现还陷在一口井中，
四周一团漆黑，掂量不出时间的重量，
远处灯光偶然带来的一缕人影，
只顾同病相怜，却不会滴血认亲。
我应丧失享受表白的权利，
夜已难以自制，酒精的暧昧不再心存侥幸，
饮完这最后一杯，让自己彻底粉碎，
连同七彩宝塔的谎言——
连同我，坚贞不屈的初吻

暗流涌动（组诗）

● 郭全华

散步文博园

越来越近，就让我陈旧的身体
分解文博园重金打造的恢宏
我习惯了文化在史书里酣睡的样子
是谁不计成本把它们都押来
如此热闹，物美，还价廉

边走边看，放过大有来头的景致的
大有人在。我没有跟着人流
我蹲下去，随手一搭
就是几公分厚的钞票
钱有人挥霍，变成冰凉古铜的褐
就省心了

我可以走得更慢
我知道怎么也慢不过错落的典故
五千年长廊，风光，寂寞
看得完的是高额门票的外来游客
看不完的是市民的闲逸

高一脚浅一脚的历史
不能成为大部分人的经验
我们注定是被史书省略的那一群
就像史上的五千年搬到园里来
我只用一天，或半日

深夜，与一座村庄相遇

没有什么比黑夜看一座村庄
更显苍老了。生长带来了繁茂
却侵蚀了人声

人走光了，杂草中间院落还在
当一种风潮席卷了另一种风潮
你在哪里

那是瓜架，也是阴凉
那是鼾声，也是劳碌
夜幕遮盖着这些曾经安逸的宝物

吹过五百年的风，淋过一千年的雨
长出了一个茁壮的姓氏
和不绝的鸡鸣狗叫

热闹出走，勤劳出走，锅碗瓢盆出走
四周的苍翠，请延缓秋的步伐
我要趁夜黑天蓝种下点什么

南京路步行街

我射出的光，混迹其中
连我自己也分不清

老外跟着一个老外，边走边说
他前面依然是老外

更多的人在刷屏
宽度和高度依然是记忆的幅度

必须有标志，就像城隍庙
就像明珠塔，就像我来过南京路

放慢脚步，步行街变长
风驰电掣已成遥远的挥霍

流着，涌着。繁华攥在手心
摊开，什么也没有

外　滩

我在外滩。
说这句话的人不代表外滩
也不代表夜景

下一刻外滩正人流如织
而此刻，我仄着身体
也还是我

上海人就不要去外滩了
外滩是一件衣服
适合挂在橱窗

我将比灯光更早离开
灯光在建筑的外面
我在灯光的外面

街　头

晨光撒在门牌上
也撒在正被清道夫搬运的垃圾上

一只快走的书包
惺忪而匆忙，一个倒着走的老人
皱纹里藏着细汗

我来或者不来，街都会用旧
一些被记忆，另一些消失

居民街

从早到晚都醒着
又仿佛睡着的小巷子
进出的人
套着拖鞋的脚
白得刺眼
高耸着乳房的女子
闪过虚掩的门

这是一条和繁华无缘的小弄
从世纪大道过来
穿高新区，过人民路
左拐，前行，右拐，前行
公交停靠处斜对面就是入口
它看上去有些老
落满树叶的安静里
一辆新款轿车
露出不安的表情

这是一条被牢骚着，微笑着
分得城市一杯羹的居民街
你在这里住了有些年头
你还将在这里住下去
于是低下头来，搓手拨弄脚趾

河　流

我占据一条小鱼的位置
占据一棵水草的位置
我喜欢哗哗，喜欢清亮
我欢呼，歌唱
把感情一股脑放进去
把口水放进去
把过去未来都插进去
我喊来伙伴喊来姐妹喊来七姑八姨
这条河是我的也是你们的
有更多的人插进来
流水不见了
人流着

星河组曲

金秋，说爱给那些稻谷（组诗）

● 刘 霞

金秋　说爱给那些稻谷

那些稻谷其实我不是写诗
是和你说说话
二十多年的坚持，对于你的爱和疼痛
那些遥远的和现在的
眼神　微笑　汗水和泪水
都在我心尖上折返

一粒稻谷从春到秋
每年都在这里和你对话
祈求平安　放逐无常
从刀割到机械化
从艰难的跋涉到粮谷满仓
春天那场水淹了你整整七天七夜
秋雨打在你身上沙沙响
每一段成长都惊动着我的心魄

听天由命　在命运之中
感谢你不变的情怀
在这云霞织锦的天宇
不去想梦和远方
任秋风吹过田野
吹动你的腰肢和内心的锦绣
直到把我也渐渐地吹弯
弯成你如今的模样

金色的鸟鸣

更深地卷入鸟鸣和雨露之争
踏着一潭的虹

终于来到我的王国

我的唇被几只喜鹊封杀
我用露水洗脚
脚踝上挂着一只纯银的鸣叫
是的　银色的
那些喜鹊和露珠是我王国的守护神
每次见到我都会强行的洗脚　挂上银环
然后争先地告诉我　抽穗　拔节

这次一只喜鹊叫得异常热烈
金黄　金黄　金黄

肩上的露珠

如此晶莹
在晨光中　在微风里
我的那些密密匝匝水稻的肩头
多么甜的甘露啊
附在金浪上熠熠闪光
不像一月的遥想　三月的残雪
四月的桃花

八月我久久地坐在水稻旁
只等它肩上的露珠把金色浸染
然后坠落
砸我个疙瘩

太阳发出音乐的光芒

爬上一株水稻
向躲在那棵大树叶子后的喜鹊招手

得意　如身旁的蜻蜓和蜜蜂

太阳发出音乐的光芒
大地的乳汁把一串串珍珠压了压
听到了饱满的尖叫

我也低下头
恰似蜜蜂欲语还休

可露珠吊着水稻的脖子
不肯均沾　不肯远嫁

幸福如此简单

喝退那两只小狗
独自一人
带着满身的清露
和你一起享受天高云淡　蝉鸣燕舞

幸福如此简单
膝盖蒸腾的热浪渐渐消退
阳光越来越暖
还没来得及做任何反应
一只红蜻蜓就落在我的笔端
一个俊美的词　在眼里惊艳

秋天　只需一个词
幸福就那么具体
那些稻穗肩挨着肩
像失散多年的兄弟
不去评论谁高谁低
它们都是母亲的孩子
都会得到无言的赞美和肯定

早　行

阳光穿过晨雾
明亮的大地　落满金色的鸟鸣
走在田埂的人
裤腿被露水打湿
一手拿着长鞭
一手提着镰刀
只有我知道他们是谁
要去哪里

抒　情

等了很久
在八月的深秋
你像一个怀孕的少妇
脸上显得宁静安详
我望着你
望着你的脸庞和晨露泛起的波光
直到那光
耀得我睁不开眼睛

你摇动着身躯
亲爱的
我的胸膛堆满了赞美你的言辞
红色的蜻蜓　白色的蝴蝶
还有那只蚂蚱在对你挤眉弄眼

可你一直在望着我
望着我的眼睛
你望得痴迷　望得暗香萌动
这样的相望
说出永恒
该是多么清浅
不说永恒
又该是多么的滚烫

修 行（组诗）

●韦汉权

修 行

红叶选择脱离树身的经脉
雪选择脱离天空
翠鸟选择脱离向阳的枝头
秉烛之人，从凡尘深处
选择最醒目的芯
并在灵修戾止的夜择得光明
大悲咒下，添加每一分亮度
都是一次深刻的修行

苔 藓

一些草叶被移走
苔藓伸出屋檐的部分成手，在雨中静默
和这些故乡的孩子一样
我和苔藓常常在失去自信之后
又失去季节
触角和旱烟的味
都已无从辨认，哪一种来得更真切

柴门轻轻合上，另一场雨从故乡而来
更多的苔藓，在风雨中蔓延
小路也在脚步的尽头消失
关上窗，我突然想
我此刻是睡着　还是醒着

菩 提

五祖弘忍，衣钵的灯一直亮着
照着无树的肉身

但凡肩负传承法度使命的人
无一例外地在佛的掌纹间
滂沱。明镜后走着更多人的影子
他们纷纷从蒙尘的箧子里
探身

浆 果

裹挟着稻香的晚风里
同时会有浆果的手
从季节的缝隙伸出
并赚取我诗句的版面，这是农人无法预知
的情节
在秋里，却令我心生感激
作为村庄的一份子，我因了无牵挂
而潸然泪下

它也许从来就活在曲解里
难为人所悟
在一场场被忽略的农事里
浆果的细节浓墨在笔尖
然后隐含着一截山脉，向外，向远处逶迤
而我始终无法描述

晨 曦

应该知道
被晨风洗过的竹叶是跳动的
竹下溪水透明
像昨晚忘返的月亮
靠左约莫十米的地方，小路
由小到大张开

起伏的山影和树影间
翠鸟不知疲倦，来回振羽
以画眉为例，当人和鸟纷纷
从一片宣纸走来
匆忙的季节，你告诉我
还有谁最有资格
站在晨光里
将故乡的鸟语花香
占为己有

高高的禾垛

我想，在故乡
一头牛一旦脱离了耕耘，显然就是一团软体
像内心紧握的玉器坠落
就注定一生跪于树荫下，听别人颐指气使
卑怯度日。同样道理
父亲，我所以选择今天启程
因为我已经学会区分和领悟
在故乡的天空
此刻云层往四周拉开
没有阴翳

一个人如果执意背井离乡
身披伪装
迷失成一头道貌岸然的牛
是母亲将我拾回，然后牵着手
趟过故乡小溪的潺潺水间
最终在水边的磨盘上坐下
并与同龄的女孩紧握
这时，水草纷纷探出头
翠鸟们也奉献了傍晚的最后一次飞翔

入夜，山村渐渐在淡墨中
进入一张宣纸
最后一声牛吽穿越夜空
一箭将月光射落
在高高的禾垛下

醒着的睡眠

两次跳动，惺忪
像高悬的松果，避过枯丫
光秃，或者诬咒的绿
扯长日光，睁开，窗花破成昨夜
缭乱的蛛房
蛹和松鼠，他们有多长生命，诗就有多长
足够用尽早晨和傍晚，结蒂了故事
如果睡眠，醒着就飞翔
从花粉与灌浆，从深藏于刺杉的窝巢
从来就一条路

必须是与故乡间隔，才有抒情歌声吗
凡高的阔叶，向阳，又恹恹
卸下白昼面具，当我们活得坦然
就让线条穿透我们的肺腑
和纷纷崩塌的伪装

月　夜

一些年了，家乡的物事也渐渐忘记
我们曾劳作的田塍，已长满荒草
我们歇息的树桩，也被蘑菇占据
我们渴了喝水的泥井，成田鸡和泥鳅的乐园
就在我们离家的刹那
那一片热闹的沃土
纷纷褪去了喧嚣

而在梦里
浮萍静静从水面凸出来
一些妩媚，也在故乡的春夜里醒目
翠鸟练习扑飞，并用歌声
摧毁我们的宁静
你悄悄起身，把影子投进庭院
顿时成了李白
我走进庭院，月亮把影子拉长
顿时成了苏轼

星河组曲

倒退的火车(组诗)

● 詹义君

冬日书

我想做一个无所事事的人
不远游。不稼穑。甚至
不纠正梨树冬天开花的错误

只守住一方小庭院,坚持
对旧日子的偏爱。不听风言风语
风怎么带来的
就让风怎么带走。现在

我坐在柳树下等一个人
传闻他曾在东晋的南山下种豆
我与他未曾谋面。但
如果他一出现在村口,我会一眼
就认出他

说到矮下去的炊烟,留有
枯荷残茎的皲裂池塘,终日躲在
雾气中的太阳……我还是会心痛——
哦,原谅我!一不小心
泄露了骨髓里无法拔出来的暗疾

我已经准备好了:天空
若不落雪,那就在心里悄悄地下一场
让它看起来
更纯粹,有一点点不沾染尘世的
白

倒退的火车

我愿意退回到蟠龙村:一个
被枝头的鸟儿叫醒的人
是幸福的。透过木格窗的阳光,让我有
重新爱上这个世界的冲动

在檐下吃早饭,沏茶
梅花还未落尽。想起前年育下的雪松
该移栽了。也不必急,搬一株
休息一会儿:抽一支烟,望一望头顶的
云朵

退回蟠龙村,我卸下时间的齿轮
让河水依旧停留在昨天
如果月季拥挤着高声喧哗,我就给它们修修
枝蔓

让野草趁机露出头;如果夜合树突然
回忆起往事而发呆,我就一言不语,陪它
站在风中

我愿意就这样消磨大好时光。离开
晚报生活版和经济新闻
当竹林上空飘起缕缕炊烟,那时,我已走在
回住所的小坡上:我拾到了一枚野鸡毛
——过去了这么多年,大自然
还记得为我备上一份
意外的礼物

倦游书

如果，我还能够寻找到故乡
我当皈依

我研习过春种秋收，也曾
与河边闲卧的水牛论交情
我插柳、养禽，会给喇叭花带路
引它们爬满篱墙

我还不算老，尚有力气
东山砍柴，西原看霞，在孤灯下
读断线的诗三百，揣想
前朝旧事

或者，你还记得我
白衣翩翩从红尘中来
陪我下棋，饮酒
谈桃李春风、江湖夜雨

我要写世间最轻的诗
春燕来，春燕读
秋月到，秋月吟
你不来，我焚稿御寒

晚 风

荒烟十里。如果细心一些
还能找到旧庭院倾颓的黑色屋架，像一具
无人认领的尸骨
月色曾经照临过的窗台，爬满
蔓草

那时，她走在废弃的石径上
足音沾满乌梢蛇的怨怒

她许给自己一丝涟漪——
湖水清浅。仿佛那个出走多年的人
来不及带走的一段心事
站在夕光中，她多么愿意相信
芦苇再一次白头，是
因为等待。但

晚风并不认识她。尽管它又在茅草茎上
弯了一下腰，却对折断的时光
只字不提

她转身。手握
无处寄放的故乡

打柴的人

他熟悉木柴的质地，胜过熟悉
内心简单的愿望
如果山墙下堆满整齐的柴禾，人间
便有了烟火味

松针脆软，是引火的好料
青杠坚硬，宜煮年节的腊肉……
但他最终在天然气和抽油烟机前
犯迷糊：世界越来越新
村庄如何却越来越小？

他沿荒径，一路后退
在野藤间找出老屋的病灶
用枯枝和干树叶开出药方，试图
重新扶正黄昏的炊烟

想起昨日在山中
泡桐树的善意："你还有几两力气可使？
何不趁此好时光，去东风小区
跳广场舞！"

他颓然卧地
再细看腰间的柴刀：豁口处
填满化不开的落寞

月光下磨刀，嚯嚯声
时断时续，已然没了从前的底气
一声叹息
随火石掉在地上——

他弯腰捡拾的空隙
霜色漫过了垮塌的院墙

万马奔腾（组诗）

● 狄 芦

路过马铃镇

风击马铃，一片碎玉的声响
从秋天的高空落下，霜白的露珠
凝落在一片苦草中……

打开九月的窗子，见到一阵豳风黍离的心噎
见到一段尘封千年的忧伤——那是一匹马
跑不出历史的彷徨与苦闷

我在一匹马的铃声上，放眼探寻
无数匹失意中最悲凄的
那一匹

一匹马心靡靡，一匹马心摇摇……

马鞍山写意

一匹跑起的马，突然倒下……

就那样不见了马首，不见了马尾
川套中仅留下一匹马的鞍——
一匹马唯一所能留下的那一件灰色的马甲

穿过杏林，穿过一双苦涩的杏眼
我发现一匹瘦马失去眼睛后那份迷茫——

风起了，一片弯月微微升起了
一匹马鞍部的凹芽微微升起了
一匹马终于又穿上了那件灰色的马甲

我第二次发现：一匹无形之马——
那份被人驾驭的渴望，是那样地
迫切……

千匹马，从一棵树中片片飞出

秋霜落下，风吹过谷口——
一匹马用一身的红，绛染着每一片层林

站在塬上，对着红山谷，我看到：
一阵红风从山谷中跑出——
一匹红马从一棵大树中跑出——
一片树叶从大树中跑出

风越吹越大，更多的红马从大树中跑出
风越吹越大，更多的红叶从大树中跑出

更多的红马跑出，更多的红叶跑出
更多的红叶跑出，更多的红马跑出

跑着，跑着；一棵树倒下了
一棵树倒下了，片片红叶倒下了
片片红叶倒下了，片片红马倒下了
倒下的片片红马，渐渐入尘，腐烂……

一棵树倒下，会有另一棵树站起
片片树叶倒下，会有更多的树叶站起

片片红马倒下，会有更多的红马站起吗
我的身后，刮过一阵迷茫而又苍凉的悬风

星河组曲

路过驿马镇

一匹马跑起
以一日千里的速度向西而来

经过秦汉,淹没了四蹄
经过唐宋,淹没了辔头
经过明清,淹没了马背

一匹默默的马,继续向前走
直到一根马脊的印迹
成尘,隆起

此时——
更多无名之马
正穿过它的脊梁

路过坳马

我要坐下来,用心去观察
一匹狂野之马,是如何把自己跑散架的——

在这片古老而又神奇的地方
一匹狂野之马再奋力,也跑不出茫茫土塬

黄天厚土,在这片埋人的地方
我惊奇地发现——

一个人倒下了,一片黄土就升高了
更多的人倒下了,更多的黄土就升高了

用骨头撑起的高塬啊
今天,又慢慢高起了一层

——而那匹狂野之马,却慢慢倒下了……

马莲河

一匹野马,奔腾而来
轻蹄溅起的浪花,晶莹剔透

像开出的朵朵白莲

一条河从黑山中跑出
一匹马从黑山中跑出

一河的白莲从一匹马的脚底跑出
并向江南一路开去。多像
一村的好姑娘在一匹马背上
离开娘家,把最动人的颜色献给远方

正如这朵朵北方的浪花
千里迢迢要以一匹马的速度
赶下江南,去做一枝冰洁的玉荷

马　说

马说:以最快的速度,二步
我就站在汉界的边境上了

马说:若在我的屁股后,轻轻拍一把
轻轻拍一把,我就一跃过了楚河了

马说:过了楚河,眼观四方
一日千里,脚下全是开拓的疆土

马说:一匹单枪的马,最大的招数
就是找到一口属于自己的槽……

马说:一匹单枪的马,关键不是有没有槽
而在能不能卧下去,在一口槽上

马说:一匹单枪的马,一生即使卧对了地方
那也要看后方主帅的脸色……

马说:一匹单枪的马,大半在半道上就倒下了
恶劣的主帅关心的,只有江山

马说:要做一匹绝顶的单枪之马,就得学会
延宕或阻止江山的统一

马说:江山统一的时候,就是我倒下的时候

星河组曲

这是我要说的最后一句话，之后我就被……

悲调马头琴

一匹马，从长风中奔来
马头竖起，马嘴微张——
似有一段悲情要诉

一匹马，从历史的长河里跑出
一路的漫长和艰辛，使它
跑断了四蹄，跑断了脊梁
跑断了一身的骨架和鞍鞯

仅剩下一匹马的嘴巴，今天
它不得不借这张仅存的歌喉
唱出埋藏在内心深处的那段忧伤——

它说：在有生之年，人们用嘴来诉说
今天，我要以我的这把骨头来说

它说：我要以马头为琴头，马脊为琴身
腿骨为琴弓，尾毛为琴弦，双耳为音筒……

它说：我要借长风为调，我要借长河为曲
它说：我要以一生的风雨为音符
它说：我要以坦途和坎坷为高低音

它说：……

——凄惨，离断
你能听懂它灵魂深处的
那份缄默与痛失吗？

路遇马岭镇

在一匹马的背上，放眼
两匹白马迎面而来……

两匹白马，是两匹奔腾的白纸
劈头盖脸地盖下来，把一个人一声不响地
从人间拉起，并向天堂飞去……

——在这匹马的背项上，两匹纸白马
一左，一右；身上青墨数点——

一个去往天堂的人，是非功过
被这两匹白纸马，从黄土中拉出
最终，又向黄土中拉回去……

在这匹马的背项上，我从两匹白马身上
看到了前世与今生，生死与离肠

——薄得简直不过这一张白纸……

最后一片雪击伤我的头颅（组诗）

● 刘海潮

雪夜

黑雪张扬。死亡顺管道而上
停下来的雪折断双翼
美好常常是一瞬间的事
棉袄挂在树杈上，靴子蹒跚
这是初冬，小城的第一场雪
以雨的速度横行，以风的姿势
书写昨天的黑
少了一瓣的雪落手心
夜，躲在楼梯拐角处
喊了一声，再也没有回头

最后一片雪击伤我的头颅

二十年前的雪地，红狐燃烧
树枝绕湖一圈，冰冰茬子
大口吞噬大片的白
黑的雪走远，片状和粒状
嚎啕大哭。荆条抽打过的湖面
蛰伏在山峦之右。这是本命年
横亘于湖心的巨石随时坍塌
草木掩映在辽阔之下，火苗四起
红狐，雪地的红狐，爪子的血
梅花开放，哀鸣打旋
二十年前的那片雪，穿透湖水
重重击伤我的头颅，从此
雪地上落满梅花

醉

风过耳。醉得夜蹒跚
意念掠过立秋，掠过
四十八年的平原

红绿灯虚度，蜿蜒
穿过夜的夜
城市和你同时失眠

雨，刚下几滴，或者
干脆没下。路面像季节
一阵湿，一阵干

飙车的瞬间，闪电
击打你我，击打
执手后的懵懂之年

雨

我看着你，你看着天
一滴雨，挂在半空

你说，等这滴雨落下
咱就走，就去南山

我看看你，你看看天
一直到天黑，那滴雨

还挂在半空

星河组曲

草

拔去一棵草,又拔去
一棵草。指尖
锋利地刺伤叶子
黄土殷红,一如少小

二十多年了
老家与我,只剩下
这些草木状的琐碎
偶尔让我疼痛,忆起

梦

呼啦,一大堆东西落下

与东西一起落下的
还有梦,和梦的轻

包袱层层打开,最后
居然是个空。狮子
开始吃草,吃树叶子,和往事

巴掌大的小孔,透视,眺望
我看见苍老和浑浊在寻找

稀释的炊烟里,母亲用袖头
擦一把汗,满锅槐花撞击

二十年了,每当黑色吞噬,咀嚼
让我绝望,茫然,无路可走

厨屋就打开一扇窗
光和炊烟手手相扣,通体透亮

雨 中

醉意朦胧。婴儿的脸丢失湖心
雨打湿十月的疲惫和诺言
这是初冬,寒冷微露
雨成为雪的过程,穿透落叶
照亮视野以外

结局每次都重复上演
序曲时急,时缓,湖面的雨
最终还是随风飘走,最终
也没有溶化,厮守

我只能眼睁睁看着你
看你落入泥土,或者人间

黑里河的闪电

没有人能抓住闪电,抓住天空的阵痛
刺破村庄的剑,种植于黑里河

骨头上的蓝,闪耀坚硬的家谱和宗亲
长明灯旁,祭祀的麦子和银器微泛冷光

淤泥长出的瓷器,质朴而敦厚
小鸟筑巢,衔来的姓氏斜织平原

生锈的铁锁长出嫩芽,横亘回家的路
门牙咽到肚里去,扬场的木掀叫醒童年

树梢上石磙飞翔,老槐树树冠倒悬
门板抬不动空心村,炊烟凝固,打成死结

雨水只升不降,新盖的楼房空无一物
最后一只蚂蚁撬动木梁,米粒儿彳亍走动

五月,黑里河的闪电迎着风头狂舞
那些试图握紧闪电的人终将散去,只有神

只有神明端坐在河水中间,挥动柳枝
明亮的刀锋一层层剥下疼痛与伤感

你一个人在乡下酒绿（组诗）

●潘志远

我看见宛溪河的老底

我终于看见宛溪河的老底
两条不说话的鱼
在仅存的水中，对天盟誓
河滩上，几茎小草三叩九拜
结为生死之交
它们被逼到绝境无力反抗
命系一水，奄奄一息
白云还在天上唱高调
江鸥们正商量远行
我看着宛溪河的老底
一筹莫展；而在一个多月前
它是那么泛滥
对谁都横冲直撞，讳莫如深

啄食自己的影子

吃遍山珍野肴，舌头寡淡
忽生好奇
想低头
啄食自己的影子

生吃，也熟食
或者煎炒煮炸蒸煸炖氽……
用尽一切厨艺
加入各种调料
倘若能吃出新时尚
吃出新食谱，吃出新文化，
吃出传奇，吃出专利，吃出新纪元
吃得营养又环保健康又减肥

呵，呵
我终于吃着自己的影子
也吃惯自己的影子了
吃到这尘世上，胜过一切美味的美味

明月胃

这是我的，明晃晃的
也光亮亮的。上半月渐渐吃饱
下半月又慢慢饿瘪的胃呀
咀嚼不尽的夜草
化为营养和丰沛的乳汁
一块石头，骤冷骤热
永远也消化不了的传说和乡愁
高悬在我的胃囊
下垂是一种病
更有耿耿于怀的炎症
至今诊断不明
云遮雾绕
就不要开启你的透视了
雨过之后
我的胃清朗
心，也万里澄澈
我吞下一肚子秋天
骨头缝里都下满了纷披的露水

最喜欢海来看我

风来看我
握着上天的檄命一路小跑
见到我，非吹即拍
我恶心它的做派

星河组曲

雨赶来看我
被云差遣
我用一柄伞敷衍
我反感它粘糊糊的态度
见到谁,都娘兮兮的

阳光倒是很坦率
只是太过热情
搞得我很被动
浑身燥热,额头沁汗

相比之下,我最喜欢海来看我
我虽一介凡夫
每次它都心潮澎湃
对我流连忘返
在我脚下沙滩上,久久徘徊

你一个人在乡下酒绿

城里一片灯红时
你一个人在乡下酒绿
牵引着我的目光
在你身后与你追尾
不必报警
也不需要理赔

我只需要你在身边
擦亮夜的寂静
此刻,远山如黛,雷声隐隐
闪电在天边划燃一根又一根火柴
对禾苗一百零八次鞠躬之后
酒足饭饱,洗浴完毕
心不生一丝邪念
雨送微凉,对于夏夜
我还欠她一个长长的呵欠

目光比杀猪刀还锋利

他是一个屠夫
每晚回家
手里都拎着一颗猪头

尽管我压低嗓门
他还是听见了
"谁猪头!"
回眼瞪我
目光比杀猪刀还锋利

我一颤
捅偏了
夕阳如血
他轻易宰杀了小镇黄昏

秋色辞（组诗）

● 霜　剑

夕时晴

经过太久的等候
迷离的双眼在此时更加迷离
春花或夏木
还是即将铺展的雪白
都不过是你的前世情人或后世弃儿
忘却漫长的来路和去往
沉浸于一片斑斓的秋梦
休憩在菊花弯曲的音符
像一只红色的蜻蜓
兀立一池秋荷
流水缓步
和风轻抚
大雁排成人字
划破夕时温柔的华光
一声舒展之音写满晴空

破　晓

这时是那样生动
充满渴望的目光
不只是在天上
大地上同样闪闪发亮
河流用手指唤醒草木
并告诉大地上的其他生灵
快将多彩的时光拥抱在怀里
收获一季丰满的生命

步入金黄

深山树深草密
最写意处是那一线幽暗小径
步入这金黄深处
一动就碰得一身油彩
到处都是燃烧着的火焰
还有随风起舞的酒旗
然而火那样热烈
酒那样迷醉
小路还是那样静谧
万物饱满垂首
像一个个思想者
或者是哲学家
一声归巢的鸟鸣
让一山秋色流动

秋苇如花

这片熟悉的水域
秋阳高照
秋水波动
渔舟隐没在芦苇丛间
轻盈的苇花似天上的白衣仙姑
起舞于一片用深红金黄青黑铺展的底板上
明眸皓齿含情脉脉
白似雪片艳比春花
一梦越千年
绝不像任何的花儿那样
自行凋零
甘愿柔立在严冬

与寒风搏击到最后一刻
被撕碎的只是柔软的身体
撕不碎的是洁白的心灵

金色池塘

只需要一种感觉
最好是闭目凝神
第六种感应来自池塘的深处
文字和油彩都是过多的涂鸦
想象中池塘里堆积着田野和天空中
最绚烂的金子
一池秋水就是一块巨大的黄金
秋树上也已挂满金子
蓝天上的阳光都是从这里反射出去的金子
的光芒
就连采挖荷藕的农人也全身金光闪闪
肥硕的游鱼镶嵌着片片金鳞
一定有个胖娃娃骑在鱼儿的背上歌唱
这一刻的迷醉
人至中年才体味最深

秋色深几许

如果寻找最深的秋色
不在深山也不在原野
更勿论四季不再轮回的城市

不在由青变黄变黑的树枝间
不在由深变浅的草径拐弯处
更不在瓜熟蒂落的晒谷场上

如果一段光景斑驳的农家小院
一段颓废欲倾的矮墙
一座久无生机的深秋山村
和你迎面而撞
自然还有一两个守望远方的老人或儿童
秋天的颜色会不会变得几许深沉？

每过此径不忍踩

行走在深秋的明孝陵神道
必须格外小心
脚步放慢再放慢
两边是神明和王气
而中间落满大明王朝的金黄

行走在多伦多的大街上
必须格外小心
脚步放慢再放慢
街道边高高的枫树已经红透了天空
好像是树立起巨大的红墙
一个女人以特别的姿势行走
扭来扭去躲过静卧路面的一片又一片红叶

加拿大的红叶和明孝陵的金叶
都是生命的使者
自然和神灵每天都守望在我们行走的路上
轻轻地放慢脚步
必要时扭动你高贵的身体
哪怕姿势变形难看
没有辜负秋色的人生才会更精彩

在江南（组诗）

● 缪立士

湖上落日——给W

薄暮时分
我们在湖滨喝茶闲聊
桂花正香
荷叶已枯

断桥灰濛
保俶山灰濛
一轮落日
忽然钻出云层和雾霾
灼灼闪耀

它仿佛告诉我
距离天黑还有一段长长的路程
不必黯然

此时湖面仍然宽阔
几艘游船如在薄明的梦中划动
喝入口中的茶液
有了甜味

梦

我被挂在空中
我被留在悬崖上
虽然我竭力攀登
上已无爬上去的可能
下也难以爬下去

我紧贴着悬崖
脚掌已磨出血
十指仍然用力地抠进岩石
我渴望　有人施以援手
但荒山寂寂
难见野兽的踪迹

忽然　一只山鹰在头顶盘旋
巨大的翅翼驮着正午的阳光
浓重的影子投射在我的面前
我昂起头　全身的骨骼在咯咯作响

是谁一声长吼
山林震动
岩石崩裂　轰然滑入山谷
我奋然跃起　衣袂飘飘
如同展开的翅翼　大风托举着

伤心的白头翁

白头翁从三月里飞来
在我家窗前的桂花树上
一声声地讲述着伤心的故事

多少美好的日子
是怎样被虚掷的
在三月的江南

谁在默默地听着
直到夜色盖住眼睑
风吹起簌簌飘落的花儿

星河组曲

春 天

鸟鸣声声　从微明的窗前
咚咚咚地落入我的梦里

那些树木都举着绿色的枝叶
在轻轻地摇摆
一朵朵花儿在飞舞着

我想歌唱
这么美的春天　这么美的江南
但我已不再是天真无忧的少年郎

那一个个春天是怎样逝去的
我又是怎样一点点变老的
我低垂着头　茫然地
像找不到多年前写下的一首诗
它是怎样开头的
又是怎样结尾

在春天的花丛边读诗

在春天的花丛边读诗
声音要轻些　细些
花儿支楞着耳朵
昆虫们在应和着

天　刚刚还是明亮的
在我翻到新的一页时
就暗了下来

几只蝙蝠在飞
未及转身就模糊了
每一幢高楼都亮起灯火
等着回家的人

这样的景象多美，胜过我读到的诗
当我合上书本，走向灯火
风轻轻地把花香吹进我的心扉

小村鸟鸣

南来的风还在天边徘徊
小村是寂静的
褐色的大地上没有一丝绿意
小草枯黄
树木只有光秃秃的枝条

一只小鸟不知从什么地方飞出来
在树上一声声地叫
阳光若有若无地照着它
灰色的羽毛，弯弯的爪子攫住枝条

它在不停地叫着
整整一个下午　我都在倾听着
叫声滴落下来
枝条上就冒出一个绿芽
叫声滴落下来
枝条上就翻飞着一片绿叶

鸣声嗷嗷　绿叶翻飞
春天在小村的上空一声声地叫着

暮春，在飞云江边
　　　——给阿桂

飞云江流到我们面前时，
已无奔腾之势，也不再泥沙俱下。
暮春的风从宽阔的江面上走来，
江声在暮色中低低地倾诉着。

你喝的是白开水，我喝的是
低度的啤酒，但在我们的杯中
波动着的依然是二十多年前的记忆。
那时，有多少青葱就有多少向往。

人生至此，你的额上有了皱纹，
我也有了白发。可喜的是
你的路越走越宽阔，如面前的江水

在经过峻急之后，已变得舒缓、从容。

而我依然沉溺于年少的梦想，
走在一条与大多数人相背离的道路上。
呵，我们不谈这些。飞云江两岸的灯火
多么绚丽辉煌。

日　落

一只燃烧的火球
轰然坠入大海
转瞬间　海浪翻滚
一下下地拍打着
无言的天空

不远处的渔村
已经沉静下来
腥咸的海风吹进曲折的巷弄
篱墙上的渔网瑟瑟抖动
仿佛经过先人的灵魂

大海也渐渐平静下来
无垠的黑啊
覆盖着海面与尘世
多少人在悄悄地来临
多少人在悄悄地离去

黄　昏

天暗了下来
这座临海的南方小镇
纷纷亮起灯火
小贩们的吆喝声更加起劲

这是暮春　平原上空
灰蒙蒙的天幕上　繁星闪闪
我在想　其中
一定有神的眼睛

在灰蒙蒙的天幕后窥探着
已经昏暗下来的大地
和大地上依然忙碌不已的众生

等你在竹林

透过青青枝叶
星星在焦急地张望
村里灯火依稀
哪一盏是为你开放的花

我把你的名字
刻在一株竹竿上
整座竹林便亲切起来

晚风轻拂
枝叶沙沙作响
仿佛是你翠绿婀娜地向我走来

流淌在新疆的情思（组诗）

● 刘子虚

清 风

时间伴随着清风
停留在
西域海底的边城
一颗颗葡萄更换了着装
粉红、酱紫、靛蓝
这一片大地
是那样五彩缤纷

太 阳

总有一段记忆不能抹去
总有一种情感永不悲伤
看天边彩云飘飘
依稀的身影却是
西域永不落地的太阳

胡 杨

一段真实的神话传说
仿佛丝绸古道上
马蹄过后的滚滚烟尘
穿越了千年
凝结了奇迹
随风飞舞的绿叶
迎接每一个清晨

戈 壁

花草不在 鸟儿不飞
阳光像滚滚沙尘漫过
淹没了一切
剩下五彩斑斓的石头
光溜溜的远方的山
凝望着
同样光溜溜的土地

黄 沙

一粒沙子繁衍出的世界
浩浩荡荡，吞没了
原来的水和原来的草
风起了
带走薄薄的一层金黄
那些揪扯的思绪
渐渐飘远

彩 玉

有理想的石头
在时间里浸染了千百种颜色
春暖花开的时候
随着流水，伴着芬芳
对着天边的晚霞
发出由衷的感慨
哦，我在触手可及的地方

草 原

流浪的云歇下了脚步
傲然挺立的群山面前
牧草正在疯长

羊群像扁舟一样浮在那里
起起伏伏，摇摇荡荡
朝着青烟升起的毡房游去

麦西来甫

一声声唢呐吹落了满枝的葡萄
妖娆的裙裾再次旋转
那条条乌黑的长辫
也带走了手鼓铿锵的呼喊
这是炎热的时候
也是清凉的时候
瓜果飘香的地方
古老而漫长的传承
溢出胡杨林
顺着风儿飘向远方

冬不拉

粗糙的手指拨动两根细细的长弦
淙淙的流水穿过草原
奔跑的骏马惊起了鸟儿的欢歌
莽莽苍苍的大地
拥有的就是这快乐的音符
一缕缕清风吹过脸颊
耳畔又回响起
动人心弦的冬不拉

楼 兰

沙丘背后传来湖水的气息
仿佛孤寂的驼铃唤醒了黎明
打开记忆尘封的枷锁
兵戈铁马的混乱中夹杂着
少女那如玫瑰般绽放的笑语
我愿意追溯
在狂风不息的罗布泊
前世，今生
久久散不去的那一缕情怀

背 影

没有比万水千山更远的路
在天涯背后的小城
不见一只大雁
迢遥的旅途
一片背影模模糊糊

天山的雪水刺骨冰凉
荒漠也游荡着迷离的风
哪里能见到东去的鸿雁
穿过丛林，越过高山
望一望那个清晰的背影
　黄土

该在远方流浪
接过那把黄土
你已经许下了深深的祝福

一年又一年
星光月光总是那样璀璨
该记得，那是故乡的黄土

声 音

电磁波震动
我知道
那点点音符是多么美妙
只是，看不到
你平添了几根银丝

你在说话
东家长西家短
我在说话
这边思那边想

声音，就像遥远的月光
轻轻系着
剪不断、理还乱的皱纹

北纬27度，遇见百山祖（外五首）

● 乔国永

遇见了一些树
它们多么像一些人

润楠、紫茎、木荷、蕊茶、杜鹃……
像是此生一一错过的女子
扎根在没有坐标的沟壑里
吃尽天下忘情的草药
也没杀掉泥土里藤蔓的种子

野漆、青冈、巴东栎、山矾、树参
不知道哪一棵是我的父亲
哪一棵是我的儿子。他们站在山上
他们和头顶上的那片天
隔着一层雾霾

我遇见了自己：
一株苦枥木，一株马醉木
白天，把苦楚打磨得无比锋利
夜晚，在酣醉中用刀子剔掉最硬的那块骨头

草木，叶山头

一群灌木猜透了
晒谷场的心思
从此，蓬勃的血脉供养起
放弃了自由的奴仆
而我用铁丝网圈起的另一片晒谷场
却只剩被想念蚀空的骨架

一株杜鹃换了身素衣
像那个让我败给了情份的女子
在枯荣间凭吊不该就那样凋谢的花事

几棵不知名的树拼命地摇动身子
像几天不见主人的小狗，
更像是在风中挥动的手臂，
要让风在离别和重逢时，都能哭出声来

一片小树林长成北方的模样
它们是不是也像我
不管多湿润
也要在额头烙一片擦不去的荒漠

天堂山上

一群无比小的鸟
让大失去了意义

坍塌的旧舍
枯竭的苇草
让死死了，让生活着

一潭冬水
让沉默阐释：
春天的萌动，夏天的交合，秋天的孕育
都是为了更好地供奉一场浩大的洗劫

为此
凛冽和篝火握手言和

立冬，在石头村品忍冬花

忍冬花就是金银花
秋天的秘密瞒不过冬天

来石头村本是为了石头
一座石头桥，用时间焊接
站在上面的人都有千年的道行
我没有走上去
我怕不合时宜的动容会扭曲时间的棱角
对于那些石头房子
我也是习惯性地停在它们的气场之外
以免听到的只是一面之词
这里的石头比冬天柔软
从石头屋里走出来的人却不怕冬天的硬
石头养活了村子
唯有那棵粗壮的枫香树不明缘由地死去
石头也需要隐忍吗
石头告诉我的
正是忍冬花要告诉冬天的

放 生

每次对质后
苍老都会来调教我
我默默地变成了一座城堡
里面寄居着偶然留下的刀痕和吻痕
她们会定期引发快感
我的身体像磨刀石一样侍奉着几把利刃
——开花的腰臀，吸人的嘴唇
眼神里摧枯拉朽的蓝
我不会因惧怕衰老而吝惜自己的骨血
夜深人静时流一脸泪也不觉丢人
我知道，一定有几座城堡
在为我孤独，她们也怀着不准出生的孩子
以相似的方式，软禁着我
不知道会不会，有一天
我们不约而同地飘向同一片草原、沙漠
滩涂、或湖底，我们再爱一次
然后不再飞快地衰老，却能尽享一无所有

冬　日（外六首）

●马汉良

雪
在午后的太阳下酣睡

一座小屋
斜挂在肥胖的树影上
临窗的少妇
被寂寞的土炕
煨出淡淡的红晕
冬日的秘密
从牛粪火上飘溢
在旷野的光芒间缭绕

小鸟的意象画
从此温暖了旅人的一生

情系蒲公英

就为了这
一低头的温柔
我知道
你憔悴了整整一个
纷纷扬扬的冬季

感恩你

金灿灿的深情
我犹如感恩那些
在岁月的涛声里
依旧带露的记忆

静坐旷野
忧郁的心口
泉涌那些无奈的泪水

春寒料峭中
瘦瘦的你
是一朵撩人的心事

失 重

看累了
书替我
合上文字的双眼

我顺手将一种沉重
放在茶几上

这时我突然感觉
有一滴坍塌的眼泪
让我的地球
失去了重心

痛

一只手
折了一枝幼条

这种疼痛
迅速遍及我的全身

我小心地
为它接骨

不知道明天的它
思绪是否会蓬勃依旧

但，一个无措的灵魂
会用一生的泪水
为自己的良心
疗伤

无 题

我被黑夜绊倒
起来时
捡拾了满满一筐
白昼

扬 场

我在打麦场上
清扬人生

歉秕的年成
已随风远去

我把饱满的
品质
码在灵魂的深处
品香

灶 膛

母亲的灶膛
是漆黑的
她却用一生的光焰
喂养了我生命的
亮度和灵魂的颜色

献给少女（外六首）

● 绿 木

无垠的草原上花朵很美
比花朵更美的，是翩翩起舞的少女

羊群在天空中飘荡着
你脸颊绯红，可配得上格桑阵阵

——深邃的，除了你的眼睛
还有风中摆动的草木腰身

怀抱月亮的人，在黑夜里清洗自己
而睁眼的都是些瞎子

深 渊

总有些事物
会将我们毫无征兆地带入深渊。

而今夜的月晕，是谁苦苦累积的风
吹破长长久久的孤独

简单的人
才配坐拥爱和善良

我活在谁的心上
静默着，不问春花秋月

在这世上，每一朵花都有绽放的信仰
我不临深渊
你怎抵天堂

香 客

在青藏，一低头就是一朵格桑。

那些开在寺里的花朵，
饱食了人间烟火。

黎明，听到钟声

钟声从山里传来
晨雾中的太阳敲打呜咽的母语

一棵树在绝壁上绿着
以向死的信念求生

山路上摇曳的花朵，是个幸福的女子
一定怀抱着羞怯与善良

我抛却经文，在每个日子里
晨钟暮鼓。

大河上下

死亡从世间抹去我们，就像风儿吹去云朵。

我请求，有一座宽敞的屋宇
收留所有的漂泊和苦难

我请求星光灿烂
照亮失眠人的夜晚
让所有的花朵在春天争艳，不再提心吊胆

我请求有一段悠扬的旋律和微小的感动
让母亲和儿子露出久违的笑脸

我请求泪如雨下
为所有的幸福与不幸敞开新生的出口

我请求重修汉语字典
删去"贵族"和"贫民"
真正实现人人平等

我请求放学的孩子能看到炊烟
感受生命的花儿，在大地上生生不息

是谁随着流水远走，一去不返
是谁在金色的麦田里忆起童年，泪流满面

是的，大河上下芦苇黄绿
半堆坟墓查无名姓

呓 语

像一星微弱的火焰
在青海高原最后的信仰里涅槃

那些自以为是的人
苦苦爱着谁的影子

孤独者怀抱孤独以取暖
诵经者念诵经卷而失真

仁波切啊：佛的爱情山高水长
而人世之美次第破碎

当尘埃蔽日
所有人将无家可归

母 亲

母亲说：树上的喜鹊叫了好多天
就知道一定会有人来。

母亲抚摸着我的脸
我在她深深下陷的眼睛里看到了自己

院子里盛开的梨花呀
为何掩不住，母亲两鬓的白发？

大雪就要来了（外七首）

● 程佩华

时间的风吹净了秋天
把冬天的日历也一片片吹落
当它吹尽了金黄的银杏之后
大雪就要来了

此时，冬眠的动物
睡得正香，它们蜷缩在梦里
梦见有一层厚厚的被子
将要盖到身上

只有陇上的梅花
那些姐妹一直站在枝头
看着浅浅的阳光被云层收走
耐心地等待着大雪的到来

啊，大雪真的要来了
天气预报也是这么说的
至于说得准不准
只有那大雪知道

平衡木

慢歌　犹如一个人
溜冰场独舞
缓慢旋转　黑天鹅的忧伤
微凉的记忆碰到指尖
心的呼吸起伏
如冰在冰刀上走过
灯光缠绕着灯光

快歌　恍若一群人
酒吧疯狂群舞

长发摇滚　啤酒骰子的狂欢夜
灵魂的碎片划过玻璃
放纵驱赶着放纵
我在慢歌快歌之间
踮着脚尖　走过一截平衡木

面　包

面包香甜
熏得空气香甜
窗外花儿香甜　更远的月儿香甜
我啃着面包想你
想你把我当面包的夜晚

风装作没有看见
这夏日夜晚的深情

购物车

清茶　烟和笔记本
隐身于诗行间　等着缪斯来捉拿
酸奶　零食和手机
踩着潮流刷淘宝的脸

你以灵感俘获缪斯的微笑
光环绕在指尖　化为诗篇
我用数字换来淘宝垂爱
锦衣美食钻进购物车

可是今夜缪斯坐上了我的购物车
亲　你想看看我选的宝贝吗
那就发我个红包吧

一个偷笑的表情

古时梅雨

想象雨来的那一刻
骑上徐悲鸿的墨马
奔跑在宣纸的云端
穿行
千年
只是一瞬间
又回到别离时的长亭

别离时的那场雨　打湿过琵琶行
饮一杯唐朝的梅子酒
不知那归来的燕儿
是否还认得我

那时的季节已回不去了
牵肠挂肚的人也乘着黄鹤远走了
江南深巷　墙内墙外如今春草深深
一角铜镜的锈迹中嵌着哪朝的叹息

此刻　窗外雨声渐收
一春幽事已附水东流
当时的明月如舟　又划了回来
可怜素笺霉迹斑斑
旧约已成空

墙上那盏灯

已经忘了　经谁的手把我挂在墙上
很多年独立无语

习惯了一个人看山岚
听禅声　习惯了

深夜与月亮对视
骤雨时面向自己

今夜　你们以我为题
触动心底背光的一面
鲜活的语言花香四溢

我依然挂在这里　却因你的电流
一瞬间走进了春天

卸　妆

卸妆的时候想起了你
这卸到一半的脸
在镜中与你面对
半是素颜半是油彩

如红尘迷惑初心
我分不清遗落何处
生活这夜的手掌
让我的脸分裂成两面

如戏的人生不同的妆容

只夜深月圆时
你穿明镜而来
多么想　你的走近
还原一个本真的我

两　面

在泰国，我看见人妖
他的上面如桃花盛开
下面却依然是收拢翅膀的飞鸟

离 婚（外四首）

● 慧 子

我们相视而拥
轻轻的淡淡的分手
我用一种声音和你说话
这种声音来自我的硬腭
是很苍老的一种东西
这种东西和我的心情一样
逐渐腐烂着扔给人类
很多好处涌上心头
心口有压抑的东西袭来
精神之魔无处躲藏
见你的背影浓厚浑暗
大喝一声　你是被我赶出家门
我身体的每一个部位开始说话
传说痛苦万状的同时传说
有如淡泊
你面吐微笑
面对人生面对叽叽喳喳的众叛亲离
和我握手
这熟悉而粗糙的感受
给了我半生的恩惠
这吴侬软语丝丝入扣其秉性
正沿着正规的婚约之道
听古朴的方式　再见
把自己腐烂在自己的内心

榴莲忘返

用爪子掰开　手就是爪子
别取刀　刀形神具备
有谎人的含义
与榴莲内心的温柔
门不当户不对

轻度洋葱味缓缓袭来
甜言蜜语冰镇的错觉
是榴莲诱惑了舌头
还是舌头自己的粉身瓦解
作忸怩状

核入口中
散发短命的魅力
不是主流的水果
红颜薄命
在历史的水果栏里惊鸿一瞥

邻居小慧子
长了颗大门牙
为吃榴莲而生长
那种蓬勃
是个艳遇
生得高贵
死得绝响

感 冒

你感到了什么
头痛是循序渐进的
有针尖的微醒
沿着头颅
在内里舞蹈
不是每段舞蹈都是精良
有败絮在其中

手不是漂亮的物体

有一只手
突然呈现在你眼前
曲折蜿蜒
正午时分
这只手不太乐意
松松垮垮　面目可憎

几分钟后
太阳斜射进来
不浓不淡
手便承受不了了
昏昏欲睡
生命垂危

有人缓缓靠近它
它神经一样逃之夭夭
若干年后
有消息说这只手已化为灰烬

哎
渴望有另一只手
模拟此版本

致虹女士

你好
让我们分裂开
从身体内部开始
裂开得清清楚楚
我比你清秀几倍你比我妖媚
我站在了我的舌头上
看你谈三角恋爱

牙齿的门时张时落
只有两颗门牙钟爱我
一颗姓钢
一颗姓乳

婚姻使我厌倦
我从来不去争取

初恋的样子（外五首）

● 季承人

我不想回家
千般风情
万般娇嗔
我来了
千般冲动
万般怜香
在夏雨绵绵中
彼此的心骤然绵长

初恋的样子
恬静着　好看着

彼此的眼神里
多了几分诱惑
内心的渴望
瞬间变得迷醉起来

一对身形
在寂静的夏雨中
迈着抒情的脚步
和雨声一起畅想
不知不觉
消失在黑夜里

只知道从缠绵里出来
从此认识了牵挂

夏雨浸透了空气
滋润着炽热的心
相拥丰满　亲吻羞涩
以初恋的方式
触摸着彼此的未来

期待在海边遇见你

在期许中
以奔跑的方式
向你走来
一颗驿动的心
在你湛蓝的怀里
逐渐升温

多少次机会
曾经擦肩而过
终于等来
一场醉心的遇见
和你面朝大海
把所有纯真的梦想
安放在一座小岛上

漫步岛上
凭海临风
沐浴阳光
仰望云朵的飘浮
静听海浪的呼唤
与你一起厮守
海边的风情

期待在海边遇见你
偶尔与你牵手
徜徉碧波蓝天之间
此刻骨子里的浪漫
在彼此的眼神里发酵
夕阳掠过沙滩
闪现追逐的身影

余晖里留下
一串串缠绵的情话

我在海边寻找……

汽车在缓慢地爬行
游客从四面八方徐徐涌入
小岛有一种
猝不及防的痛感
假日里的海边
已经听不到
有旋律的涛声

站上小岛的最高点
透过云雾
远眺
来来往往的渔船
穿越夜幕
触摸
熙熙攘攘的渔火
此时此刻
丰满了小岛的风情

我在海边寻找
沾满泥沙和贝壳的沙滩
在潮起潮落的
洗礼下
湿湿的　软软的
冲动地奔跑着
留下一串串脚印

午后　瓜渚湖畔

早春　午后时光里
披晒着娇暖的阳光
漫步在瓜渚湖畔
翠绿湖面上
荡漾起柔美的情怀
蜿蜒的石拱桥上
一对新人
镜头里笑靥甜美

偶尔　用手遮挡
仰头遥望明艳的天空
脑海里浮现出来
飞越云端的鸿雁
碧空下面
手拉手的记忆
斑斓多姿
此时的美好
永远绽放在心里

静静流淌的午后
带着岁月沉淀的宁馨
猝然而遇的心动
犹如一树洁白的玉兰花
微笑盛开

相约老街

粉墙　黛瓦　青石板
折射出特别的气质
经历岁月的风化
斑驳的墙壁
原汁原味般呈现
古城的神韵和沧桑
弯弯曲曲的小巷子
和此刻的念想
一样绵长

漫步仓桥直街
游人如织
探访着
久远的记忆

古老的青石板上
静静流淌着醉美的时尚

相约老街
在历史的时空里
不近不远地
品味曼妙
你在或者不在
她都在那里

一次邂逅

连绵不断的雨丝
打乱了早已潮湿的心情
忽然间　等来
一个阳光明媚的日子
温情在心房里律动
窗外的风情
点燃内心的浪漫

初夏的午后
满眼翠绿
漫步蜿蜒的山间石径
丝丝缕缕的凉爽
仿佛从心底吹来

一次邂逅
宛如万千宠爱
所有的心语
凝固在
愉悦的记忆里
不绝如缕

夜的女儿（外四首）

● 王国骏

夜的女儿满头秀发
她悄悄地走过江滨路
和我，这夜的儿子
心手相牵的
点燃黑夜的釜底
微弱的火苗

我有些不敢接她如水的星子
就是摘取那一朵红花的倒影
也被突如其来的幸福眩晕着击倒
啊，多么痛苦的水湄之神啊
她从三十二年的黑暗艰难地迟来

吮吸之碗溢出爱情的蜜糖
真实的梨花依然存在迷蒙
仿佛虚拟的梦里绽放温柔
她只是一尾鱼的香唇
咬住了我另一尾鱼的
然后光滑的身体像一本书
春天一样打开

梦寐以求的夜的女儿
她从来未曾走远
只是均窑的瓷器
被另一个人收藏

我翻出水底的浪花
听见夜的哭泣
夜的女儿把眼泪藏起来
她把风的冰凉全焐热了

夜的儿子寻找遥远的枝丫

那些曾经开过的花蕾凋残
怅然折叠为叹息抑或悔恨
断弦的竖琴居然沁出血痕

无舟可渡
夜的出发星光全无
水声跃出破碎的啼
一只鸟呜咽着隐于何处呢
听着就刺入耳膜
钻进了心里

真的看不见路
前与后幽暗
有战车想破冰
却在悬崖突兀的绝壁
与她唱一首没有春天的歌

这时，号角吹响人民广场
夜的女儿以孱弱的光脚板
要我，夜的儿子和她一起
踏平洪荒与荆棘来报上邪

它 们

天空高过飞鸟
飞鸟高过树林
树林高过头顶——
我的头颅却以向上仰望的姿势
沉默地高过世间的宽广与寒冷

我的头颅：高过天空，高过寒烟
高过飞鸟和树林无法到达的地方

只有心灵的旅行
才能和头颅一起
把无与伦比的高
轻轻举起

没有翅膀
没有翅膀又怎么样呢？
它们高过天空
高过万物。藐视
藐视与敬畏世间的一切

关于路或者正在结束的旅行

墙壁上的蛛迹
天空中的鸟径
那些都不是我的

我只在泥土
像草伸出手臂
像树扎下足根
寻找一条风吹过的
没有留下痕迹的长路

越过一座山又蹚过一条河
永远没有结束的旅行
只有死亡才是终点

一路红花白香的诱惑
挂满季节的寒暑与青黄
有人低头赶路无暇看风景
有人忙于交谈忘了春天正在错过

禅 书

一座山有多高
一个远方有多远
垂暮的太阳要去哪里
老者与少者占据同一所房子
观望黑无垠偷走它金眸子里的泪光
少者年轻，看到喷薄的旭焰
老者步履蹒跚，相信世界正在失去明天
他们互相质疑。共同的身体内部两个格斗者
一方轮流向另一方投降
火光炽盛与低的疆场
胜败无常势；殊途同归
老者与少者终将随躯壳而枯灭
向时间的镰刀无可奈何地折膝
化为腐朽

有所寓

淙淙流响
是大地安放远乡的
清冽的弦

一张琴
从雁足到额岳
遍体青翠的
不肯老去的饰纹与主体
主要以门前的青山　村口的芦苇
清明的雨幕　新年的喧闹　中秋的圆魄
还有端午的唐菖蒲或苦艾草构成
那些春天的桃李　秋天的野菊花
照亮幽鸟潜入针叶林下的灌木丛
以及母亲走过小桥采桑的
影子细悠悠踩踏的田野

月光下的村舍
我存贮老屋的一坛烈酒
香气溢出门前低矮的围墙
而炊烟全部死去以后
我仿佛归来只是客人
不是父亲阔别的儿子

天地为琴床
遗失少年的竹马
童年的木骆驼
无数跫音拨动我的
琴弦上销魂的老伤
老伤便石头似的
倔强地排列为裂音

由温而厉

出游天涯烟之外
怎么走　根还在
丢掉来路的风
丢掉故乡小溪水上满盈的少女泪
一张琴上淙淙的流响
流响龙池和凤沼交汇处
震荡的忏悔与心悸一刻

前不见白驹所逝
后不见锦瑟来和
我轻一抚故乡的骨骸
多少梦已为一座琴塚
由温而厉的弦上
少女寂静如月光
旧隘口踩疼枯树枝

后院，一个空酒瓮在看雪(外七首)

● 许志华

一个爱酒如命的人
他一生只做一件事
把酒瓮里的酒搬进身体的酒瓮
一个爱酒如命的人
他只是把酒从一个老酒瓮
搬进另一个老酒瓮
放空的酒瓮在后院里缩着脖子看雪
酒气淋漓的那一个负责让后院的雪下出酒香

萝卜

那萝卜被豢养在废弃的坑井里
你知道的
一天又一天
萝卜依次猜中了鸡冠、老鼠、纺锤
和白雪，一天又一天
萝卜的猜测弥漫尘封的房间
萝卜触到了
爱情的菌丝和道德的肿块
萝卜坐在跛脚的椅子里
对着头顶一颗烧坏的灯泡叹气
甚至萝卜已经长出他脸上
最后那条隐形的皱纹

你知道的，挖出一个萝卜
等于挖出一个恍惚的梦中人

三棵油菜

三月十二日下午
去老坎磐头看三棵油菜

这是三棵正在开花然而
省略了叶子的极简主义油菜

三棵极简主义油菜
三个油菜少女
并排立在江岸上
穿着同一款棉质的阳光
细细的腰肢在春江阔大的镜子里摇颤

后院。煤饼炉

后院在下雪
后院有一只用旧的煤饼炉
下雪，下雪，下雪
白发苍苍的煤饼炉，就要从

杂物堆中走出
冒着风雪穿越回去三十五年前的后院
那里有一只簇新的煤饼炉
它的冒着浓烟的柴火
斜斜地顶起一只黑色的煤饼
从发旺的煤饼的其中一个半黑半红的
通往唐朝的眼孔
穿越回去，穿越，穿越，穿越
穿越回去唐朝的后院
一个阴沉沉将要下雪的傍晚
白发苍苍的煤饼炉
从前你是温着米酒和人心的
红泥小火炉

后院。一张雪椅子

把竹椅子放在小镇的流水边
会有个老人坐上去打盹
会跑过一只狗，会跑过一群鸡
会跑过一日又一日
会跑过流水
会跑过小镇

小镇不是后院
后院跑得比较慢
后院落在一张竹椅子的后面

现在小镇与竹椅子与后院之间开始
下雪
现在小镇的竹椅子跑进下雪的后院

后院。月夜

月亮有多么黑
后院就有多么白

月亮有多么宁静
后院就有多么淡泊

月亮若是发光的雪梨的梨核
从未被脚印污染的广阔的后院
就多么的多么的像
大雪流浪在人间的酒窝

梅骨朵

细小的梅骨朵做了一个火烧的梦
它梦见一团火在啸叫着裸奔
它梦见自己就要奔到雪野的尽头
它梦见一群野蜂
火急火燎地从春天那边飞来
嗡嗡嗡地钻进了
他这个已经烧得无法扑救的梦
哦，那真是好大好大一座堆满红磷的仓库
一个训练有素的消防员
竭尽全力，也只能
抢救出一点点
让大地变得姹紫嫣红的磷粉

低洼之处

大雨总想痛快地哭一场
大雨总是伤心得越哭越凶
大雨的憋屈总是为难贫穷的下水道
房子啊，汽车啊，人啊
后来都陆陆续续泡在她的眼泪里

大雨的眼泪总是更多的流向
人间的低洼之处
今晚，马路上一片浅浅的小水洼
像一面默不出声的镜子
照一双双脚随便轻巧地跨过
已然悲伤成流的人间的低洼之处

桃花一定是一个女子的名字（外四首）

● 林海蓓

桃花一定是一个女子的名字
而且前世虔诚地修行
今生才出落得如此撩人心弦
又让人不忍触摸

桃花一定是一个心怀善意的女子
成千上万的姐妹簇拥在一起
却没有哪一朵更高人一等
她们为飘落的同伴流泪
她们把青春包裹成坚硬的核
从此不再诉说世事苍凉

桃花一定是一个不善言谈的女子
娇媚而轻盈地站在你面前
不说一句话　却引来了繁华的春天

风在大地传递密语

风　在三月的田野传送
南来的密语
睡眠的大地
渐渐解开心结

或许小雨会悄悄报信
杨柳也在河边交换眼神

那在风中传递的
早已不是什么秘密
总有谁率先启程
浩浩荡荡涌向天边

为了相逢

大地已备好杯盏
以油菜花弱小的身躯等待
你说今天就是今天
你说此刻
此刻就摆盛宴

春天摇曳的光亮

亿万只金黄色的蝴蝶
结队飞来
默默停在春天的田野

阳光轻拂　香气弥漫
这些做着梦的蝴蝶
闪烁着令人晕眩的光亮
表达着某种真实的不安

这样的季节
让人想捕捉一些词语的翅膀
却也明白
这些容易飞散的光亮
注定始于春天
融于春天

半屏山

过了今夜
拥抱是奢侈的
隔着月色
隔着万古奔涌的海水
隔着难以逾越的命运

过了今夜
思念是奢侈的
遍地相思
面对你
竟然寸草不生

过了今夜
做梦是奢侈的
三角梅茂盛
朵朵原是
前世的约定

蝴蝶与佛肚树

春天

一只蝴蝶
扇动着它白色的翅膀
站在一棵矮小的树梢

一阵风来
树有些腼腆
头顶红色的花蕊
轻轻摇晃

似乎告诉蝴蝶
自己只是一棵佛肚树
怀有悲悯的心
却不能阻挡
春风的骀荡

七夕书（外六首）

● 赵幼幼

今夕何夕
只差一袭旗袍
我能喝些小酒　也会假装吸烟
靠着路灯　影子就是
你手上的沉香

我没有回家
没有换拖鞋　没有拉窗帘
没有照镜子

我在公园前等你的航班
等你的白玫瑰与
满天星
等你的刀与叉
等你从一个情人供奉到另一个情人

我相信你的认真

对每个她的始终如一
就像接近午夜　我被路人
认为失恋者
被痞子认为坏女孩
被流氓认为猎物
被拾荒者认为旧鞋
……

他们的目光铁定且认真
我投入他们的认真
尤其一位干枣似的男人过来　上下打量
凑脸低声问：嗨，妹子，
开个价吧？

白日梦

我仰头望苍穹上的星星

一颗接一颗数着
期待其中之一能小不留神地掉下来

就如那一天
我想把自己当作小龙虾
轰轰烈烈地煮了
然后一小口一小口地
剥给他吃

好吧——我爱做白日梦
多少个夜行路上
我总想踩着一束影子
或抱着一个人
或渴望一只流浪小猫蹿出来
吓唬自己
改变黑压压的死寂以及
幽闭的周遭

赠予自己

假如非得许愿
只要一千零一朵蓝色妖姬
开满星空

天若有情　天亦老
在如椰子般的心脏里
点上蜡烛　吹灭三十二支
将有一支留给　来生
以及所爱的

烛火影绰　上天赐予的
眼睛依旧美丽
就如你一辈子所信奉的
守宫砂　至死不渝

春水东流　是彼此躲不过的病
我愿意　把玩
你最后一颗牙　爱不释手

弹唱出边城的月亮
——沃洲湖畔夜半小酌所作

月亮掉入湖里
女人掉入男人的酒器
深不可测　树影　暗香　摇来晃去

沃洲湖畔　夜半　风微凉
一茬人围坐
吮吸着一枚枚丰腴的湖螺
如临幸一位位妃子　爱不释手

站起　转身　我揉着
患有顽疾的左腰
看不见湖上的云与星子
你继续喝着　一杯杯大麦茶

夜沉沉的湖　清爽爽的你
青云山庄里
一半空　一半满的
各类酒瓶子

哦　对面酒吧　谢天谢地的
落地窗　没有月亮　灯光多么暖

吉他　麦克风　喝高的
众哥哥　弹唱出边城上的月亮
拯救——女人的月亮

忆临岐

很多记忆已支离破碎
临岐还在——

采她的文人墨客都散了
一夜宿醉
我仍逗留在小镇上，采风采雨采着自己

离开之前
我肯定有一副失恋的可人小模样

同时偷偷忘记归去的路

所以轻轻挥一挥手
便能搭上临岐大哥并不顺路的电动车
沿着一路好山好水
以及呼呼的风　昨日梅口村便又回到眼前

早安，我爱你

大清早　我坐床沿
目光呆滞　看着天花板的一角
用宾馆的吹风机　呼呼吹
湿漉漉的头发

隐隐想起近日一个
患有抑郁症的诗人走了

想起近年
我的夜比白天更长

一些事物越来越清晰
越来越模糊
一些痛越来越痛　越来越不痛

窗外偶尔几滴布谷声
也有路人走过

我对多年前　生过灰指甲的
食指与大脚趾说——
早安，我爱你

橘花开了　多么好

尘世像你开时　多么好
青是青　白是白
徜徉其间　还有隐隐清香
即使有过小风暴

我并不嫌弃尘世一路的黑
我并不哭泣没有月光
我并不厌恶剥开自己

当痛不欲生的时候
我想起我的妈妈
我想起小橘灯
我想起涩涩的果皮里　一瓣瓣　小月亮

马杜桥的雨（外五首）

● 聂　泓

下雨的时候
我在马杜桥

马杜桥的人
不认识我
不能说
马杜桥是异乡

我认得

马杜桥的雨
是谷雨

另一种交流

两盆非洲茉莉
来我家已经三年

三年来

我们没有
说过一句话

也许是语言不通
也许是我们还没有
想好要说的话

也许：我活着
她们绿着
就是最好的表达

在车上

从云南回来的两个中年妇女
在后座上回忆泼水节
她们说：那一天某地人山人海
男人们手里拿着水枪
人群里能发出尖叫的
是那些年轻漂亮的女人

她们泼没泼到，我没有去问
她们下车后，在我车上
留下一段水的空白

漫无目的的时光

上午下雨
我没有沉下去
翻了几本书
又把它放回老地方
时光躲在暗处
暴露出我的明亮

下午阳光明媚
我的心情也不在岸上
去阳台上伸了几个懒腰

一天的时光
就这样从我的两肋
漏了出去

时光这一条长蛇

下午的明亮
是黑夜的叫声
时光是一条长蛇
扑入水中
在生命的另一端
露出头来
我被时光咬断
又被时光连接
我刚刚学会珍惜时光
时光却催我交出一切

马拉美

一匹黑色的马
拉着一位叫梅丽的女子

沿途的风景一如你所写
阳光热烈，万花千卉争奇斗艳

每一朵鲜花
都是一扇崭新的窗子

马车拐进一片树林
就不见了

多年以后
黄昏落下金黄的叶子

被你抚摸过的词语
在夜里发光

临江踏秋（外五首）

● 刘叶屏

在岸边等候，
思索或者寻觅。
船在岛的那边，
坝在我的这边。

白鹭逍遥，
载三分凉意叶半黄。
山远水悠，
新桥增往返碌碌。

洗不净的青苔，
看不清的雨雾，
如果石头会说话，
所有的所有　销声匿迹。

垂钓的老人空钩，
今夕应无月，
一碗酒，
醉的是岸上的鱼。

无数个阶梯，
延续着是千年的淡泊。
日暮风引，
踏回家的路。

负累是在肩上的，
而内心　又有什么？
安安静静的夜晚，
一字成眠。

冬　夜

一月，呼啸着不舍。
二月，用雪雨冰霜铺就来路。
夜晚　我冻醒的肩膀，
而暖　你在何处？
抽一床被，将自己压住，
窗外，雨点滴答作响回复。
冬，续演喧闹的秀，
冰冷　仍旧持续。
寒风　裹挟着未知飞舞，
向我摇着尾巴热情扑来的，
唯有旺财。

青衣姑娘

谁家的闺房？
一缕斜窗，香阁琳琅。
半露粉红脸庞。

柳笛乐声悠扬，
风送情诗行行，
路过的船夫忘了划桨。

鱼跃槛坝繁忙，
弯弯的拱桥清凉，
惹几道檐角白墙。

花遗落在水的身旁，
泛波涟漪荡漾，
化做她温柔的模样。

梦是想念的翅膀，
月光酿玫瑰的蜜糖，
甜甜的青衣姑娘。

秋藏在水乡的长廊，
长廊尽头有四季的愿望，
载着过往和远方的想象。

墨与菊

我说我不懂画，
然后在一幅画前踱步良久……
谁能道出墨和菊的相联？
师兄说　肚子里喝下去太多墨水，
不写出来会变黑心。
写意那朵菊花，
在秋天的瑟瑟风里。
昨天的那首青衣姑娘，
可以是墨　可以是菊，
也可能是那片花开落水的地方。
想把她变得入诗如画的你，
碌碌往返匆匆，说　不得闲。

寻石记

秋初凉，彼岸在目，
流水声音依旧。
挥不去的苍云游走，听江风传诵，
随草木俯首，凝视，
渴望那一抹透明。
大地藏着古老的语言，
我寻找这世相逢。
符号或者图腾，激情或者淡泊。
无数岁月流转，
浪涛激荡，风吹雨淋的洗刷。

多少年又多少年，
成就此刻金黄明亮。
这磨砺后的锋芒，
沧桑如斯，美丽如此。
静止的结局沉寂，
留存于天际的五行间。
芥子可纳须弥，
无知如我，寻何处偏安？
汐潮浮沉，暮色晚归。

秋色慕远

踏一路馨香，
挽这季的新凉。
山峦深处是林的故乡。
谁把秋天染色，
草还茵长，叶已知黄。

放牧归隐清霜，
陶醉于菊的芬芳。
彩蝶翻袖，飞鸟衔走落花。
苍天俯视大地，
沧桑如诗意的徜徉。

路牌指示远方，
岚烟升起白色的依恋。
几片红枫，一汪幽潭。
雨丝细碎洁净，
星星点点泛起微澜。

鱼羡慕所有翅膀，
临渊渴望的是自由翱翔。
时间告别，风行过往。
流水洗着沙的故事，
触手的温暖依旧迷殇。

一片红色的布（外五首）

● 雪 潇

一片红色的布在风中猎猎飘扬。它是在呼叫
像是有火烧身。天空，一定想脱下这件衣服
摆脱某种不安。天空多么想放弃这块
切肤之痛

这是一个让我们死去活来的伤口
是英雄最后的一次血涌和疼
一片红色的布，它是一片安魂的布啊
有时也可以擦去我们脸上劳动的汗水

当它静静地垂落下来，抱住一根旗杆
在无风的正午悄然睡去，多么像
阳光正把天堂的意思，植入大地深处
活着的人因此得到和平，死去的人因此得到安详

看着棕榈树的想象

大地上，那些笔直笔直的水泥电杆
如果终于忍不住，终于卟哧一笑
长出树叶——它们就成了
棕榈树

浑圆而修长，棕榈树
让我想到天涯游女一根又一根漂亮的腿，还有
腿上方的太阳伞
还有，伞盖下的
两颗乳房

而这又让我想到了椰子树
我觉得：坐在一堆乳房的椰子树下，一般人
很难入静，于是也
很难成佛

于是，佛都坐在菩提树下——
佛看见女人的小腿
都像年轻的棕榈树

小巷停车事件

那辆越野车停了一夜，现在，尾灯一亮
开走了。他的车位一下子暴露出来
早晨的雨，马上就扑向那个车位
像警察扑向一个潜伏多年的
逃犯

一片雨弄湿一片地是多么容易的事情！

这是天亮时发生的事。所谓天亮就是：
夜色亮了一下太阳的尾灯，像个越野车
开走了。它开出它的车位
把我们，明晃晃地
亮给这世界

这时候，我们多像一个贪睡的人
被人，一把揭去了被子

如果扑向我们的仅仅是阳光，或者是雨
如果落在我们身上的仅是母亲的鸡毛掸子
那就千谢万谢。但如果
不是呢……

青年南路的雪

下雪了。一群天上的小人儿

戴着小小的白口罩
出现在天水的青年南路
她们神情幽远,像是那两排银杏树的
远房亲戚的
小姑娘

纷纷雪花。这些白口罩的天使
她们行走在地上如同行走在天上
那么洁白,像是上帝欲言又止的
某个旨意

那天我是为什么去了青年南路呢?
总之是,那天我遇到了一场雪。一片雪
又一片雪,落在我的眼镜片上
像一只手,一下,又一下
拍打着一面玻璃的橱窗

我看窗外那手,不像要问我路,很像要借
我火

修理天花板

我用螺丝刀,把又一枚木螺丝
紧紧地,拧入了那块装饰板……
我家的天花板上
又多了一枚
星星样的补丁。但是

接下来的想象让我细思极怖——
不敢继续仰望头顶的夜空
我感觉它年久失修
随时都有可能
掉下来

朋友老庞的慢性咽炎

楼道里传来咳咳咳的声音
是老朋友老庞来了。快快给他开门

老庞要是不幸也写文章的话
咳咳咳,就是他用得最多的
标点符号,像不幸而为领导者
嘴里的这个
和那个

老庞的喉咙如果是人民的楼道
咳咳咳,谁家的纸箱子
谁家的煤炉子
就堆在那里

上帝把一个叫做慢性咽炎的东西
偷偷放在老庞的喉咙里。上帝是公平的
他也把一个叫骨鲠的东西,偷偷地
放在我的喉咙里

给德里克·沃尔克特（外五首）

● 乐思蜀

我在两节车厢之间阅读你的诗句,
借用这里白亮的光线和
隆隆声响构成的寂静。
我在这里聆听白鹭的尖叫和西西里组曲,
尝试用你的节奏对应脚底传来的震动。

而这里仍然属于尘世。
有人去倒开水,有人在厕所门前徘徊,
有人匆匆赶往另一节车厢。
他们正以相同的速度,与我一同穿过原野。
我发现黑暗就是一面镜子,

它可以清晰地照见车窗里的我。
窗外的灯火,像子弹
不时袭来,洞穿我的腹部。
那正是你写下的文字,在铁轨的节律中飞驰
向着逆反方向。而那里,矗立着另一座首都

采苦记

这块绿地又小了很多,三台挖掘机
一如昨日,从不同的角度响起。

我想起就在一年前,有人许我
在此遍植稻菽。我还为此画下了生平第一张图
纸。

但那件事仿佛异常久远,就连这隆隆进逼的
机械声,在我耳中,也恍如隔世的空响。

我知道眼前会变成模仿者的乐园,
有人会搬来亭台楼阁,异域的植物,星级标准
的厕所。

但这有什么。我没有丝毫犹疑。
这个早晨,我仍收获了一份属于自己的安静

从那些在我手中折断的野苦荬上,从那些
被连根掘起的植物的根系中。

我庆幸自己仍然可以来到这里,
延续这彻底沦陷之前,最后的采撷。

春日漫记

到关火家的时候他正躲在卧室里。

昨天又喝多了,
可他还是挣扎着到田里,陪我看菜苗。

长得不好。十天前,这里下过一场冰雹。

坐了几分钟就起身了。去找林根。

他在沙发上打盹。我还以为没人呢。

他刚帮人摘蚕豆回来,自己的
还在田里。

一到家,动物们就叫开了。
扔了点东西给狗,然后,拌糠饭喂鸡鹅。

鹅还在叫,我知道,她们需要草料。

已经顾不了许多,我也需要食粮。

差不多是这样。最近,新的事务
奔涌而来。一直向往的生活,仿佛正拂袖而去

但我还是感谢,这将逝的春天
并无缺憾。

我仍然不受禁锢,仍然每天在葱茏中穿梭,
仍然可以

在春天的一隅,独自饮酒,播种,反复挖掘。

小卖部

时隔多年,我还清晰地记得
那个小卖部。

我时常到那儿
收取她的来信。

有时候,在那把老式电话机上
拨一组数字,
就会听到她
经过电磁加工的声音。

没几年,小卖部消失了,
更早一些,她把上眼皮切割成两瓣,
随即消失。

最近是我曾经的居所

被夷为平地。

不久会有人
搬来新的道具,
一座主题公园,一个游泳池,或是

一个足球场,
顺便搬来的故事。

故事也许还是源于
一个意外,年轻男人接到的
一个陌生来电。

她先是爱上了他的声音,然后
爱上了他的大腿。

两面性

我喜欢把诗写在打印纸的反面,
用简单而少有人懂的语言。

一张纸,正面打印着生活,打印着
文件,计划,总结,证明,表格,租房协
议。

反面是另一个世界:
安静,宽敞,隐秘,冬暖夏凉。

我在正面学习妥协,装傻,小心措辞,
在反面磨砺语言,安顿内心。

我感谢世界,它用正面提供我食粮,
用反面包容我的任性和无知。

我每天练习把握正反两面,
它们泾渭分明,于我却不过是翻覆之间。

与父书

有人让我为你写个小传。

我再三推托。
一个普通人,没什么好写的。

当年你也总是这样回答。

唉,你离开十年了,
我终于理解了你的沉默。
我自己也变得越来越沉默。

犹豫了一会,我还是答应了。

尽管他关心的只是首长
为你写的挽联,
我惦记的是当年

你整个人被埋在工事底下
唯一露出的那只脚。

我不知道那是怎样的一只脚,
不知道那只脚上
穿的是怎样的鞋。

是解放鞋还是老式布鞋。不知道

是左脚,
是右脚。

总之你无法动弹,就像多年以后
你所遭遇的。

你说你后来干脆睡着了。

隐约听人说:
"这个还活着。你看,他的脚有反应。"

弯 刀（外一首）

●曾 瀑

每一次来看你,手里都要拿着这把弯刀
总是将它磨了又磨,直到磨疼、磨出血、磨见骨头

从北京回到乌蒙山,现在只需一天
从山坡下的玉米地到你的居所,却隔了整整二十五年

上次我回来才砍开的小路
又被铺天盖地的树丛和荒草淹没了。连岩石都在疯长

父亲,这树丛和荒草为何越砍越多
通向你的路,为何越走越陡峭,越走越遥远

漫天风雪中吻别你的那一刻起,我变得坚强
世界上,再没有别的什么事情能够让我悲伤

然而,我却无法安慰你留下的这把弯刀
无法阻止它和一块石头相拥而泣,哭出一地铁锈

送 雪

你不知道,送走一场久违的雪
是多么令人心碎。在季节的边界
一个背时的人,会有怎样的立场、方向
这虚胖、狂热、枯燥乏味的世界
早已挽留不住一场天真无邪的雪
即便昙花一现,也会引起一场持久的慌乱
让我瞬间看清了黑夜中的白,白雪里的黑
一个摄氏零度以上的词,都是致命的伤害
想用双手接住那柔弱的身体,又怕她
化作一滴捧不住的泪水。只得远远地跟着
胸中纵有万语千言,却哭不出声
就这样一直跟到树梢、房顶、原野、湖泊
跟到高高的山头、天上
跟到血液、骨髓、灵魂

小 妇 人 (外一首)

●卢海娟

我的良人,我是你柔软的女人
与你种豆、下锄、开镰,日出而作
日落而息。劳作使我平凡如草芥
不再有坚忍的心、激荡的血,日子美好单纯

许多时光伴空洞的房间,我骨慵肉懒
控制想象,从不让他四处浪荡
不再有诗歌、生命和永恒
我们的土地肥沃,牲畜健壮
我的良人挥汗如雨,与豆子和玉米水乳交融
偶尔倚门翘望,晚餐的浓香是唯一的抒情

我是你眼下敛首含眉的小妇人
守住家园,围住你抟动
对生活再无所求。只想饱食终日
抓紧时间睡眠。在人头攒动的夏市
展示我火红的衫　葱绿的裙
金黄的袜　绛紫的鞋

我的良人　我浅唱低吟
迎着夕阳看稻麦在你的面前放浪
抑或鹅在你的刀下失却头颅
我丝毫不会动心,这本是
万世的轮回

采 蕨

走入山的族群,绿的精灵风骚多姿
摇曳出婆娑的激情
你粗豪的调侃穿透那些植物破空而来
揉碎这些叶子默契的沉寂
我的心里蠢动着山巫的爱情
醇厚而沉酣的情欲沧海横流
在这片林中盎然发酵

棕色粗野的男人,逡巡于榛树丛中采蕨
觊觎的目光抚摸蕨的胴体
羞赧地敛首,蕨的蛾眉辐射着温柔
起伏荡漾的春海,这无家的潮水
浸润你的阳刚睥睨四方

蕨的手指捏紧你粗砺的掌纹
蛊魅的黄花塞给你两袖风情
草的细腰扭动出喁喁低语。采蕨的男人
我是你衔在口里的甜软的浆果
趺坐在山前,挥动水的手足
等你,用足够的云霾为我的天空斟满晚霞

荷塘，或江湖（外三首）

●黄一叶

花开败后，周围寂静起来
一副瘦金体水墨，与影子对视
吐出意象深邃的骨骼

底色泛灰，雾霾触手可及
那些飘浮的姿色，都付与了流水
弥散若隐若现的细节

这月份，我仅有的船舶
丢在沉湖早年的冬季。温情中的暖色
渐渐薄凉、冰冷

暮晚映像里，春天
似乎正要从一场雪中抽身
拍打你久违的水湄

咬紧一个字

咬紧一个字，不说
你这站在高处的老朋友
许我久久守望

你抖动空竹，赶一群羊来
踏着风尖，裹在雨中
铺天的尾巴，摇摇晃晃

在湖滩，煮一壶茶
迎你。火苗如一树红梅
幡然心动

又仿佛油菜花丛，蝴蝶的影子
若隐若现。你趴上我的发梢

说，一切与雪事无关

野 花

在乡野，一不小心
就会被春光闪了腰。我
一直放慢脚步
沿途这么多野花遭人宠遭人疼
流水般抽一段香挽留住了谁的臂膀

我在低处，从湖水里刚爬上岸
浑身沾染青草的味道
高过我的野花，可望不可及
她有蔷薇一样的面孔
丝丝缕缕，铺满我的月光

在树下，我离狗尾巴草这样近
那么多乌鸦玷污了我的身体
只有夜风流放我的喘息

泄洪道

挖沟嘴，宽宽的麦地
倒伏成一条明晃晃的水道
夏至一来，禁不住
尿了裤子，夹在长江汉水的裤裆
水葫芦肆虐，漫上
巡堤的灯盏，有我的眼睛

无处可藏的水低得不能再低
甩动长长水袖，群舞
叩打心岸，牵扯不眠乡愁

记得小的疏漏都是灾难
以骨折的方式，尖叫

闪电的底牌究竟要打多久

我的影子一直在你的边沿，值守
深吸一口气，吐出来
已是另一个季节

如潮诗句（外一首）

●赵　强

山峦落空的心，靠在了天边
梦与醒的诗行
在怒放星辰的夜空里
徘徊、盘旋，又相对无言

一轮孤独的月光，若显迷茫
它始终想要追寻一个
飞跃旷野之上，挣脱世俗的心

夜风，如潮的诗句
丝毫停不下来
弹奏起的一首忧伤弦歌
有谁去体会，又真正在意

梦的边缘

淡然的一抹落霞，似舞动蝴蝶
飞舞在花丛密林的深处
每一点馨香的花朵
残留着追寻远方的芬芳

透过温柔月光，梦的边缘
冰雪了一颗火热的心
空气中，弥散着一种淡淡的闲愁

仰望虚幻无瑕的一片天空
时光散了
还是留下惊鸿一瞥的回眸
一杯清酒，踏歌远行
为寻找灵魂的归属，践行

锐角中的远视（外三首）

● 崔汝先

彼此间构成的锐角
绝非是势不两立
一种对峙的竞逐
一场深远的比赛

曾经有过的经历提醒
切莫锐角之势时
切莫动怒肝火
平静以对两脉相承
即可连成一条新的长城

登高远望
一派歌舞升平
满天飞动的风筝
抒写不完奇崛的思谋
大有远播天外的梵音

至此，就完全没有必要
再来个南北两分
都胜似手足的相挽
随处是莺歌燕舞

留存的锐角锐气
权当是互相比拼的先奏
应该值得好好庆幸

回望已往的艰难跋涉
飞攀过万水千山
积存的厚谊
足以绕过无数个山峰
哪一个不尽是
一曲飞腾高天的凯歌

特意的一幅水墨

在霏霏雨丝中趔趄
有看不尽的水墨佳作
停步瞭看
心绪里升起一股股暖流

情势真够醉人
残积的阴影一下飘散
仿佛满怀春色
让天地都为之一亮
忍不住且放歌一曲

这是触景生情吗
也不全是这样

经历过的两天
绝不止一回二回
阴沉的雾霾大刹风景
哪有这一次品尝非凡

这种难得的机遇
不是特意的再三挑选
真是机不逢时千般少

从雨帘中漫悠悠穿过
发亮的一丝丝闪烁
该是随意中滋发的兴致
完全是一幅惊人的画图

且把它好好珍藏

发配在人生的进程中
……

用笑声点缀黉夜

用笑声点缀黉夜
随处都可瞥见光亮
忐忑不安的担忧为之消失
笑声传导的长河
让夜变得缤纷玲珑

这绝非梦幻
也不是什么玄意的魔术

夜是一条长长的甬道
时有不少惶恐袭来
距离也由此而延绵不断
走过夜路的人
无不怵怵惊愕

这全是因为夜的幅面
太广太宽直至无限
以至弹射所不及

这就增加了无变的莫测
如何删除无形的距离
笑声是最好的远光灯
所到之处都会闪亮如昼

夜的无限宽度
夜的无限长度
谁都难测难算
唯有笑声一落
所有的宽度长度一概消失
面陈的尽是愉悦

笑声的辐射
因此显得无限加无限

只归属于自己的心空

从稀薄的梦中醒来
第一眼瞧见的红霞
在窗外的树丛中忽闪
一个朝兴十足的念头
突然升浮而出

到野外去爬山
把失去的全都补回来
不信这个露珠璀璨的世界
会没有一座希望的高峰

多次抬头仰望
云雾披缠里的突兀
总有不少奇崛的幻想
就看你如何去触碰
产生幻觉后的胜境
会在现实生活中重现

因此不必半途而废
狠狠心攀缓而上
好多不曾有过的奇妙
全会在眼前拥集

老话还有点可信
日有所思夜必成梦
相信这一心理上的追逐
定有其存在的价值

手下延展的书海
就是一条直捣黄龙的大路
努力再努力
好多珍藏的心灵财富
往往会收归于你

不多不少正好
这难得的梦的辗转
是一生中唯一的准星
只归属于自己的心空

繁星满天

我想去远方（外四首）

● 周西西

书本里的菊花开了。我的书桌上
有田野和森林的气息
我不能说落日浑圆，大河辽阔
微风轻来轻去——
在寂静的时间里，双手捧着月色明亮
多么美好
而中年行进至此，就像
季节翻到了秋天的页码
我爱过的山河平原，长发及腰的女子
谁是谁的过往，谁是谁的异乡

九月的天空高远
我想去远方，不念尘世漫长
请求草木归位，思念止于黄昏的流水
把倾倒的词语和风景一一扶正
在远方之远，紧挨着
月光与鲜花的芬芳
大醉一场，或就地重生

白月光

从天上垂下来的万丈丝绸，已经
坠到了很低，还在不停地向下
似乎要填满更低处的生活
几乎没有人知道，它早已被夜色洗劫
星星敲着天空，忍住一声苍凉的叫

月是月，光是光。月的光
在人世间分发影子和儿女，在昙花
拧眉入梦的时候，代替它开
仿佛经年的疼痛缓缓展开
一只黄雀的低鸣，在静谧中轰响

比白凉一些，比飞更轻
月光吹过山岗、湖塘和残缺的屋檐
有的人睡了，有的人还醒着
我在月光的四面楚歌中间
两手空空，细数过往悲欢

举杯对影，另一片月光掀起单薄的衣衫
柔软，比皮肤的温度略低
我头顶半个月亮，只预见它余生孤单漫长
直到焚烧，成为一块又薄又冷的
废铁

山中饮茶记

晚霞已经点燃，而倦鸟迟迟不归。
沸水洗杯，洗一天积攒的喘息
瓷器里的时光慢慢暗了下来。
茶园、庙宇、湖水，各有各的
喧嚣与隐忧，各有各的清凉和心事。
清风不听晚课，往山下而去。

好茶身怀翠绿的品德，在人间行走，
洗濯尘世的肺与肠胃。
叶脉里有春天，阳光雨露均沾。
一杯水中的凝望或谛听，有着不肯安静的
清明的伤口，
和温婉的江南口音。

我从山下来，坐拥一地夕阳与三十亩茶香。
我在山水之外，听暮鼓禅声，
眼观鼻，久不回头，只在无穷处

微微俯身——
一口，一口，一口，
把暮色缓缓吞下。

雨夜的蛙鸣

离家很远，我徒有暗暗的孤寂。
细雨濡湿了夜
空气中的微腥和郁郁寡欢。
蛙鸣如骤然的阵雨
在广阔的昏暗里扑腾，泯灭淡淡的伤怀。

我伫足，与黑漆漆的蛙鸣握手寒暄。
它们点燃了村庄的灯火，浮于水面之上
呱。呱。呱——
不害羞，不做作，温热如乡音，
有凌乱中的平静与充实，又像
从风里吹过来一张张童年的脸。

越黑越明亮的蛙声，在池塘、沟渠、水田和树梢
指引雨滴和我来时的路。
我唯恐它们叫醒闪电，暴露不熟练的隐身术

东南风不改口音，
取走岁月在身体里郁积的隐疾。

夜航船

从来处来，往去处去。一条河流
引领着我找寻另一条水的路
或无风无波，或波澜微兴
一盏昏黄的灯，照人，不照路

像月亮，在一张旧船票上慢慢行走
一片浩荡的生活中
目光悠远，拥有辽阔的自由

黑暗在黑夜中流逝，水从水里
跃上水面。芦苇顶着一头灰白短发
习惯于听风望月
漫长的河流，从未抵达

船行在天上，把星空犁成一道道晶亮的碎片
映照黑色里的白。远处的花香
把坚硬的水，摇晃得像水一样温柔

入雨的唇香（外三首）

● 赵 春

邂逅你惊动了一场夏雨
无为的雨丝抽打着我杂陈的思绪

泥泞坎坷荆棘风雨　彩虹的路
围城登场表演落幕　必经的巷口
仕途的光圈暗藏着
虚伪谎言欺诈诱惑　权势如香骨
异性的春光照耀得势者
仰望威仪震颤亢奋

日值中天　苍穹中能看透什么
得意不是狂欢的舞曲
掌声中哪声属赞扬哪声是讥讽
为钱为情自绝
不断发芽割下又长出
伟大和渺小在同一火炉里升天
哪个固定的词能准确定位人生
拼搏的心伤难平沟壑

惨淡的月夜往往铺满花絮

我慢行于街边
游思像稀疏的雨
忽视了雨中载满红尘的车轮
何时出发　何地停泊
我没本事炼明一双深透的眼
看穿人世就没了依恋
如屈原和海子
他们的洞悉超越了众人的高度
而后夭折

我任雨丝冷却我的思想
我想立在最佳的点上俯视自己
虽然我选择彷徨不去鼓瑟呐喊
但是我不惧穿透骨髓鄙视的眼
没有鲜花掌声及回眸的温暖
算不算味道
生活告诉我　越嚼越浓越品越苦

我在雨雾中浮沉
突然脸上雨丝散去
一缕缕幽香沁鼻入腹
一位秀女　一口丹唇　浅浅的笑
擎着伞罩上我和她
淡淡的唇香飘入雨中

只做一棵草

我无力表达我的唾弃
懦弱的自信
仿佛春天屋檐的冰凌

我们为什么要刻意夹起尾巴
去表演去欺骗去诅咒
与蚊蝇与阴谋与丑恶　媾和
或许是驴子悲哀的原因

我是街边那棵老榆
身边有亲吻月牙儿的嘴
或分手的泪

我猜不准人们
端详我的心思
或爱或尊敬或鄙视或敷衍

世界该给的
空气　阳光　水　母亲和父亲
生命的必然
泥土赋予我的根须

褶皱的额前
划过花花绿绿的裙摆
我常因一个温暖的眼神儿
忘乎所以
我强迫自己多照镜子
借此遏制蠢蠢返青的心

宽恕这个伤痕累累的世界
卧繁花如草梗
不幻想突然飘来一缕芳香
拒绝喧嚣与诱惑
呵护灵魂不被世俗碾碎

粗糙地活着吧
只做一棵草
不长在田里
田里的利益是庄稼的

秋　梦

北方的这个秋天很憔悴很虚伪
贫血的玉米棒上颤抖着父亲的枯手

天空划过的翅膀数倍于春天
比如雁阵
比如乌鸦的阵势
比如燕子沉浮云层中掠飞的身影

九月在夏和冬的路口
摇曳纤细的苇竿
诉说着某个姑娘擦肩而过的心事

秋天的梦常和雪花一起飞舞
游子纠结的乡愁
像浸墨的黑菊花
故乡的月已生出幼芽儿
煎熬的期盼透出曙色
鞭炮声中即将膨胀
有关家的故事

歌 者

无论哪年的花丛
都能看到去年的蝴蝶
斑斓羽翼妆点黎明的秋声

鸿雁在长空织锦
南方和北方绘在一幅画里

千山万水
常回荡着别离的悲鸣

为静夜增添璀璨
昙花蓄势在无掌声时破蕊
你的绽放
激动了谁家的夜晚

我常常因生命博弈震颤
为生命短暂叹息

生命的歌者
不为生命的长度而歌
而为生命的厚重载舞
在乎彩虹般的美丽

对 话

●高 瑛

静静的，静静的，
我坐在镜子前。

镜子里的人看我，
我看镜子里的人。

我问她：你是谁？
她也问我：你是谁？

我说：我不认识你，
她说：我也不认识你。

我伸出了手，
她也伸出了手。

我哭了，
她也哭了。

我对镜子里的人说，
你看见我的银发，
却看不见我的心。
我，虽然老了，
但，心里还有梦。

我听到了，
她和我说的话一模一样。

我伸出了手，
她也伸出了手。

我笑了，
她也笑了，
我们都笑得非常开心！

暮 歌（外四首）

●赵目珍

叹息并未走远。黄昏中的人跟跟跄跄
像一个醉汉。但他以此为乐，并不痛苦
真正痛苦的，其实是
即将沉入苍茫中的那些歌者
他们无法掌控自己的全局
就如同无法掌控夜晚中的某些芬芳
他们的歌声已经古老
但他们尽量不让它们染上尘埃
以此之故，他们仿佛对满月情有独钟
我甚至怀疑他们有同情苍白的力量
而我们于这种力量显得格格不入
是否可以认为，他们是在透过一些
事物的闪烁，来表达即将消失的谦卑信念
或者是借助歌声的微光，来消弭一场硝烟
对于如此轻狂应该作何解释，我不得而知
但此刻的湖面上，雾气已经升腾
氤氲的缭绕，就仿佛暮歌窒息的尾声

取栗者

取栗的人，站的离我不远
但即使如此，你也只能看到动作的迅疾
以及结局中被烘烤得完美的栗子
你专注于此，从而忽略了火苗
这一事实的核心在于什么呢
它完全不同于普罗米修斯从神山盗取天火
也完全不同于自作聪明的掩耳盗铃
最关键的是，它是智者的表演
这种演绎，激烈处可以让人噤声
但不失是一种最高荣誉的称赞
然而其动作却不使人陶醉
我真正的陶醉在于，我已从陶醉中逃脱

很显然，我不是一个取栗者
与此同时，我更不愿意做一个无聊看客

听风者

如果你已听出了河流有恙
那么就无须再虚张声势
与这个世界保持暧昧是一件危险的事
无论你的虚构是一只灰色的海鸥
还是一座看不见的城市
无数的现实终将向你问鼎
最好是判断出河流的玄机所在
毕竟，听风始终有别于观察风水
我们与风的关系，除了听
或者还可以视为一场古老的诅咒

鬼 话

当我们沉醉于鬼话
隐匿的第三条河流便出现了
如果头脑清醒
你依然安于睡眠
那么，小小的伎俩
便如同哀伤

鲤鱼门不过是行进中的一站
而夜色恒常
除了温暖与微凉的交替
还掺杂着一些爱人的慌张

今晚，貌似我一直在等待
鬼话的完结

其实我是在等待另一种真实
时间对于有限的事物
始终都带着一种挑剔的味道
而我们恰恰
欢喜于——闲情逸致

套中人

寒冷的人突然懂得了，变天就如同
人的随机应变，那是自然的一种智慧
但即使如此，你也并不能真切忘怀
什么是寒冷，就像你不能真切忘怀孤独
孤独之于人，就如同寒冷和命运一样
它们身份不明，但却伴随人的终老

只有感慨万千和同情能将自我引入审美
这其中所隐含的是，我们都是对现实
积极地加以反对，并且即使反对也无效的人
这似乎是一件令人悲哀的事情
但你也可以看作这是对命运的一种讽刺
荒诞总是如家传至宝，薪火相传
并且，也许我们应该始终持守这一隐喻
有些尽人皆知的秘密更让人无法逃脱
就像有"骨架"支撑，乃是人存在的法则

不过，也不必太执着于后退这一选择
心经上说，"无挂碍故，无有恐怖"
既然弄不清到底是什么意志一直高高在上
那么不妨学一下五柳先生，优哉游哉
一旦你面向山峦，就能知道河流的方向

漫 游 者 (外四首)

● 李建田

巴尔虎草原，恍若天上人间
风一刮，绿海漫漫无边
此刻，我想看一轮明月
不管这轮明月是在秦在汉
我都想看看
我幻想清冽的月光
照亮我庸常的日子

我明白，我的幻想非常不靠谱
可还是这么想，当然
我想从此刻，成为草原上的漫游者
给梦中的牧羊女写信
如果没有信纸，就揪下来一片树叶
实在不行，就剪下来一片云彩
这样一来，我的情书
会不会是这个世界上最别致的情书呢？

哈拉哈河

如果大地翻开这本书
会对它说什么？
一道闪电
就这样从天空遗落

我想用一万匹蒙古马
把这道闪电拖走
可拖不动啊

因为
北面是俄罗斯
西面是蒙古
东面是中国

额尔古纳河

在额尔古纳河边
我想起迟子建的小说
小说名字叫《额尔古纳河的右岸》
描写的是大兴安岭森林里的敖鲁古雅

一个篝火燃烧的黄昏，迟子建和老妇人
不对，应该叫"中国最后一位酋长"玛利亚·索
谈论着往事，我不知道她们谈论的往事会不会如烟？
反正那里有金河、牛耳河、乌鲁吉气河、敖鲁古雅河和贝尔茨河奔腾着流过

玛利亚·索做为一名部落酋长，是一个有点任性的人
她一生未嫁，一直在森林里伴随着驯鹿
从这一点上看，玛利亚·索是部落真正的额尼
她到了八十岁还没下山，一直跟随部落迁徙

部落时常游荡到遥远的牧场，承受零下40度的严寒
玛利亚·索早就习惯了流动的日子，别说寒冷的气候了
她记得自己的太爷爷，部落的老首领，在三百多年前
从西伯利亚勒拿河上游，密密的丛林中出发
赶着驯鹿，来到了额尔古纳河右岸

萨满之舞

在阿穆尔河北岸，贝加尔湖畔
萨满用通古斯语，或斯拉夫语
且歌且舞，成为神灵"附体"的人

白桦林中废墟，一个游猎营
发生过一段凄美的爱情故事，部落首领美丽的女儿死了
和她一起死去的，还有另一个部落首领英俊的儿子
她们的爱情，是额尔古纳河谷开放的两朵鲜花

萨满像风一样的舞蹈，急促的鼓点、悲怆的歌谣
用神的话语，传递另一个世界的秘语
肃立两边的部落首领，倾听萨满巫师的祷告
忆起了往事，两个部落为争夺猎场
发生械斗，决斗是在黄昏时分结束的
他们指天发誓，今后将视对方为一生宿敌

春风再度吹绿额尔古纳河谷
部落首领的女儿，和另一个部落首领的儿子
在绿茵茵的额尔古纳河畔，清冽的月光下
绽放出年轻的激情，他们用激情消泯着部落间的仇恨
他们把爱传递给神，再将神的旨意传送给人
萨满翩翩起舞，跳出一段部落神秘的往事

腾克村

我三年多没回腾克村了
今年秋天回来了，走到村口
看见村庄最明显的标志，是沿江而建的木屋
木屋像一排排风物，耸立在缓慢隆起山坡上
木屋似乎一直提着我遥远的记忆

走进村子，我见到的第一个人，是冬子妈
以前她是寡居女人
听说她最近结婚了，跟了一个杀猪的男人
她还是笑盈盈的，非常好看，可让我奇怪的
过去那么精致的一个女人，为什么过了三年
变得这么的丰腴了？
想不明白，我只能这样想
肯定是那个屠夫的功劳

我见到的第二个人，是歪眼二蛋
看来他还是一个人混日子
只是比以前更落魄了
他手拎一瓶白酒，靠在草堆上喝着
他落魄样，让我想起了一件往事

大约三年前，歪眼二蛋追求过冬子妈
深更半夜，他翻过冬子家木头障子
渴望抱一抱冬子妈雪白肉体
可那天真不凑巧
村长正坐在冬子家炕头上，和冬子妈喝酒呢
这么一来，歪眼二蛋很不走运，被喝醉酒的
村长打跑了

我第三个见到的人，是大森
一个落榜秀才，落榜后他声称再也不考大学
以后就做一名田园诗人
好像那段时间，他还真写出不少的诗
写完后，就拿着诗挨个给村里人看

村里人都说，看不懂那破玩艺
这人是没考上大学，疯了！说不定还得了
"精神病"
今天在村庄小路上见到他，看上去正常多了
听说还当上一名民办教师
这不，他正和胖老婆一起，把一群猪往家轰

中国有许多大地方，每天都发生许多千奇百
怪的事
可我不知道啊！不知道等于没发生
所以我只知道腾克村，这么多年来
只有腾克村，才是我的世界
有讲不完的故事，道不尽的风情

牵　手（外四首）

●夏敬渺

那一缕乌黑的头发
那一抹痴迷的眼神
还有那一记印在心底的红唇
注定在岁月的年轮中荡漾
也许为那多愁善感
而初次等待的青春
也许为那一次
永不能相许的握手

思念总是悄悄地来
柔情总是轻轻地撩拨
曾经期待梦中相逢
重拾起夕阳般眷恋
一起笑看花开花落
从天荒到地老
也许只为那
至今尚未如期的牵手

致岁月

站在岁月的阡陌
再次刻下一个醉美的轮回
岁月似两生花开
或是盛开于萧瑟的深秋
或是盛开在葱茏的初夏
生命的丰盈
源于匆匆光阴里的那一份慈悲

站在岁月的长廊
不经意的一个转身
悄然而又淡定地步入人生的秋季
在不惑的岁月里放牧心灵
一份恬静淡泊的禅意感悟
仿佛正在酝酿着一首清浅的诗

缘来有你

漫步在花开的世界
尘封的心情悄然苏醒
心中的思绪已被风轻轻吹皱
试问过往的诗行是否被你珍藏

那一份相识时的情愫
我经年打磨
凝望那拉长了的等待的月光
不知是否已挪移到你向往的渡口

梦回相知的岁月
不时荡漾着琴语箫声
桃花源里且听花开的声音
水云间处且吟一首相遇是缘

无论缘深缘浅
你是我最美的感恩
犹如茶水那般清欢
茶为水生
水因茶香

缘来有你
但愿温一壶真情
慢煮岁月那简静的时光
温馨而诗意地一起慢慢变老

来你的城

远方，色彩的城
因为爱上
从未动摇过
为那曾经约定的诺言
他年，我打江南而来
你，在——向我伸出
温柔的手，如那
花开的伞
留住飘舞的雪花，和着
你不动声色的味道
屏住呼吸，氤氲着
这样挺好，温暖着
我的岁月

莫卡乡村

校园门口，向右
再向左，红绿灯
梧桐树旁，一家莫卡乡村
一杯咖啡，几块蛋挞
悠闲而又惬意地
倾听咖啡苦涩的故事
但愿，时光倒流
细数清香缕缕
此情此景
熟悉得
似乎不再陌生
缘于一份迟来的心灵之约

南方空瓮子（外三首）

●郑亚洪

你在南方码头寻荡，
大海用五十粒光子来捕获你。
你放弃一个女人，
无数荒野的凌乱围绕你。
你敲击瓮，
有人在千米之外回应你。
你来不及说出一个词，
更多的词语转身奔向你。
是一个秋天，也是一滴水
你弹拨瓮的空间，让它日益丰满，
再来俯视大地。

打井水的少年

绳子麻利地抓住铅桶，
抓住了一个晶亮的下午。
手指松开，
哐当——
岁月离开了身体，
它们摇晃着
下探到井部，
井越深水越冰冷，
退去的童年越漫长。
我也想往井里跳，
看看能否赶得上一根绳子、一个铅桶和一个
打水少年！

放弃蓝
——读马克·罗斯科一幅抽象画

马克·罗斯科放弃了，从他的颜色开始。他
放弃红
放弃线条，放弃色块
他放弃俄罗斯母语，放弃犹太教
他放弃百老汇跑龙套，放弃灯光师，放弃
神学，放弃贪婪
宏大，象征，与不朽　全放弃了
灵魂纯净，生活低于远方的鸟巢
黑夜缝补黎明，天空倦于糜烂
他放弃河流，他放弃高山，他放弃绿树成荫
他放弃与朋友的一次饕餮，放弃画室里的一
个局部阴影
他放弃一千三百美元，放弃《街景》《坐着
的人》《北方十五度》
高尔基去了，汤姆林去了，皮洛克去了，
同睡去的还有巴齐奥特斯，克莱，大卫·史
密斯
他放弃家人，放弃一把白色剃刀，他放弃了
动脉
无限忧郁，他也放弃了
最初的颜色，最后的爱情
他放弃了放弃。

女人和白鹭

午后的时间从单屿门岛上
收走太阳光。
海水淹没田间头
白鹭们叽叽与喳喳，
无数把着火的小提琴
瞬间剥离。
女人撑着木筏子
从这一岸到那一岸，
逡巡她的海水，她的寂寞，

白鹭继续它们的叽叽与喳喳。
有关今晚的中秋圆月,有关城里人朗诵的
无韵之诗。
它们不知晓,她也不知晓。
这些鸟平生充当摄影师的模特,
纤长的鸟体在一本书里穿插,惊奇又冷漠。

对于我,一个陌生的闯入者,
我等在一次日落与月升之间,
等我的前身,
一只通体雪白、喙颈乌黑的白鹭
优雅起落。

懵懂的期许（外四首）

● 倚　诺

繁华落幕
验证浮华易宿
过往如烟
分秒不争前途

看淡名利
高傲如此贫瘠
情怀里多了期许
假装看不到的忧郁

即是游戏
认真面对开局
无非阳光透过云层
游走在每个人心底
刻印一段飞矢的距离
心情的写照
人见犹怜的样子
透过潦草的行书
看清承载的文体
街角的霓虹
仍是让人着迷

光影中有你

子夜
情怀里打捞

固步自封的感觉
消逝了寂寥
赢回来浅浅的微笑
所有诗意
苍白成传奇
净化了几百公里的距离

梦在秋雨缠绵时
听雨声加剧
看雨点下落
散漫勾勒这景致
懵懂的操守
挂怀着昨日
夕阳,黄昏,还有焦距

给我一副画板
描摹这雨季
消瘦也没那样恐惧
美丽的心境
婉约的言语
当青春迂回成记忆
光影中有你

那一段情

那一段情

苦涩如深秋的风
不等红尘的依靠
只为今朝潮头的需求

爱了，悔过
经历磨练了野性
在熔炉中璀璨
只为那一段情

夜色清凉树影婆娑
寻不到月的踪影
子夜的凄美
想象中朦胧

待月光洒满神州
那一刻熟睡的人被唤醒
眼中充斥着霓虹
那一段情更似午夜的缠梦
无奈多掺了乡村的悸动

旧梦里

钟摆在滴答中纵横
旧梦里隐约看到往昔
那年那夜那场雪
我们如约坐在时光里

寒风宣泄
刻画着你的美丽

皎洁的灯光
映衬着黑与白
相隔多年仍旧无法忘记

光影中我飞向你
许诺天长地久的幸福
多年后的相知
才知道那是一场委屈

五 月

梦，开在石碣上
凉透了五月的心情
暗夜迷失的灯光
照着阑珊的诗意
从璀璨又过度到灰暗

久违的幽怨徘徊到黎明
黑暗里，多情的笑声
阻断了航程
灵魂注入阴霾
晨起的风打包了疼痛

窥视夜的身姿
繁华了旧梦
梦里的街区
有耀眼的霓虹
和一行一行写在五月的叮咛

村史馆（外四首）

● 川北藻雪

以酒为证。这里正在大宴宾客
甚至缺斤短两的童年
有人微醺，有人浓醉，有人浅尝辄止
博物馆犹如分酒器
斟出巴篓，米升，鱼腥之网，也滴下一大白
悲苦

史馆散席
有人扛下二锅头，有人批发女儿红，还有的
注满烧刀子
赤脚，飘髯，蓑衣加身，这位历史的守夜人
仍然没能交出钝和锐

以酒为证。在月光和蟋蟀之间
老白干封坛拜将，占领村谱的秘密高地

你试图捣鼓风车，扇页打转之间
舌头分不清痛和快
石碾升堂，杠子立地威武
磨眼里流出来的，我们一概编入痛快

风车生出秕谷，还是
金黄稻子，村庄只字不提，我们也假装不见
这里遍地陈年佳酿，长辈在上
我们推杯换盏，起于往事，止于往事

给上校写封信
——写给马尔克斯笔下的上校

上校，前不久马尔克斯抵达坟茔
想必你们寒暄过了
如你所见，他笔锋傲慢

文末一词，至今不曾拆封

几比索希望押在"斗鸡"身上
上校，你克扣吊命粮，也不让牲畜等待
斗鸡仍然羸弱，一粒一粒啄下善良
果腹疗饥，像永不失信的砝码

上校，你一生唯一做过的盼望
仍然是一串省略号
它被不确定的枪声搅黄
两只斗鸡，在平局里草草收场

奖金和抚恤金一样沉默
终究，垂下它高昂的血红的鸡冠
也没能乔装子弹，厉声呵斥
拉丁美洲在沉睡啊，黄昏迫临

上校，我已宽宥了那个自私的人
这比原谅儿童的粗心与倦怠，毫无二致
他急切地回归你的怀抱，似乎给等待
交了一笔不菲的利息

我们只是远方的倦客

在这条林荫缤纷的隧道，我们牵手鲜花
朝而往，暮而归
谁也没有多想雨会借走我们的身体
我们花光去日芳香，还有用不完的漫不经心
铁轨在卵石上打盹
完全不用担心误点，我们赦免了火车
从孚而岗出发，江山辽阔
秦淮河与长江埋下的光阴足够她黑白颠倒

如此这般，把冬日过成春天
黄昏当作黎明，我们不说爱，唇上
衔满星星，我们只是远方的倦客

立 秋

你问起行踪
姑且，拈花作答

紫荆花紫，小黄花黄
玉莲花，依然我行我素
石子中冒出酢浆草
披露执白
你念叨的这个清晨，花事纷繁

言及隐居
扁竹的偏旁，夹带苍耳
我在黄叶侧边观雨
偶尔，预测天气

我想说，花儿你要慢慢开
乌云指不定就是一句谎言
可是，河水哗啦
一阵阵抢白

我走在清溪河岸

"秋水漫过堤坝，起伏跌宕
如何，才可止水如心"

倾 听

孩子在画纸上走线条
磕磕碰碰，线条越出画外
妻织着永远也织不完的毛衣
一个领口，由春复夏
扦子很随意，像孩子手中的画笔

这是一个大老爷们的午后
烟圈袅袅，套不住蝉鸣
落满尘埃的结婚请柬，在书一角
苦苦等待新郎新娘出场

雷一再迟到，天空站了 n 次黑板
终是无动于衷，窗外
风兜售着殷勤，喉咙嘶哑
兴奋，约等于以前的洞房

栀子花的叫卖，飘过
空气潮湿，眼角也潮湿起来
僵硬的脚突然有股冲动
卡在古旧椅子里，它
没来由的，越陷越深

无 花 果（外四首）

● 范文澜

今年雨水太大了，
树上泡坏了好多果子。

这些果子曾经哺育我的童年，
摘果子的伤口滴出的白露

黏在我的手指上。

现在它几年不见我，
也还是一样地成熟，
被偷走，被啄破，被叮咬，

或者自己坠在地上。
现在我几年不吃它，
也还是一样地变老，
将有一天堕入比地更低的地方。

我不如这些果子。
我流泪抚摸盘子里溃烂的它们，
它们便也对我渗出粉色的液汁。

年轻的橡子

你但愿，最开始的时候，
没有买下这满满一卡车西瓜，
没有喂奶牛喝下油漆，
没有烧掉哥哥苏绣平金的戏服，
没有不带身份证就任性出逃。

或者只但愿，
出逃后没有回来。
而夏天，
总是如此鲁莽。

叙 旧

荆轲缓缓展开地图，
露出一支牙刷
手捧鲜花唱着颂歌的人们，
却献出匕首。

你无奈地跟我讲述，
这些过往，
我便也举起，喝干了啤酒的
塑料高脚杯，
给昨天，一个廉价的碰撞。

侦 探

第七百三十五天，
最后一个办法，我得试试
去十八楼天台，往下
如果朝着相反的方向
看这个世界
能不能找出，
谁是悲伤的同谋。

茄 子

我六岁曾经意外地画了一只
非常漂亮的茄子
紫黑油亮，
是只兴奋的茄子。

它旁边有两只丑陋而扁平的柑橘，
柑橘没有什么错，它是我的常态，
是我能力的最好代表
但是没有人夸奖它。
相比于我，
他们宁愿热爱偶然。

瑶琳仙境（外六首）

● 王静静

——美，让我忘记了时光的背影
时间在这一刻静止
蓝色的光，缥缈美景，还有如烟如雾的圣境
让瑶琳洞宛如心上的钻石
闪烁着永恒的光

我情愿相信自己在梦境
情愿相信眼前的一切，如梦幻般迷离
情愿相信，钟乳石上折射的光
有着岁月遗留的幸福和光芒

来到这集幽、深、奇、秀于一体的仙境
心，再也无法平静
情愿相信眼前的一切，是自然的恩赐
每一个洞里都住着可爱的神仙
这样，我就会从容地漫步在每一条小径
任由心，去捕获瞬间的震撼

——是仙境，寻找梦境
还是梦境寻找仙境，在一颗心的感叹中
我为一块岩石的沉默
说出最美的祝词

水上桐庐

一幅画，在我眼前徐徐打开
一边是高楼，一边是青山，一边是绿水，一
边是佳境
这是桐庐，这里住着幸福的市民
也住着希望与美好

我请你吃富春江鲥鱼，你请我喝天尊贡芽
我请你吃桐庐的板栗，你请我吃豆腐干、番
薯干、青笋干
或者，你和我在巴比松庄园闲坐
想象一下，青山为我们弹琴
江水为我们伴奏，也许，我更应清一清喉咙
唱一段越剧助兴

水上的桐庐，写下水，河水、江水、湖水
水，就在你我的血液中流淌
一棵树扎根在土壤中，一滴水在富春江和新
安江里奔腾
于是，一抹绿色在你的眼睛里凝成了泪
一道风景，在我的心里
把桐庐的繁华，像照片投影在相册
久久，不愿逝去……

桐君山上

我爱上了桐君祠里的烟火
爱上了四望亭的国画。爱上了天空的白云
爱上了蓝天说给江水听的情话
还爱上了自己的眼睛，眼前的美景
只愿意用心去铭记，却不敢眨一下眼

请相信，在桐庐，一座山
是有灵魂的，一条江爱上一座山
它就会把最美的绿色
献给眼前的飘渺烟云

帆船竞发，青山倒映在绿水
我沿着河岸前行。
寂静宛如诗篇。一切如同行走在画中

这时，一只白鸟从树林里飞起
就像一个老朋友
在时光的街口向我打了一个招呼
桐君山，瞬间，美丽起来

长兴，长兴

请借我一缕阳光，让我照耀
苏浙皖三省交界的长兴，请借我一缕风
风吹大唐贡茶院，茶香飘溢
茶香，在骨头里溢出骨骼的强健
请借我一滴水，水做引子
在长兴的道路两旁，绿出秀美的春天

我需要让眼睛生出光彩
让心灵澄澈，才能在长兴的风景中沉淀
仙山、仙湖，唯有把心
牵在风中的图腾，才能体味
仙人，在银杏叶铺满大街的秋天
脚步轻盈，内心如风

请让我爱上这里的一草一木
爱上，银杏果、板栗、青梅的滋味
爱上龙腾狮舞的中国红
爱上山与水的爱情
请借我一双不能遗忘的眼睛
让我把长兴的街景，一一刻在心上

银杏长廊

有人在古银杏树下拍摄婚纱照
爱情的圣洁和银杏的金黄，重叠

银杏树结出了果子
当我在树下仰望蓝天，一枚银杏叶飘落在
我的发间，是的，亲爱的
在十里古银杏长廊
我，想你了

黄昏如同一列火车，轰隆隆
运来了相思，我想，你看见我发给你的

照片，是否，一样会感叹
这美景的幽静、明丽，秀美和光泽

亲爱的，为了你，我愿意
在古银杏树下，祈祷百年。为了你
我愿意在长兴，在古银杏树下
把相思凝成爱，在银杏果里读出长久

想到你，这十里古银杏长廊
瞬间，就成了一座富丽堂皇的宫殿——
阔大，空灵，只能放下一枚树叶
和一颗心

渔港之夜

岱山。渔港。喧嚣的夜。夜色迷离
喝酒。猜拳。情感在酒中升华
船只安静地停靠在海港，下酒菜，是
新鲜的海鱼。三鲍鳓鱼，糟白鳓鱼，醉鳓鱼
酒香，鱼香，海上的寂寞和孤独
在夜色中，在猜拳行令中，被热情吹散

时远时近的叫喊声、号子声，鱼货
交易时的嘈杂声，隐入耳畔
我能听到渔民收货时，急速的心跳声
还有海风追着背影的呼啸声，以及
蓝色的诗篇里，一滴海水簇拥着另一滴海水
发出的喟叹：蓝啊，大海真正的蓝

风吹。岱山岛在夜色中恍如明珠
风吹。渔港的夜是斑斓的夜，是孤独夜色中
那一抹有情调的音符，是啊
侧耳倾听，谁的眼角涌出了泪
蓝色背景下，那个等待的背影，有点惆怅

蓬莱仙岛

居住在岱山的人是有福的
眼睛一眨，一帧照片就是一幅绝美的画
阳光最先抵达的不是眼睛
而是，山顶上，那一颗注视东方的心跳

居住在岱山的人是有福的
静心修禅，对海诵经，雾霭静默
都市的灯火如一个人华丽的梦
一颗心，山与海之间，只需静静地聆听

居住在岱山的人是有福的
根，就在岩石里延伸，那根，是祖辈们
开山拓荒的传承与威武

那根，多了大气与开阔，多了
岱山人，靠山吃山，靠海吃海的韧劲

居住在岱山的人是有福的
在一片茶叶中随开水沉浮，在茶园里
随一棵茶树向天成长，仙人的境界
无非是，一盏茶，一缕阳光，一座海岛
清晨，寂静的问候……

刺 痛（外四首）

●冯信子

我们曾在深夜中醒来，披着凉薄的月光
紧紧抱住对方，抱住彼此隐秘的痛楚
那时候，生活过得散漫，过得贫苦
不知从什么时候起，日子疯跑起来
时间被磨成锋利的刀
你我，越磨越薄
亲情走失，相依为命的依赖永远不会再回来
我们开始不愿同时出现在家里
直到在对方眼中，你我只剩下一张薄片
在相册里保持着微笑
直到我们的厚度
可以不用谦让，同时挤进家里最窄的门
相互寒暄，各自心里拨着小算盘
亲姐妹之间，只剩下一个共同的妈妈
我们各自坚强而锋利地活着
那锋利，刺痛藏在薄后面的肉体、血液
刺痛疼痛本身、姐姐、妹妹
还有妈妈的手心手背

空心菜

打开冰箱便是水淋淋的
这把空心菜

像刚从暴雨中逃回来
它躺在保鲜层，依然绿得发亮
却明明已经没有当初那么鲜嫩了
冷冻过的生命，除了水
也没能增添什么
心依旧是空的
只是躯干更紧缩了
想不到它的取暖方式竟和我一样，只会抱紧
自己
指尖触碰到这束绿叶子，阵阵冰凉
这只已经30岁的手
沉默地面对着时间的表情
滴水的空心菜离开冰箱的瞬间一阵颤抖

刀 锋

她先结婚了
最先想到的是半年前甩掉她的那个男人
倍感得意
至少这次，她先他一步
披上了向往已久的婚纱
爱情，有时近乎于报复
近乎于手中握着的锋利钢刀

与心底的感情真相
隔着血脉的温度
他应该痛恨当初离开自己
应该痛哭流涕求她回头
应该请求她一起远走高飞
婚礼前的晚上，她在各种借口的应该和假
设中睡去
婚后的日子
种种的应该和假设仍在继续
她越来越像靠在岸边喘息的鱼
翘首等待，哪怕所有假设中的一条会到来
渴望，染红每个下午
像爱情的七彩祥云
每一朵温暖都更像哭泣
那些子虚乌有的报复
让快感每天都流过身体
她迷失在颤抖中
偶尔低下头
手中握着的刀
刀锋一直扎在自己的心上
鲜血晕染出一朵红云的形状
她早已把自己牢牢钉在
他随口许下的诺言之上

核　桃

我很少去研究怎样剥开一只核桃
画一棵核桃树，研究不同层次的绿
调色，更让我有信心
可是，坐在妈妈身旁
打开这道硬壳
就变得有意义

我变得小心翼翼
夹子，比嘴更容易表达我对她的爱
手握铁钳，我又做回那个顽皮的孩子
夹碎硬壳，见到生活的本真
干瘪，有些丑陋
沟沟坎坎，找不到路径和出口
妈妈说：你得自己尝尝，才知道是好吃的
这么多年，我一直谨慎地挑选着生活中的
每一颗核桃
每一次，都要下定决心才敢打开它
保持微笑，将果肉放进嘴里
仔细品尝，记住它们的味道
生活经验更多来源于沉默
而不是愤怒
可是，跟妈妈一起回味的每一颗核桃
都是最幸福肥美的

心　愿

在妈妈眼里，我的手一直很小
小到端不动一碗热汤
提不动一桶自来水
她一直认为我的胃口很好
有聪明的头脑去赚一口铁饭碗
子女能有衣食无忧的人生，是所有妈妈的
心愿
可是我的心愿，是一直能跟在她的身后
做她贴心的小跟班
努力工作，拥有洒满阳光和星辰的房子
摆进舒适的大床和省力的厨房
还有一份闲适的工作
好能容纳她幸福的晚年

祈祷辞（长诗）

● 撒玛尔罕

第一日

此刻:沁人心肺的晨礼赞词
刚刚停顿了一下
有人从胸腔深处崩溅一声哭泣
就在我右侧的右侧
东方天空的眼睛微微泛红
孤独的男子在晨光的沉寂中
坐到蚀迹斑驳的格栅窗前
打开经典:山体轻轻颤栗
水面激起浪花
鸽群改变翔姿

这个时辰:恶灵套着沉重的铁索
被置入石城之下
天使布满整个大地
日夜祝福人类

第二日

今夜:七个兄弟跪入一列
七段赞词在唇舌间飞翔
七行泪水从午夜流淌到黎明

七样虔诚刻上每个人的心空
七种姿态仁在泪水的海洋
七色暮年里觅得一种方向
七个夜晚怀抱幸福
七声高唱敲击鹿皮大鼓
七颗心脏深藏一样的奥秘

七眼泉水浇开了七色玫瑰

今夜:七兄弟心怀虔诚
在赞颂词的音符和旋律中
面朝西方,伏地长叩
那里:天堂花开

第三日

大地从午夜的窗口轻轻走过
它说:人类啊,你将怎样躺入我的怀抱
那阴冷的,黑暗的,遍布荆棘的
无比恐惧无比狭窄的地穴？

星光闪动着翅膀落在我的右肩
告诉我:大地将如一颗蛋壳
你的身躯将举证你的罪恶
那深渊的,巨大的,骨头燃烧的火焰
将比刀刃锋利
将比石头坚硬

静静地流过我桥下的河流
告诉我:假如你比我还纯净还清澈
那甘美的,凉爽的,清洌的
浴遍身心
比一切美好的天堂泉水
只为你流淌
你可以忽视人类
可以忽视一切
葡萄酒,高脚杯和无数的果实
将伸手可及

艳丽绝美的少女只为你舞蹈和欢唱

我深深地鞠躬,长叩不起……

第四日

清真寺高亢的宣礼声穿过炊烟弥漫的村庄
悠远地回响
少女发土麦的灶膛里,干柴烈火
爆溅的火星溅在火上
她黑色的长发垂于耳际
一只发情的白猫乘着夜色走过南墙
不厌其烦地叫唤
六月的麦穗开始变得饱满
在广阔田野里律动摇曳
倾听衷肠
火苗映红了半个美人脸
如期归巢的鸽子与另一只鸽子
相互偎依
相互梳理洁白的羽毛

第五日

一场盛大的祈祷之后
头缠塔斯达尔人的心情
比夏风还要薄 还要凉爽
积石山下连绵不断的村庄
一夜之间宁静了下来
沿着大河两岸
开满绿色的喜悦和幸福

而我在这种光泽的沐浴里
洗涤自己的身体和双手
肌肤里暗藏的愤怒和污尘
甚至贪婪和欲望
甚至一次罪恶的注视
唯恐划过黑夜的天使
看到这一切!

第六日

再轻一些
让额头触地时再轻一些
让虔诚像泉水一样从心中涌出来
让黎明明朗起来
脆亮的鸽哨擦净西边的天空

再轻一些,莱姆丹就是一种旅途
我们濯手濯足
用饥饿和渴望,赞词和祈祷
种植过冬的粮食
修筑抵达花园的道路
开满紫色蓝色的花朵
驱逐细碎惊悚的忧伤
心怀美好和期待
就让阳光照得再猛烈一些
让夏风吹得更细更凉一些
最终的号角吹起的毁灭中
一朵花,一波浪
或者一层涟漪
一双翅膀的秘密终被打开

那一刻:伤口如此艳丽
疼痛如此纯粹

第七日

整个世界,不过是一件碎片
宇宙的碎片是沿着轨迹
运行的星球和尘埃
风的碎片是飘动的白云
摇曳的树木
雨的碎片是迅猛的洪水
女子的哭泣

声音的碎片
在隔河相望的眼睛里
精神的碎片就是梦
阳光的碎片是阴影

孤独的碎片是悠扬的笛声
欢乐的碎片是泪水

而我是先祖血液里的碎片
不断地破碎之后
拼接着千年的骨血和梦

第八日

这是怎样的夜晚？
一团孤寂就像从胸腔里溅出的血
黑压压红彤彤地向你袭来
沉重得令人窒息
辗碎你的骨头和血管

或许缘于一场角逐
或许缘于一朵额首之花
偶然抬头时的眼神那么冷情
狂风侧身的瞬间灼伤了影子
一座殿宇回响起三段赞词
一群白冠男齐齐地跪伏不起

这是怎样的夜晚？
一张脸,另一张脸
在岁月的深潭
那么清晰频频显现
一种笑,另一种笑
依然在耳边
那么爽朗轻松

这是怎样的夜晚啊？
心与时间的指针并肩而行
记忆的影像
一幕幕映入世界的眼帘

第九日

此刻的幸福
就是泉水渗入沙地的欢畅
刚刚绽放的花儿迎来清晨露水的甘美
弃婴被抱入怀中的温暖

湛蓝的天空下飞翔一群白鸽的辽远和灼痛
翅膀触到云袖的颤栗
是波浪碎在眼睛里的幸福

此刻的幸福
就是心灵感应到划过夜空的宣礼声
额头触地时世界静下来的静
右脚迈进门槛时掠过心空的虔诚
从掌纹间找到的真言
从影子里看到的罪恶

此刻的幸福
比西边天空的蓝更蓝
比吹动夏季的风更轻

第十日

"玫瑰的影子,
是一朵凋谢的玫瑰"

我借着孤冷的月光,顺着玫瑰的影子细细翻开
全身的鳞片,内脏和骨髓。寻找枯萎的心灵。
却只见蓝色的血液
依旧浇灌着身体的花园

我惊愕于被造化的结构,创造的原点。还有宇
宙的旋律,微小的光子旋律
何等相似。
眼睛与宇宙的线条
皮肤与山川的脉络
何等相似

我惊愕于玫瑰与影子的叙述
似乎看到人类在自己的身体上哭泣,看见的影
子,是那堆腐朽的骨头,飘渺的灵魂。
面对人类,我缄默不语
身体的影子是另一个身体的死亡
灵魂的影子是另一个灵魂的诞生

第十一日

"上帝的孤独总是在黑墙边歌唱"

我曾唱过红狐跳过山崖的孤独
母亲烛光下纳鞋哀叹的孤独
宣礼声传来时瞬间静谧的孤独
细雨润心的孤独。泉水的孤独
火焰吞噬的孤独
从鸟翔中阅读卜相的孤独
蝴蝶翅膀里感悟真光奥秘的孤独

人类在一条火焰的深渊前哭泣
把太阳葬在荒芜的西方
把月亮推进黑暗的边缘
我是终将被自己的呼吸吹灭的灯盏

盛大的庆典之后
我歌唱的孤独在缄默中微笑
颂歌中寻找遗失的那一半影子。
血:一层层开花

黑色天使姗姗出现
孤独在河流边哭泣
直到天亮!

第十二日

我必须用额首和膝盖
穿越硕大深重的黑夜
必须披着黎明出发。背着午夜回家
在找到我少年时的那悬梦之前
——耳贴钢管聆听主宰者声音的梦
我感到死亡一步步走来

而且,我感到在世界的某个角落
还有我的另一半灵魂
用善良虔诚的鞭子抽打我
时时刻刻,日复一日
用叫做时光的东西

把我雕刻成核桃和石头
削去我的影子,粉碎我的骨头
把我置入村庄的高处

我必须穿越这黑夜
哪怕石雨淅沥,火风肆虐
必须得穿越
必须

第十三日

胸腔里燃烧的火焰
在午夜熄灭
金色的梦涌动在天堂的河流
通向高处的天梯
缀满花朵
樱桃般的嘴唇
封闭了谁狂乱的心
更远的远方
泉水低诉谁的悲叹
孤独者的额头
是怎样湛蓝的忧郁

情绪之外:一只黑鹰的左翅流血不止
一群黑皮肤的非洲孩子
正在接受庄严的割礼
披着绿色斗篷的人骑马赶往石屋
牧人低下头颅
大漠那边,风暴悄然来临

第十四日

我无数次沿着东方的黎明
寻找牺牲的壮美与血
却只是在黄昏的典仪中
看到玫瑰郁金香被砍下头颅
插在典雅的瓶中
花瓣的幻影里少女陶醉

我没在婴儿的诞生中看到初血
却在午夜的梦中梦到死亡气息

那腐朽的味道
铁的味道,泥土的味道
那么近,又那么无畏的样子
就在离我一步之遥的距离
影子般伴你而行

你的呼吸里,这种气息离你多远?
谁的呼吸里,这种气息就在侧身之间?

第十五日

还是那熟悉而令人作泣的跪姿
向西。一棵树下。河岸的巨石之上
到那日:额首花绽
从坟穴开到自己永恒的花园
四肢雪山般银亮
从巨大的广场奔向火焰上的桥梁
一闪而过

依旧向西
泉水般清澈流淌的是祷词
石头般伏地长叩的是姿态
黎明时分:一滴眼睛之血洗亮了东方
斋月的光辉下
大地沉浸在鸽群飞翔百兽欢舞鱼族腾跃的吉庆之中

第十六日

谁知道那风?从深渊吹来
像愤怒的狮群破栅而入
石头的碎片飞溅水上
那样狂暴。肆虐
所向披靡:吹破西天的帐幕

谁知道那风?从峡口吹来
像跃动的琴曲曼舞而来
蝴蝶的翅膀落在花上
那样轻柔。凉爽
闭月羞花:掀动女子的红纱巾

那风有时候吞噬。嘶鸣。无坚不摧
有时候流淌。雕琢。步步履痕
刻刀般锋利
葬礼般沉重
那风是时间最美的公主和君王

第十七日

随意找个阴凉的角落坐下来
随意翻开手里的一本杂志
细细品读第26页的一首词
两米之外,大树背后
孩童在争论天堂
一人说在天上最高处
一人说在心里最深处

我静静地听
目光停留在杂志的彩页
黑纱女子指间的香烟依然在燃烧
烟丝袅袅
双唇鲜红犹如划开的草莓
欲望在滴
一团热血莫名地沸腾
一种冲动悄然涌起
我在想:美就在这儿
天园的殿宇怎能容下这种女子的贪婪和罪恶?

一个人的午后
随意等待另一个人的出现
时间的脚步越来越慢
我索性躺下
索性用那本杂志的时尚女人
盖上了自己的脸……

第十八日

真神的恩典早已降临了我
还能起早贪黑地奔波生活
向周围的人点头问好
还能听到老人的嘱咐孩子的哭声
在忧伤里抚额忧伤

在欢乐中寻求欢乐

恩典早已降临了我
还能从黎明的宣礼声中醒来
迎着晨光写下冬季的第一首诗歌
为披着雪花回家的父亲熬制一壶奶茶
还能扶犁耕田，劈柴生火
在树荫下围桌而坐
叙述久远而久远的迁徙与传说

恩典早已降临了我
还能夜夜读到经典
悟到宇宙的奥秘和创造的力量
从风吹草动与马嘶鸟鸣中
暖暖地感到普照生命的光泽
还能思考，还能行动自如

恩典早已降临了每一个人
就在你举首侧身的每一个瞬间
在你的眉目之间
在你的呼吸和片刻的安宁之中

第十九日

恶灵。咒语。隐身的巫术
在我身边不断地教唆。挑拨

看不见它。摸不着它
却在你举足抬首的瞬间阴影般处处荡漾
有时候我也会落入它的陷阱
醉生梦死。全身充满罪恶的欲望
心灵火燎般灼痛
它变幻莫测：像火时燃烧你的胸腔。像水时
浸满你的心沟。像雨时淅沥你的一生。像花
时绽放中暗藏杀机。
它让一颗鲜活的心硬成石头
让身体长出的剑翅刺伤爱情和梦！

它摧毁我洋溢着恩典的屋宇
把我关进噬血者和毁灭者的荒原
而且，划开一方地穴

说：那里罪恶泛滥
那里燃烧的全是人类的骨头和石头！

第二十日

无论曾经怎样的辉煌
我们就像一轮夕阳
终要沉入冰冷孤寂的黑暗
时光太短，只一步的距离
就把童年变成佝偻的影子
我仿佛听见了落叶撞击地面的声音
那么多泛黄的伤口
那么忧伤地落入大地的胸膛
我看到整个冬季的颤栗和恐怖
凝固成寒冷的冰
在光的照耀下幻化成滴淌的水
融入大地
我听到沉闷的雷声滚向天边
似乎要坍塌
而河边的村庄正在举行盛大的葬礼
谁的葬礼？是神秘的终点
还是启程的典仪？

在这壮丽的黄昏
西下的太阳也在为时光的贪婪哭泣
把额头贴向西方的腹地
期待沐浴那一抹金黄的大光

第二十一日

有些人活得再好
也死在别人滔滔不绝的咒语里
有些人死得再惨
也活在别人优美动听的赞词里

有些人活着
却死在别人的影子里
有些人死了
却让别人活在影子下

有些人贪婪地活在别人的慷慨里

有些人惨烈地死在别人的愧疚里

有些人活着却淹死在一句话上
有些人死了却鲜活在一句话上

有些人为活而死
有些人为死而活

第二十二日

有一抹虔诚的蓝色与生俱来
它厚重。质感。它刺痛西天的伤口
令人彻夜作泣

它与生俱来,它在血管里沸腾
在骨髓里缄默
目光里缄默。语言里缄默
它在黎明时分
总是让人低首无语
黄昏的余辉中剪下灼痛心扉的侧影

它与生俱来。不用呼唤
就在宣读和聆听的瞬间
融化了心血
开成了骨头的花朵
细密地植入每一束发根

它与生俱来,号角吹起
将衣冠整洁地准时赴约

第二十三日

这是斋月的夜晚
吉祥的征兆从第一个月夜就开始弥漫
你轻轻拉开窗帘
轻轻打开窗户向远方观望
前方的楼宇朦朦胧胧
你的头发被夏日的风吹开
一丝凉爽袭来
一阵震颤袭来。而幸福
桃花般瞬间开在你的眼里

你似乎看到
西方天空的某处闪动了一下
蓝色的光束直抵你的心

一个人的祈祷
是涛声里泣不成声的愉悦
是大风中摇曳不熄的盏灯

第二十四日

后来不慎打碎了窗前的花盆
鲜嫩的花瓣与陶片碎满一地
后来一抹夕阳确如血水
洗红了一半的天空

后来不断有好消息沿着河岸传来
山那边的木质阁楼已经建好
晨光下诵读经典的声音
依旧灼痛心扉

后来的夏季,河流膨胀起来
喜怒无常,有时候
比想象的还要凶猛
有人蹲在峡口久久地哭泣
后来就成了景点的望夫石
旅客们心怀敬意不断地留下倩影

再后来,一个人临河而坐
一个人的旷世沉默临河而坐
整个村庄临河而坐
那双无形的手
把长须老人和他天真烂漫的孩子
画在了大地

第二十五日

你说:在那日
众人将似分散的飞蛾
山岳将似疏松的采绒

我知道那是最终的毁灭
是众世界的毁灭

一切将沉入宁静
那是日落的一种宁静
那是天空蔚蓝的宁静
漂浮着白云的远山的宁静
天空喘息瞬间的宁静
一枚落叶旋入流水中的宁静
一抹红晕漫上少女脸庞的宁静
一座村庄黎明中醒来的宁静
一缕炊烟升腾的宁静
房檐下的鸽子梳理羽毛的宁静
猫跳过墙顶的宁静

呼吸的宁静
血液淌过血管的宁静
血肉滋润骨头的宁静
女子梦中惊悚的宁静

静中之静啊
墓穴里黑暗的宁静
空气中燃烧的宁静

第二十六日

你说:我在那高贵的夜间
确已降示它
你怎能知道那高贵的夜间是什么
那夜间全是平安的
直到黎明显著的时候

高贵之夜
祈祷声从东方到西方
从黄昏到黎明,变成了海洋
变成了席卷罪恶的风暴
一扇门,一扇窗口
灯光依次亮起
月光般倾泻下来的全是祝福
是天使守护世界的祝福
是天使守护灵魂的祝福

高贵的夜间
胜过一千个月

一千个月的恩泽普降
一千个月的回赐和恩典
细雨般纷纷降下
润透渴裂的唇和心

高贵之夜:世界像幸福的婴儿
众天使和精神簇拥它到黎明时分

第二十七日

你的奥秘在于无法想象的
风暴中运行宇宙
让它们沿着自己的轨道
燃烧。冷却。旷世沉寂之后
把血下成雨
把云凝成山

你的奥秘在于吹动无法感知的
时光雕刻的岁月里
给生命打上烙印
腐化。融汇。踪影消失之后
把土堆成山
把魂飘成雪

你的奥秘在于你我之间流动的气息里
在浩瀚天象中层层展开

第二十八日

整个世界,其实
就是你注定的一件碎片
风的碎片在摇曳的树叶
飘渺的云袖和天空的泪水中
雨的碎片在迅猛的洪水
茁壮的禾苗与破绽的花蕊间
声音的碎片
是隔河相望的眼睛
触痛心灵的呼唤

精神的碎片就是梦
阳光的碎片是阴影

孤独的碎片是悠扬的笛声
欢乐的碎片是泪水

先祖的碎片是我纯粹的血
不断地流淌,破碎和绽放
拼接着千年的梦

第二十九日

怎样的血雨涌成洪灾
石头被融化。猛兽被囚禁。善门被关闭
谁捧心自吞?谁饮血噬骨?

谁居于天涯尽头忧愁烧红血日?
谁沐浴恩泽?

或许人类本身就是一杆天秤
右肩侧重一点点就是花园
左肩侧重一点点就是灾难

谁的花园盛绽百花?
谁的灾难泛滥火焰?

终结日:将无人置身于巨大的广场之外
或者逃遁于善恶的结算

一朵桃花把村庄的夜色温暖（组章）

● 张九龄

一朵桃花把村庄的夜色温暖

这一个小小的村庄有多少欢愉能让我守候？这一个小小的村庄，它的夜晚，还是那么幽长。

一朵桃花是这样的温柔，它比灯光轻盈，比月光温暖，它把每一枚花瓣都尽量打开，尽量在这夜色里无边地铺向远方，它要打开的是它软软的心，向这夜，向我，打开它内心软软的焰火。

风轻吹，它摇曳，手挨着手，肩靠着肩，一朵一朵地将这夜轻轻推开。它是这夜里惟一明亮的颜色，粉红的颜色，像情人般迷离的双唇，它要轻轻吻到我的额头，吻到夜的心脏上去，让我在这夜里堕落，最好是不要睡去，看它，一直看着它，美到天明。

我无端的寂寞已被一朵桃花代替，我紊乱的情丝也被一朵桃花轻轻梳理。

今夜，这小小的村庄是否能盛满一朵桃花的激情？我小小的胸腔是否能容纳一朵桃花的芳香？

让一朵桃花把我淹没吧，我不愿睡去，我只要桃花带给我的那一丝丝如爱情般的颤栗！

望 雪

这纷纷扬扬的是水的昨日，冰的童年，霜的姊妹，是阳光的羽毛，月亮的光斑。

是泪水，是一个人的灵魂，一个空壳的人，他怀揣一颗空空荡荡的心，灵魂飘荡，没有根，没有重量，更没有故乡。从何处而来，到何处而去，一生一世，都只能是漫无目地的前行。

马跑过的江山，龙跃过的大海，是一个渴望者，他要拥抱山川河流，拥抱这辽阔的大地。他的温暖，是否能重拾熄灭的火焰，是否能将所有的冷漠全都燃尽，而剩下春暖花开。

是爱情，摊开手掌，让手心里多一份润泽，让一份晶莹剔透之光永驻心田。把爱交给爱，让爱去温暖这一个冷冽的世间。梅在枝头，笑迎这琼瑶玉屑，人在江湖，总有一个伊人，在这里等待。

是另一个不同的天空，唯一的呼吸，都交给上苍隐秘的力量。这个苍穹需要什么样的英雄，需要什么样的勇气和力量，接受来自神的坠落。

孤独者，你自己将是这个世界之中，伟大的王！

伫目远方

还能有怎样的琴弦才能触动你所有的心事呢？

时间已去，只余下黄昏的光影一道道滑过裳边褶皱的痕印。枯坐一围凄清的风景，与涨潮的日子无缘，与和笛弄箫的月夜无缘，唯一拥有的，只是一种伫目远方的等待。

远方早就遥远了。那一首歌子已唱得很久，凄婉而又美丽过喉咙。所有的花朵都凋谢了最后一枚花瓣，所有的叶子都枯萎了最后的一丝绿意。今生无唱，还有谁要为你引吭而歌呢？

等待也只能是无缘。

你只有伫目远方了，任冰雕一般的影姿割断时空的幕布。灵魂流火，孤独燃烧着所有的日子。

我的双手为你轻轻掩掉你所有的泪滴。

暴风雨之夜

世界在一片汪洋里开始瓦解！

那些风雨，那些急欲表达的心事，在一层层波浪之后滋生出腐朽的力量，向着大地倾巢而来，锋锐的叫喊穿透夜的心脏亮出生铁的芒尖，挥舞的双手渗出愤怒的火焰，夜空在燃烧啊，那巨大的热量，埋葬冰冷的孤独和耻辱的勇气，一如万马千军，在整个平原之上，金蛇狂舞。

疼痛是盛开的花朵，在这漆黑的夜里，欢快的绽放是一首首来自内心深处的赞歌。吞噬或者淹没，血液或者泪水，神的目光如炬，所有的风雨都是他虔诚的使者，长剑出鞘，策马笑西风，一声长啸注满这广阔的天宇。

蜷缩的肉体在风雨的背后颤抖，苍白的光线撒落一室的恐惧，紧闭的门窗是唯一倚靠的城墙，背抵虚弱，光明的神啦，谁来拯救，那一具羸弱的魂灵？

心灵的微波

●陈蕊英

乌篷船

在这万籁俱寂的夜晚，有一条月下流淌的小河。乌篷船拖着一串浪花，在小河里慢悠悠游荡。

白帆似云彩漫天地飘闪。你巍然不移，缄默不语。小船拖着我的思念很深很远，直达烟波浩渺的潇湘洞庭。

春风沉醉的杨柳堤上，乌篷船的桨橹声中，生命的小舟在这里起航。清晨的故乡，你香气四溢。

我的心是一只悠悠小船，我的思想是一片无垠的大海。

一棵树

聆听一棵千年古树的禅语，它滋生着青青绿绿的苔痕，缠绕着岁月雕刻的皱纹，它的记忆是如此的清晰。

黑枯的枝干顶端，涌出了那么多鲜活的绿叶红花。仿佛回到了生命的原点，日子嵌在一圈圈年轮里。

它的语言是如此的丰富。幽谷里溅起一声声鸟鸣，古树自成一种风度和气韵，给整个山涧平添神秘的深幽。

每个人都是一棵行走的树，经历过风雨摧残的无情……

路

一条小路是大地的皱纹，细密的皱折脉动着苍凉，枝蔓终归回到一根藤上，林林总总的故事在萌动。

大地蠕动草木葱郁的路，草叶上挂满透明的露珠，你踩着软软嫩嫩的草丛。行走，如在做一场大梦。

有一种不能叫做路的路，走的人多了也就成了路，当我们用脚步丈量着路，我想到人的一生，都是一条路。

爱其实是无限绵长的路，一生都烙满了爱，在行步中……

桃花雨

当红色的雨洒落一地，也该是桃花飘零之时。我数不清残花儿的数量，又还有多少叹息的目光。

没有月亮，也不见了星星，请来告我一朵桃花的忧伤，花开时是多么的绚烂，花落时梦如何烟消云散。

沉默了一个季节，你在抚慰枯萎的时光。这可是在设想着：以一树新花，为我留住那枯瘦的往事。

桃花雨汪起嫣红的涟漪，让一生的光阴增添一段流逝……

出　国

一落叶滴上晶莹的朝露，出落成一朵出岫的云，真羡慕你晚出生几十年，外祖父的梦由你兑现。

幻想着探头看看天那边，可那年月何敢向海那边一瞥。异国的海风，异国的涛声，如今呼唤着你，顺顺当当跨出国门。

一行大雁悄声儿飞过头顶，只为把双翅磨练得更坚韧，衔走了我最后一个梦想，带给我一个期待崭新的黎明。

一步跨出便是天遥地隔。你有那一对自由飞翔的翅膀。可也有美丽的伤感……？

风　雨

几天不见，春天已老，梅花没了，桃花谢了，一帘江南烟雨，润湿了千里莺啼，山溪流淌着季节酿造的醉美。

三月的初阳，洗蓝了天空，浣白了朵朵浮云。一夜子规的啼声，水一样寒凉，还在晨风里流着，残梦迷离……

前方，路途太荒凉，请在笑容里为我祝福。虽然还会有风，还会有雨等待在长亭短亭间。

一个春夏又是一个春夏，日子跟随山溪流走，又会流回……

光

今夜，月光缓缓地滑下天幕，在你如水的眸子里流漾，明亮着一颗遥远的心，轻吟着一首古老蚕歌。

一声鸟鸣啄破夜的宁静，把游子从幽深处唤醒。月光读不懂你内心的涟漪，仿佛听到一朵花开的声音。

薄薄的银辉下，一杯情愫，一杯浊酒，一个长长的身影，笼着别样的思绪。

月光斜斜地从柳条间滑落，一泓一泓……

散文诗专辑

农庄夜

小船儿在湖心漂呀漂，晚星在天空闪啊闪，水里寻找牵牛和织女，小船儿又飞上了天空。

轻轻摇桨在繁星间漫航，别惊醒沉睡湖底的星光。野花吐艳，一湾流水小桥，将军殿农庄绿柳成行。

袅袅的炊烟，静静的农庄，太阳不知躲到哪儿去了？仿佛在桃花源里的人们，遍地洒落雨滴不知有多少。

呵，这月明星稀的山庄夜晚，狗吠、鸟鸣、虫儿叫的时刻……

三 月

春神从南国款款而来，踏绿了大地的山山水水，朝霞与落晖激情洋溢，我的心也为之碧绿起来。

到三月美丽的原野中去。一夜间北国的茫茫大雪，悄然化成一树树梨花。我们的灵魂，清澈了。

山雀声声，白云与燕齐飞，小溪一路与你慢慢行，绵长的细雨与春光絮语，人生能有几回这样的春畅。

春天，在我们血管里流淌……

落 叶

我是一片不染尘埃的落叶，寂寞地守在没有人迹的阡陌，随着那一缕淡淡的忧伤，痴痴地困锁着自己的心。

远方轻轻的一声问询，打开了尘封已久的记忆，一弯月儿将身影嵌在窗前，听清澈的流水轻叩柴扉。

我浸在这如水的轻柔里，思念漫过夜阑撩动多少情，笔尖的墨香从那边吹来，桃源旧梦已是昨日落花。

那一抹寒凉，可还在荷塘里孤寂，你哀伤的曲调在梦里低回……

游 泳

把脸埋在凉凉的浅波里，漂浮在我心海的一支梦幻曲，温柔地荡开。我被流水的温情深深感动。

流水潺潺里无法诉说的梦。时光在深深浅浅的水中流走。水的清波浮动莹莹泪光。呵，一曲曲生命路上的赞歌。

我的游泳是一圈一圈涟漪在水中回旋，一枚枚亲切而芬芳的牵挂，仿佛一束束月光在我体内流淌。

一切都在美好的感觉中升腾，时间在一秒一秒地灿烂……

蒲公英

没有牡丹的富态华贵,没有荷花的清丽娇艳,没有幽兰散发的馨香,你星星点点开着的平凡野花。

豪宅,没有你的身影;名园,没有你的位置,甚至文人雅士的诗篇里,很少有你的名字和形姿。

在乡间小路上,你生长着;小院围墙的石缝里,你绽放;美好的风景和情愫一起,至今仍牵动着我的思念。

在莺飞草长的暮春季节,开满着一朵朵小小的、黄黄的蒲公英……

小山村

多少年了,外婆的小山村,静静地依在我的心里:窗口不沾一点儿尘埃,屋顶飘出了阵阵炊烟。

蜿蜒的小路蝶儿飞来飞去,背着夕阳走来的老黄牛,在老槐树下听牧童吹笛,和青蛙一起摇醒梦的呓语。

湛蓝的天空中鸟儿飞过,滴下一二滴清脆的啼鸣,古远的清幽将心轻唤,让那缕清香长长久久。

藕花深处幽静的小山村,我又把心儿忘在了那儿……

思故乡

无论走多远,故乡在心里。一遍遍忆起草长的故乡,门前一颗缀满思念的桃树,屋后一口蓄满离愁的水塘。

千万遍抚摸那桃树的枝丫,千万次念叨着她远方的儿女,一条小路成了一条丝线,牵着母亲又系着远方儿女。

在异乡常痴痴眺望故乡,浅浅的流水声染绿了乡音,故乡一个弯弯的月亮,那弯弯的忧伤穿透胸膛。

秋天恋土的情结熟透了,一次次醉倒在月明中……

清 秋

秋风起,秋叶飘然落下,地上发出轻微的声响,雨声敲打寂寥的瓦片,一缕清愁缠绕在心头。

秋像素净婉约的女子,一袭素色衣衫,清新淡雅,宛若一树疏影,一弯清月,藏在岁月里的清幽。

想在这深情的季节里,抒写秋水长天,人生是一片纷纷落叶,过往是一场繁华的梦。

我们无法把握生命的长度,可以静观白云出岫的美丽……

散文诗专辑

烟尘远逝（组章）

● 一 秋

海 鸥

谁，把家高高地托举在长空？
谁，把飞翔看得高过了生命？
谁，把大海作为一生的航程？
谁，把风浪作为舞蹈的背景？
海鸥呀，这飞翔的水手，忽闪一下翅膀就长过我一生的诗行，眺望一下云端就让我热血沸腾。
高傲。以翅膀为地图，指南针就是那双犀利而内敛的眼睛。
高傲。以咸涩为钙质，把"有天就不能空着"的格言潇洒地张扬在狂风和浪涛中。
高傲。以云端为起点，一昂首就跳越了生命的苍穹。
这飞翔的鸟呀，从不靠岸的王，在人们的视线之上，总让人们仰望得心痛。

暗 礁

大海的柔软其实是另一种坚硬。
轻叩这大海的肋骨，总觉有种激情在心中暗自奔腾。
这无言的隐者，才是真正的高士呀！想想看，谁能真正做到风来时不语、浪涌时无声？
这从不露峥嵘的恒久沉默，如何不能把世界深深打动？
不信，请看礁石脚下那早已怒气全无的沉睡了多年的船，还有那一次次站在暗礁肩头练习站立的浪。它们才真正明白何谓教谕、何谓宽容。
暗礁啊，大海的标志！是的，没有暗礁，海又如何学会站立？没有暗礁，航行的规则又能照亮谁的征程？

冰

谁说一丝温度就可以让它得意忘形？

其实，冰的操守没谁真正读懂——为了一缕阳光的恩情，它宁愿回报一生！

谁说一点敲打就结束了它的纯洁晶莹？

其实，冰的境界谁能真正企及——宁愿粉身碎骨也不甘苟活，这带给我们的又岂止感动？

我们都不过是一滴随波逐流的水，唯有守身如冰者，才能活出一种大写的人生。

二　胡

谁，一生只走两条路，左一脚黄河，右一脚长江？

谁，一生只牵挂两个人，左手拉着爹，右手牵着娘？

谁，把三千长河压在两条颤抖的手臂上，一生都是一个调子，除了忧伤还是忧伤？

谁，把这世上最为瘦长的一副对联，恒久地张贴在一个民族的心扉上，不经意间就轻轻拨动了他们心中最为细腻的地方？

谁，可以婉约也可以豪放，一拉一送，千军万马就抵临这弓做的战场？

这，就是二胡，可以贵族也可以平民，可以清泉明月也可以茶肆书场，谁都可以找它倾吐内心的忧伤。一枝青竹的骨骼，恒久地绽放绝世的芬芳。

禅茶一味

● 阿 土

一

云在青天外，浮着。自然、淡泊，舒卷随性，聚散无形。

原以为，读了那么多的经书，听了那么久的佛音，又在冥想中灵魂出窍，我已经不在三界内了，已经得到通达，可以像红尘外的老僧，以云为氅，甩一袭长袖，进退自在，笑对月落花开。

谁知，我刚一睁眼，就在生烟的寒水里看到了随形的皮囊，那臃肿，那虚荣，那迷恋一切繁华的影子，思绪万千！

我终究是无法看透世相的俗人，纵然喜欢空阔的山林，喜欢无人的小径，喜欢禅韵悠悠的溪流，对花草充满同情，我依旧不能做到"色即是空，空即是色"。

如此，就这个样子好了，掸掸襟怀，把能放的东西放下，捡自己喜欢的事情做做，不再把尘封的影集里，日渐发黄的照片看成向我发出焦急暗示的指令；不再幻想丛生，总是一副众人皆已醉去而我还醒着的样子；喜欢的老歌可以一听再听，不用再想是否是对生命的浪费！人生如朝露，鸟儿愿飞就让它飞去吧，无论怎样叱咤，终要归于平静。想安静的时候，点一支佛香，可以愣愣地望着它出神，也可以看它袅袅地明灭。

静静地，任时光荏苒，任世事幻化，心如止水与否，由他……

二

我要从一枚叶子发酵的水中，悟出口中的滋味如何由苦涩变成甘甜。

我要从嘴唇开始，从口腔的上颚一点点回味到舌，到喉乃至食道和胃。我要知道，它是如何一步步在占领的领土上，让那些受虏的部位慢慢改变初衷，并对之死心塌地。

我还记着自己最初是如何盯着那些游动在水中的精灵，为它舞之蹈之的样子陶醉，为它渐渐舒展的身体惊讶。我用一只手撑着下巴，连自己的影子在身后掉下都未能发觉。我原以为自己是个有定力的人，不曾想只是一片沉睡中醒来的叶子，就将我所有的骄傲击得碎如粉末。

我也曾想收集散落在镜片中的倒影，用身上的光斑一点点聚集成像，可是，在一杯杯的品啜中，我的欲望越来越淡泊，怀抱的执念也不断消失。

我不知道这些后果是如何造成，在反刍过所有的记忆之后，只记得那枚卷曲的叶子曾在我的手掌中发出过一次生命的轻微律动，只一次……

当我看着那片卷曲的叶子从水中张开，身体的某些神经随之被它一寸一寸地唤醒，我不明白这些不语的家伙，是如何懂得我最安静的时候，更渴望对话？

也许，并不是它们懂我，也许，它们只是习惯于在水复活……

管他呢，且吃茶去！

三

人生就是从一开始到一结束，起点即是终点。对吗？

面对这样的人生，人应该怎样，才能不再顾虑，继续前行的路程？

虽然，我借助任何事物都无法看清自己的内心结构，至少我可以看清别人。对吗？

我把能打量的时光都打量了，能抹除的痕迹都抹除了，空虚的屋子里，除了阳光和空气，我再也不用怕别人说些什么了？是这样的吧？

我摆脱不了影子，它时而在身左，时而在身右，偶尔也会跑到身前，大多时间它只是紧随在身后，它的动机明了，一切直白的事物都没有什么好怕的。对吗？

当然，我还是应该害怕黑暗的角落，如果我连自己的影子都无法看到了，还能看到什么呢？

该放纵的时候就放纵一次吧，当你从最低的低谷走向最高的山巅，你就会明白，所有的生活深度，不过是从一到万，再从万到一的过程。而这就是人生。对吗？

一是唯一，是一切。从开始回到的只能是开始，从起点回到的也只能是起点，就像水最终只会走回水……

是的，这一次，我不再置疑！

散文诗专辑

心中的风景（组章）

● 孙培用

唐古拉

一卷万里长的史诗，翻阅了唐古拉。

点缀着荒凉的季节，点缀着中国风景画，点缀着真实。

跋涉荒凉的历史，到今日。装饰着中国的装饰文化，雄浑千古的主题。垒成高高视觉。

丝路的驼铃，响在耳畔。一座普通的营垒，孤寂会把它吞噬，沙暴会把它掩埋，无限辽阔中，唐古拉显示了自己的巍巍存在。远处也会有河，海市蜃楼不会是唐古拉。

审美的尺度量了再量。日也苍茫，月也苍茫，风雪依旧。

我们能不能也给后代留下一份神奇的馈赠？

布哈河

路，就这样被望断。

我还是遥望！

距离太远，太远了。

遥远的布哈河。寂寞写在长天，缠绵的情意叠为岩石，高高地矗立在两岸，我的目光在岩边撞击。布哈河像微风中飘扬起的哈达。偶尔一只鸟，同太阳一同升起！

经得起千年万载的寂寥，经得起日久天长的宣泄。雨，变成你的泪。淋湿了风。往事，被寂寞揉碎。

没有记忆了。

柴达木

幻化的风景，柴达木，我在一首歌中知道你，飘不起一丝柔情，所有所有的，都褪去颜色，带不走如烟的轻怨。

该有一双翅膀了。

汉武大帝的使者从这归来，成吉思汗的马蹄曾经响过，丝绸之路的商队蜿蜒穿越，马可波罗的足迹斑驳留过。

有白云朵朵吗？想袒露，却一贫如洗。万籁俱寂，苍凉时光如水悠悠奔流。

谁在寄一片迟到的相思，给帆？

卢森岩画

信步而至，如期而至。幽静之中，总有检测纪元时光的岩，摸索一种新的事物，看似苍老，却依然年轻。

一句萧条的问候，来自遥远的界外。好久好久，才有坚实的响应，与感觉相遇时会是怎样的感觉，怎样的震撼。

雕凿于海拔三千八百米以上，人、植物、动物、狩猎、战场及其他。一切生机，却都是我们或你们还有它们的远祖。

吸引着众多藏传佛教虔诚信徒前来吟诵，感受到曾经沧海桑田的凝重。从残存的经石墙中依然形象那时的事物，有血源流向。

天地不变。却易老去的是人了，还有风雨。时光一去不复返，而卢森岩画，却以一种固定的姿势，与我们以及以后的你们，相偎相伴。

天峻山

如何在天与海之间叠一座山？

岁月剥蚀风景，坚硬无比。

天峻山站成青海湖边诱人的仰望。随蜿蜒的走向，和蓝天白云缩短了距离。从古到今，先天下之忧而忧、后天下之乐而乐的人们，前仆后继地走进天峻山。

苍茫的时光之中，我不过是一棵草芥用荣枯证明时间。而天峻山用时间来证明它的生存，匆匆过客在静默的天峻山前，已换了无数次容颜。

我们只做欣赏。后人及我，只做感叹。天峻山，展开千年图腾，一任后人思维空间的想象蔓延，随变改的孤独而去，随更替的喧哗而来，随老去的陈旧而去，随新生的鲜丽而来。

水珠和浪花，色块和线条，织出神妙的境界，这生生不息的人间万象啊！

大地的另一种声音（组章）

● 晓　弦

她是豆荚的横笛里，最早被阳光吹响的那一个不安分的音符。

"砰"，一颗滚圆滚圆的豆粒，在午后的阳光下，向着自己的未来，射出了一个好看的弧度。然，这第一个豆荚发声，是极其唐突和艰难的。

当一粒大豆从豆荚里蹦出的那一个发声，许是因了难忍的瘙痒，而且，那还是一声有些隐忍的胀裂的脆响；

可是，这第一个发声的豆荚，居然发现：没有一个同伴应和着她，随后跟着她在豆荚地里发声，哪怕有些羞涩有些暗哑的一个发声。

甚至，连最善于吟唱的、唧唧复唧唧的纺织娘，那一刻也暗哑了它们的吟唱。

不错，这"砰"地一声，粗糙而硬朗，仓促而突然，这有点像走了火而射向天际的枪膛发出的那个声音。

太阳可以作证，这个豆荚是季节无辜的孩子！

或许，她长在豆棵一个显山露水的上端，又在主干上；或许，她过早享受了水分、花粉和阳光，便率先朝世人倾吐自己的情怀。

她确实是酝酿了整整一个春天、蛰伏了整整一个夏天，而提前被太阳唤醒，并开口说话的那个孩子。

她是无意中，或者说是不自觉中，被失宠的那一个孩子！

当然，除了臣伏于大自然的冥示，她不需要谁的恩宠。

她甚至是，因得道于岁月的金风玉露，而满心喜悦地抗拒了命运的安排。

黑砖窑

黑砖窑像年迈的老人，候鸟一样守卫自己的内心；

半个身子没入地下的黑砖窑，用粗壮的烟囱，昭示曾经的故事。

这个浸在时光里的老砖窑，储口粮、蓄爱情、产牛奶……

逼仄的窑堂，藏掖窑工淘金的梦，他们常常在饭余茶后相互戏谑：男人是砖，女人是瓦；

或者，男人是乌龟，黑色的乌龟，永远洗不干净的乌龟！摔不伤砸不烂的乌龟！

而老砖窑，像男人壮硕的生殖器，日复一日年复一年地，孕育了村庄别样的景观。

"窑堂是最听话的婆娘"，每每收工时，爱意淫的窑工，顺从地进入泛着一层油污的澡堂，这是他们每天必须进入的快乐天堂。

终于，爆炸声将窑顶的苦楝送上了天，窑壁的乌龟大白于天下。

于是，窑工们背起被褥，沐浴黄昏的余辉，渐行渐远，并且，不时回望那耸立于塬上的黑色废墟。

而上帝喃喃地说：为这场阉割，他只轻轻动了动上嘴唇。

红莲寺

那个叫莲的姑娘，被黄昏的雷电击中，蝴蝶般颤栗着，遁入红莲寺的道场。

她骰子般投进岁月的空门——撞钟、念经、礼佛，把木鱼一般空的日子，过得比空，还空。

她喜欢举着石莲花的放生池，喜欢那只由哑石分娩出的乌龟，喜欢磐石一样沉重的佛经，喜欢以入世的牙床去咀嚼；

并以出世般的舌头，去细细品尝，目光渐渐呆滞，如被随意开采的石场；甚至，她喜欢上殿前，那方如帆的三生石，静心跪拜，以爱喃喃："我只是石莲花的一瓣的万分之一。"

越来越轻薄的叹息；

越来越轻浅的岁月。

某一日，终于看见：一只迷路的红鸽，绕殿堂三匝，又三匝，这让殿堂里慈悲的拈花观音，三笑，又三笑。

挥舞铁锹的人

闪烁其辞一番，他亢奋地说："为了不辜负肩膀上那柄铁锹，得照准地上一个小土包，硬生生挖掘出了一个坑。"

看倾塌深陷的那一丛墨绿，和一窝儿慌乱四窜的蚂蚁，他激动得像发到一笔横财的地主。

是的，他改变了一片野草的长势。

这么野性的一锹，村庄的脸儿变了，要是雨天，远处奔跑过来的雨水，便找不到这个小土包。

冬天的雪花飘洒过来，也会迟疑片刻，才缓缓降落。尽管，有缘无缘的雨雪，最终会埋没掉挥舞铁锹的人。

这么随性的一锹，如发情般的一锹，让天空与大地的距离更远了。一生窝居在这里的蚂蚁，看到的，是地覆天翻的家园永失。

收尾的人

那个夏日，我的外祖母，在空落落的田地，寻觅被遗落的那些谷穗。仿佛她豁口的牙床，正在寻找早年走失的牙齿。

那些追赶季节的男女，弯垂着汗湿的身子，用成捆的稻子，去喂成天亮起嗓门的打稻机。

戴着帐篷的打稻机，像一位老者，领着木偶样的男女，大干快上。却懒得去想一下，齐唰唰吃掉的，是一些怎么样的头颅？

而我的外祖母，远远地，被甩在吐着烟尘的灰色打稻机后面；

她像季节懒于收割的一棵稗草，干着那些自以为是的人，尚未干完的事。

许多事情，开始干的人，多如蝗虫，后来，便成了一个人的残局……

春天的潜网

那些银色潜网，其实就是一种叫爱情的水母，在嫩芽初生的水草下，一张一弛；

这些经络般的水草，是她们可爱的妈妈；而潜网，是母爱里，一砣砣诱人的奶酪；

"噼叭噼叭……"暧昧的鱼塘，那些绞在一起的水草，雷管般引爆一场爱的情潮；

而情歌，在水下，依然嘹亮。一尾尾银亮的鲫鱼，互相追逐，将交媾的快乐，荡漾在初春的湖面，却心甘情愿地，陷于一口口柔情似水的潜网。

特混舰队

蒙古包面对着一个大海，大牧场的海！

一条路联接着丝绸，一条路通往佛的居所；

另有一条路，通往早上五点，或六点；

几头奶牛正在途中，在海浪的花丛中踯躅或停留；

在草原，奶牛是身穿迷彩的舰只，肚里储满的丰腴的时光。

这些奶牛，在花草中缓缓航行，像一块神奇硕大的橡皮，把安静的花草的鲜绿，擦出深深浅浅的波痕；又像一支神奇的舰队，在悠悠地调防。

最后，这支训练有素的舰队，被纯银的月亮收编；

而陆军和海军做的事，几只奶牛做得更出色。

一张纸的悲哀

先不说她的容颜，她的高贵，或低贱；

也不说薄薄的纸页里，掖藏着的谁也看不见的花开花落，以及摇曳在夏日浓荫里的风景；

也不说她究竟是传统的铜版纸，还是时尚的烤烟纸；

仅两个页码，像太阳和月亮，左脸和右脸；

翻过去，是 P2。翻过来，是 P1，如一对同床异梦的夫妻。

须承受同样的恩和情仇，承受彼此的亲密与背叛。

转辗难眠的子夜，也不可强扭过身子，探对方，一个究竟。

一辈子，难见她的真身，即便化作灰烬，也不识，庐山真面目。

英雄遭遇重创

英雄倒地，血流殷地，没有溅起满天的霞光，或者指针般的勺子样的北斗。

英雄额上，没有扬眉和出鞘的剑，没有包公般的月亮，只有蜂窝般的伤口，流血的弹孔一样，引来各式各样的牛虻。

那些端着长枪长矛的牛虻，在英雄身上寻找新鲜的伤口——

老牛虻，新牛虻，徐娘半老的牛虻，嘤嘤嗡嗡；

大牛虻，小牛虻，半洋不土的牛虻，亮翅低吟；

这些群交杂生、面目可憎的牛虻，在英雄不再起伏的胸口，端起长枪和长矛，左冲右突；

这些曾在英雄粗重的呼吸的飓风里，折断过脊梁的牛虻，在血腥和尘埃里哄哄呼呼，卷土重来；

仿佛英雄是被她撂倒的，仿佛英雄是为她蝉翼般的石榴裙窒息而死的。她们迷醉于英雄身上大大小小的伤口，吮吸着，噬咬着。

曾经的太阳，被黑夜草草地抬走……

鹰窠顶

鹰窠顶无鹰窠。鹰在一个多雾的早晨，飞走了。

留下神话，留下鲜活如游鱼的神话，以及缠满神话的项链般的山路。

任旅游鞋艰难地朗读，但怎么也唤不醒，那片溜进山谷的涧水。

已没有必要冥想，那鹰是怎样飞成雄鹰，怎样驮着滴血的箭伤，与庙宇上的经幡挥别。

涧水寂寞了她们的低吟，野罂粟默默生长，又默默止息。

只是居然在一个雾霾的早晨，一条路宕荡而下，自鹰窠顶，一只鹰，准是驮着箭伤的那只，因了太阳的召唤，嚯嚯地飞向广袤的苍穹……

美丽的玛曲随想（组章）

● 刘志宏

天下黄河第一湾

劈开千山万岭，一冲擎天成为黄河首曲最初的雏形；澎湃千里万里，其凌空的高度必须仰视。

一缕祥光，飞越黄河第一弯深沉的涛声，泊在阿尔玛卿雪山坚硬的肩膀上，崛起一个民族的精神。

永恒在这里，伟大在这里。433公里流淌的诺言，紧握神性的谕旨，让悠扬的牧歌在空气中弥漫的香气，留下洁白的骨头，沿着采日玛草原绿色的憧憬，亮丽成甘南情节中最最壮丽的一朵。

一弯奔放的燃烧，醉倒玛曲县千年的夕照；

一首响亮的牧歌，灿烂大水泉亘古的传说。

鹰的旅伴，神的归宿。母亲河浓缩的经典雷动而来，集寓言的风为爱情歌唱，收智慧的雷为生命震响。那些久远雄浑秀丽的辉煌，让梵音浪潮以倾听的姿势，打开七仙女峰纷纷扬扬的进程，成为青藏高原东部边缘一朵闪烁着原始光彩的雪莲。

千年不绝的血性，奔腾成羽化登仙的神圣，让九曲黄河之首所有灼灼而燃的冷凝目光，在格萨尔的发祥地的唇边久久地站定……

玛曲湿地草场

走进亚洲第一天然优质牧场，一望无垠的绿，让玛曲在云朵下歌唱。

那是一种幸福的颜色，让一片开花的感情在羊群中流淌，让一管鹰笛的魅力穿透灵魂的天籁，让一碗酥油茶的香甜吻醒牛羊的哞鸣……

那种波浪般的绿色，滑出了梦与醒的边缘，载着河曲马群轻盈的背影，在夕阳的双眸中奔腾。远方，大夏河从南到北悄悄流进岁月的心窗，用水灵灵的绿意，将香浪节盛开的美丽揽尽。

星罗棋布的大小湖泊潮起潮落，气势若虹；

一望无垠的沼泽湿地渐行渐远，碧草如云。

聆听跑马滩苍翠的草语，阅读格萨尔王祭奠神灵的宁静。谁的目光，深情成钟，倾泻万古不竭的博大与雄伟，让采日玛草原多一份翠绿的生机，多一份生命的执着，多一份流溢色彩的天空。

高原水塔，一双辽阔的翅膀，开启一方独特的风景；黄河之肾，吸引每一个朝圣者头顶阳光，静静地品味沐浴着和谐的甘南梦……

中国赛马之乡

一团穿越时空的早霞，从五千年的历史中腾跃而出，在广袤的采日玛草原烙下血色的剪影。生命的韵脚，踏响烈酒飘洒的醇香，让锅庄舞铿锵的光芒，书写草原唯一的奔跑和叙述。

刚烈、勇猛、霸气、自信……一首奔腾的牧歌，穿过纯粹的青稞、圣洁的哈达、闪光的经轮、飘扬的经幡，举起青苍的音符，交织着爱的痕迹和岁月的手势，从辽阔草原萦绕着香火梵音的深处踏火而来。

天下名马河曲神马哟，一声长嘶，跃出一道长城的虹，跨越阿尔玛卿山的雄伟，跨越拉卜楞寺的神秘，跨越帐篷盛满的祝福，以摧枯拉朽的神勇和无所畏惧的气魄，劲舞照天烛地的自信。

看见奔腾的河曲马，就看见格萨尔王南征北战举起的英雄史诗。风在身后雷鸣，山在前方延伸，如梦的风景在阳光下欢唱，而思想的归程，已在翻卷的鬃毛上演绎一种充满血性的灵气与风骚。

采日玛草原有多么广阔，飞驰的马群就有多么悠扬，而无声的叙述也就有多么深刻。

于是，中国赛马之乡，紧紧绽放在牛角琴弹响的枝头，让一种永恒的舞蹈，伴着格萨尔王注视的目光，把一生的辉煌在艳阳下锁定！

散文诗专辑

山中的秋

● 李 钧

秋是从山中那片黄栌林一步步走来的。

第一阵秋风中,叶脉里贮存了一些红,第二场秋雨里几片羞红脸的叶子轻轻招了招手,寒露滋润了成熟的心灵,霜降过后,一丛丛红便占据了山中的每一个地方。

城里人只知道叶枯了,乡村人只见草黄了,不到山中,便不能真切感受秋到人间的明快脚步。

到山中去,让身心愉悦在自然中!

到山中去,让诗情洋溢在秋光里!

山中是季节的窗口,流溢的秋色一抹抹铺展开来,渐渐覆盖了整个大地!

我的树

是小时候放牛折下的一根柳枝,回家时随手插在了塘边。

后来过了许多年,许多年后我又经过这里,意外地看见你枝繁叶茂,已长成了一棵大柳树。

我瞪大双眼看你,你垂下柳丝抚我,我叫你一声老柳,你回我叶子欢快的掌声。

一棵柳树,一棵我无心手植的柳树,站在故乡的土地上,一年又一年荣枯,如我亲亲的兄弟,让我在谋生的异地一次又一次想念。

这是我的树,我心中永远的树呵,有了这一棵属于我的树,故乡就会在我的心灵牵得更紧系得更牢!

秋 思

秋天,故乡的田野上印刷着一首乡土诗,那质朴的诗句撩拨着我的思想。我多想带回几句,可手中迟钝的镰刀,却怎么也割不断那深深植于大地的根系。

我不是优秀的农人,根本无法触及乡土的实质。

就这么痴想着,我想把整个秋野都带回家,让故园丰收的景象完整地存在于心灵的底片上,这可笑的贪婪呵,笑红了高粱笑弯了水稻。

走进故乡秋天的田野,我的思维失去了以往的矜持和有序,作为大学毕业的农家孩子，我在田野收获的不是丰盈饱满的谷穗，而是沉甸甸的惭愧！

乡间十月

平整的土地，深厚的土壤，十月的原野恬静安详，如分娩后的少妇，满怀收获的惬意和自豪。

大片的阳光在田地里肆意铺展，而后是一场秋雨飘落，雨水在不紧不慢的节奏里缓缓渗入土地深处，成为未来小麦发芽的底墒。

风变得凉爽起来，一次次摩挲着原野。

十月的日子，秋天已经拾起它的丰硕，视野里，一群鸟雀悠闲地在田间行走，寻觅着秋天不小心落下的粮食。大地在犁铧闪烁的光影里，重新开启了门扉，许多新鲜的希望走进去，撩拨起庄户人的欲念。乡间十月，原野在表面的平静中暗涌着新的激情！

小麻雀

没有雄鹰的翅膀，我不追求云霄的风采。

没有黄莺的歌喉，我不期盼鸣叫的婉转。

不羡孔雀的美丽，不慕鹦鹉的灵巧，微小，但不渺小；平凡，却不猥琐。

该飞的时候我会振翅飞，该唱的时候我会尽情唱。

我是鸟，我有翅膀。

我是鸟，我有思想。

是的，我很普通，可我有温暖的家园，有弥足珍贵的粮食、空气和水。我以自己全部的情感热爱着这一片天空，热恋着这一方土地。

我质朴，我快乐，因为我就是一只有爱憎知冷暖的小小麻雀！

故园映山红

走出城市，怀揣一个久积于心的期盼，暖暖春阳下，映山红，你迷人的笑靥红火成山野一抹动人的风景。

城市公园的小山上，我也曾见你的身影，在园丁的悉心照料下，映山红呵，你努力的绽放却是那么呆板，缺乏一种自然的灵气。

走过遥遥旅程，在故园的山野深处，任凭你的红色灼痛我惊喜的双眼，让我的思想回归，回到少年时代，回到清风流水的春天。

伫立山野，凝视一丛丛映山红，花朵的热烈让我明白了：最美的花儿往往开在故园，开在游子幽邃的心灵深处！

回归故乡

沿着秋风的指向,接近乡情满溢的土地。

爹的腰身佝偻了,娘的白发增多了,牛栏里,那头健壮的牯牛也老迈了许多,田地里,庄稼已经泛黄,在秋日阳光下起伏摇曳。

老石磨还在,虽早已不在吱呀旋转,依然是乡村胸前一枚圆圆的勋章。

打工,打工,如今的故乡已鲜见年轻兄弟姊妹们的身影。

捧一把故乡泥土,细碎黄褐色的土壤里,散发的依旧是祖辈父辈的体味,掬一捧老井泉水,清澈甘甜的水里,映出自己已显苍老的脸庞。

乡亲,乡情,乡愁,回归故乡,我再也难抑自己的感情,两行热泪顺脸颊潸然而下。

山村写意

村口,老梨树上,雪白的花朵招引着蜂蝶;村外,绿色的篁竹林里,竹雀飞舞着快乐,鸡鸣犬吠,还有风掠过林梢时的清音。

菜畦青葱翠绿,房舍错落有致。

古诗里美妙的意境,被淳朴的山民们复原在这幽静的山村。

拂去城市的喧嚣,摒退俗务的冗繁,到山村来做客,一朵花、一丛草或者一片树叶都能让你感动,进而找回心灵久违的恬静。

不用歌吟赞叹,静坐村口的老梨树下,感觉自己已然本真成了一个刚刚降世的婴孩。

灵魂寄居一棵苦楝树

● 唐雅冰

一

昨夜梦里，一弯新月，一棵苦楝树，满树摇晃的苦楝果，我就在村口游荡了一宿。

熟悉而陌生的气息，氤氲在绿油油的秧苗尖，凝聚的露珠化作泪水滑落。

茅草屋上悬挂的冰凌，冻结了无数个冬季，小脚奶奶怀里的烘笼，捂不热饥饿的肚皮。

羊肠小道，黏不住渐行渐远的脚步。沾满黄泥的水胶鞋不敢停留。

曾经，如此地恨那片土地，一次次挣扎着努力离开，转身，村口的苦楝果落了一地。

而今，又如此地爱着那片土地，一回回梦萦魂牵，贴近，满耳都是鸡鸣狗吠的声音。

二

房后的古井，冬暖夏凉，时光的倒影，一并在潮涨的季节封存。

井沿四周疯长的节节草，绿了、枯了，谁把它扯开锁在眉梢，谁又把它扔在岁月的罅隙？

一棵草的枯荣，承载不住风霜的洗礼，谁在一遍遍打捞，跌落井底的月光？

误入井水的蛤蟆，成了时间的俘虏，在水桶里等待命运的审判。

鞠一捧井水，我便吻着她了，指尖滑过的温润，都是母亲的气息。

三

淬火的錾子，这山吵到那山，纷飞的碎沫，沾染淡淡的忧伤。

山头，一块千年顽石，在錾子叮当声中轰然开裂，同时裂开的，是石匠堂兄粗糙的手掌。

条石，仰望树缝漏下的月光，天空，保持沉默的底色。

星星跌落山间，每块碎石，都是一颗星星在跳跃。

四

金黄的稻谷，在汗水的驱赶下颗粒归仓。

围绕大树缠了一圈又一圈的谷草垛，站成守护的姿势，眺望通向村外的路。

远行的儿女，把思念打包寄回，安抚枯瘦的故土。

炊烟又起，一只暮鸟归巢，乡愁在新米饭里愈熬愈浓。

五

老牛，在夕阳下打盹，父亲累了。

农具雪藏，在角落里日益染锈，渐变成一幅沧桑的画。

新坟旁多了一棵柏树，每个枝丫，都悬挂着儿女的泪眼。

思念在季风中抽枝，岁月的古战场，最终人人都得缴械投降。

忠厚的老狗，用一声狂吠，宣告自己的主权。

六

脚步，在母亲密集的针脚里远行。风霜把白发收割。

我在岁月里叛逃，故乡，潜伏梦境的一个解不开的结。

身体，一直在路上。

灵魂，却悬挂在村口的苦楝树梢。

试论中国新诗的色彩美

● 江锡铨

新诗的色彩美，是新诗艺术美的重要组成部分，也是新诗绘画美中得到了比较充分、比较深入发展的部分。"绘画美"是新诗从"草创"时期即已开始的一种艺术追求，尽管作为美学命题，1926年才由闻一多正式提出。这是一段新诗研究者们经常引用的话：

诗的实力不独包括音乐的美（音节），绘画的美（词藻），并且还有建筑的美（节的匀称和句的均齐）。①

在"绘画美"的各种审美感受中，词藻所能直接体现的，主要是色彩美感。本文拟通过"五四"时代文学艺术变革的某些特点，以及几位对新诗发展有过较大影响的诗人的有关理论实践的简略评述，对新诗色彩美做一考察。

从"诗中有画"到新诗绘画美

诗歌与绘画是关系十分密切的姊妹艺术。在人类文化艺术长时期的历史发展进程中，诗与画互相渗透、互相吸收，促进了诗画艺术的共同繁荣，使得它们各自的艺术表现手法不断得到丰富，审美范畴不断得到拓展。中国古典诗歌与绘画的"诗中有画，画中有诗"②美学传统的形成与发展，就是一个十分突出的例证。这一美学传统及其他多方面的艺术营养哺育的中国古典诗歌，在漫长的封建时代发展到了十分成熟、完美的程度。其中的精品如同马克思所赞赏的希腊艺术和史诗一样，它们至今"仍然能够给我们以艺术享受，并且就某方面说还是一种规范和高不可及的范本。"③这些珍贵的遗产，包括"诗中有画"的美学传统，都逐步为后来的新诗咀嚼、消化、吸收。但是作为二十世纪的文学现象，作为一个已经发生了重大历史变革的时代的美学追求，新诗所需要的"绘画美"，并不就是"诗中有画"。新诗的开路人之一闻一多认为，"诗中有画"只是一首好诗的"起码条件"④。换言之，新诗应当以传统为"起跑线"，在发展运动中逐步形成自己新的、更高级的美学追求。闻一多认为，"二十世纪是个动的世纪"，"是个反抗的世纪"，是科学与艺术"携手进行"的世纪⑤。时代精神发生了根本变革，美学意境、审美观念当然也要随之改变。郭沫若也说过，"二十世纪是文艺再生的时代；是文艺再解放的时代"⑥。他从"再解放的时代"精神出发，重新考辩"诗中有画，画中有诗"的传统，认为"诗中无画，还不十分要紧"，但"如果画中无诗，那就不成其为真的艺术了"。所谓"画中有诗"，"乃是指画中含有诗意。这诗意便是'气韵生动'。凡是'气韵生动'的画，才是一张真的画，因为艺术要有动的精神"⑦。要创造属于新时代的艺术美，就必须使作品具有"动的精神"，而"动的精神便是西洋近代艺术的精神"⑧。这就使得新诗人们注意到，应当把继承民族美学传统与借鉴"西洋近代艺术的精神"结合起来，以整个时代和作为一种意识形态的总体艺术用来做自己创作的"参照系",并从这个新的角度来理解和表现诗画联系。这些认识活动和实践活动的重要内容,就是一批新诗人自觉地把西方近现代绘画理论,尤其是绘画色彩学理论引进新诗领域,用以指导新诗创作。而现代诗人和画家之间的交往与切磋,以及诗人们自身的艺术素养,促进了这种"引进"和创造的成功。

近代以来,由于帝国主义的武装入侵和末代封建统治阶级的腐败无能,中国的经济、政治、文化无不江河日下。曾集中体现中华民族光辉灿烂的古老文明的传统诗画艺术,已经濒临绝境。到了"五四"之前,旧体诗词已入充斥的"赝鼎"的"假诗世界"⑨,而国画也是"明清以来,渐就衰落。画人皆为前人所蔽,少有新创"⑩。一批不甘沉沦、锐意革新的青年文学家、艺术家高张"五四"科学民主大旗,为创立中国新文学、新艺术,开创"合中西而为艺学之新纪元"⑪大呼猛进。共同的目标使得诗人和画家互相支持,戮力进取。曾被法国舆论界许为"中国文艺复兴大师"⑫的画家、美术教育家刘海粟,一直关注着新诗的成长,曾与好几位对新诗发展有过重大影响的诗人保持着亲密的友谊。1923年至1925年间,郭沫若曾三次去刘海粟创办和主持的上海美术专门学校讲学,并曾以"艺术叛徒胆量大,别开蹊径作奇画"的题画诗,热情赞颂刘海粟的艺术创新精神⑬。徐志摩曾为刘海粟的绘画作品集写序,在他逝世前的一周间,曾两次拜访刘海粟⑭。徐志摩逝世后,刘海粟痛失知音,他对别人说,徐志摩最了解他,最了解他的画⑮。稍后的诗人、诗歌理论家梁宗岱,也是刘海粟的一位挚友。梁宗岱注意到了刘海粟的绘画与郭沫若的诗歌内在精神上的相通之处,在一次通信中他对刘海粟说,"你底画就是力底化身","关于这层,新诗人中的郭沫若多少是和你共具的,一般观众把你底画来比他底诗亦正意中事"⑯。时代精神和共同的审美理想、艺术追求,缔造和深化了诗人画家的友谊,友谊进一步密切了新兴诗画之间的联系。

艺术视野的开拓促进了新诗的成长,成长的新诗也不断地把那些艺术素养深厚,或同时作为艺术家的诗人推向新诗运动的前沿。朱自清所概括的新诗第一个十年的三大诗派——自由诗派、格律诗派、象征诗派⑰的领袖人物,都与造型艺术有着不解之缘。郭沫若曾悉心研究过西方美术史,编译过专著《西洋美术史提要》⑱。风靡诗坛十年的"新月"诗派的理论家闻一多,本人就是画家。他在清华学校读书时,即开始接受绘画的基本训练,以后留学美国,专攻绘画,曾有作品参加一年一度的纽约画展,并曾发愿要做美术批评家。"新月"诗派的另一领袖徐志摩,有着很高的美术鉴赏水平和丰富的美术史知识,从他的手稿中可以看出,他还具有一定的绘画基础⑲。中国象征派诗歌的开山诗人李金发,早年留学法国学习绘画、雕塑,归国后又从事美术教育多年,蔡元培称许他"文学纵横乃如此,金石刻画臣能为"⑳。三十年代以后,把新诗引向广阔天地,并把新诗的艺术水平提高到一个崭新阶段的诗人艾青,少年时代就醉心于美术,中学毕业后考入国立西湖艺术院,以后又留学法国攻读绘画。学成归国后加入了左翼美术家联盟,由于从事进步美术活动时遭国民党当局迫害监禁,失去了作画条件,遂由画转向诗。从此中国多了一位诗人,少了一位画家。

在中国新诗史上,像这样一身二任的画家诗人,还可以举出一些来。中国第一个在欧洲获得美术史博士学位的滕固,以及在西画方面很有建树的倪贻德、许幸之,都曾为创造社诗歌的繁荣发展做出过贡献。以《射虎者及其家族》闻名抗战诗坛的力扬,以《撷星草》《复活的土地》为四十年代诗歌增色的杭约赫(曹辛之),

以及写过《水晶座》的钱君匋，同时也都是画家。曾以《流云》领袖小诗运动的宗白华，同时又是美学家和美术史家。这些星罗棋布的"坐标"，标志着新诗领域里诗画艺术间频繁、密集的交会。现代绘画理论的艺术营养通过这些"交会"渗入新诗，与诗的语言形象化合，形成了一种新的审美感受——诗的绘画美。

色彩学理论与新诗色彩美

作为本文的论述背景，从"诗中有画"到新诗绘画美的历史考察给我们的启示，就是必须从色彩学理论对新诗创作的影响研究入手，才能全面、正确地认识和评价新诗的色彩美。

我国传统的绘画色彩研究是相对贫弱的。中国画论的基石——南北朝时谢赫创立的"六法"论中，只有一条"随类傅彩"涉及到色彩，远不如对线条、笔法、构图研究的深细，其前其后的画论也基本如此，贯彻了一种重墨轻色的传统见解。这种见解也影响到古典诗歌语言形象的色彩研究。南宋时曾有过"颜色字"的提法，但却将其归结为"语气"的需要㉑。把诗歌语言形象的色彩与诗歌美学意境的开掘直接联系起来，创造和发展诗歌的"色彩美"，主要得力于新诗对西方绘画色彩学理论的成功借鉴。

西方近现代飞速发展的科学技术对艺术领域的渗透，使物理学、心理学理论得以进入色彩学研究。色彩的性质、构成、表情意义，色彩引起的心理反应，都逐步得到了科学的说明。十九世纪下半叶印象派、后期印象派和新印象派的崛起，更以大量的绘画实践检验和推动了色彩学理论研究，把注重视觉反映的光学分析与强调色彩的暗示力量，色彩对自然现象的说明与对画家主观情感的象征逐步统一了起来。诸印象派画家的艺术成就及对美术史的贡献，受到了"五四"时代中国新兴美术界的普遍重视。与中国新诗的美学发展有着直接间接联系的画家刘海粟、倪贻德，都曾著文评骘印象派画家们艺术上的得失㉒。

二十年代是新诗迅速成长的年代，也是现代绘画色彩学理论进入中国新诗的年代。由于有那么多重要的诗人都曾接近过西方美术，作为西方绘画艺术重要理论基础的色彩学理论，便自然而然地受到新诗的注意。二十年代初，闻一多在一篇讨论刊物封面设计的文章中，就注意到色彩搭配的美学问题㉓。1922年以后，他在美国留学期间，对重视色彩表现的印象派画风很感兴趣，并曾在艺术实际中身体力行㉔，还打算写一篇介绍印象派画家塞尚（P.Cezanne）的文章㉕。他常常徜徉于色彩的绘画与色彩的诗篇之间，自谓被意象派诗人唤醒了"色彩的感觉"，称自己的诗作为"色彩的研究"㉖。二十年代末，艾青赴法国学习绘画，也曾倾心于莫奈（Monnet）、马奈（Mannet）等印象派画家。1932年归国后，还写过介绍法国现代绘画的文章㉗。他把自己的色彩感受带入新诗的艺术探索，要求诗人"给声音以颜色，给颜色以声音"，"以准确而调和的色彩描写生活"，诗人"必须有鉴别语言的能力……一如画家之鉴别唤起各种不同的反应的色彩一样"㉘。色彩学方面的准备，是诗人们笔下五光十色、丰富多彩的语言形象的一个重要成因。

色彩学原理为新诗创作成功"引进"的例证是相当多的。闻一多有一首小诗《稚松》：

他在夕阳底红纱灯笼下站着，
他扭着颈子望着你，
他散开了藏着金色圆眼的
海绿色的花翎——一层层的花翎。
他象是金谷园里
一只开屏的孔雀罢？

在晚霞的辉映下，劲松的青翠变成了金色、海绿色。诗人以诗的画面，表现了对一条色彩学基本原理——绘画应表现物象的"条件色"（即对比中的颜色）而不是"固有色"的原理的理解与信服。"条件色"的处理使得这幅诗画显得更为真切，并使得身居异国的诗人对金谷园——即对故国的思念也染上了动人的色彩。

郭沫若的《春之胎动》中，也以"玉蓝色的天空"下的

> 远远一带海水呈着雌虹般的彩色，
> 俄而带紫，俄而深蓝，俄而嫩绿。

来预示早春的到来。不是"蔚蓝"而是"玉蓝"的天空，更见早春时节天空的晶莹澄澈。大海是天空与大陆的镜子，正是天地间万象更新的勃勃生气给蓝色的海洋带来了五光十色。全诗充满了欢快、跃动的色调，这不只是刻画了自然界的"春之胎动"，同时也表现了我们这个文明古国的春天——以"五四"运动为先导的一个伟大新时代的不可遏止的剧烈"胎动"。

象征派诗歌也不拒绝色彩学理论的营养。李金发的《里昂车中》㉙的开头便是

> 细弱的灯光凄清地照遍一切，
> 使其粉红的小臂，变成灰白。

这里不仅"画"出了物象的"条件色"，而且以行家的眼光，从"光源色"的特点观察到了"固有色"的变化。这个色彩变化过程的描述，寄寓了作者对一个日益衰落、麻木以至毫无生气的社会的失望、凄婉之感。

色彩学理论对新诗创作的影响，并不仅限于著名诗人的创作实践，在一些今天已鲜为人知、甚至也鲜为研究者们所论及的诗人的作品中，同样涂抹着浓重的诗意所凝结的色彩。四十年代青年诗人李拧程写过一首短诗《血》㉚，描绘了一幅年迈的父亲扶犁、患痨病的儿子拉犁至活活累死的惨景。诗中写道，当儿子累得大口咯血，"鲜红的血渗进黄土里，/黑得发亮的犁头/砸在脚底"的时候，"天上的晚霞变成了紫金色"，这显然是作者经过艺术想象压缩了空间，以大面积的血的鲜红直接对比晚霞所得到的"条件色"。无言的色彩凝结着诗人愤怒的呐喊：这"紫金色"的晚霞，"更是生灵血染成"！

再如，色彩学的研究表明，补色的对比可以使两色达到最高强度。闻一多的《春之末章》中的

> 一气的酣绿里忽露出
> 一角汉纹式的小红桥
> 真红得快叫出来了！

与冯乃超的《榴火》㉛中的

> 君不看墙头的榴火红斑驳
> 浓绿的忧郁吐着如火的寂寞

都是借鉴了这一色彩学原理，以红与绿两补色的对比来渲染极强烈的情绪。

上述例证表明，作品中的色彩运用，总是与诗人一定的感情趋向相一致的。别林斯基说得好："感情是诗情天性的最主要的动力之一；没有感情，就没有诗人，也就没有诗歌"㉜。诗歌色彩与感情的"化合"，强化、凸现了诗情，使诗人的感情表达更充分，更鲜明生动。这种艺术实践的不断深入，充分说明新诗的艺术借鉴抓住了色彩学理论的核心部分。色彩学理论认为：从一定的意义上说，色彩是有生气的，是属于感情方面（相对于线条属于理性方面而言），可以寄托、表达感情的，不同的色彩可以引起不同的心理反应。二十年代初，我国近现代著名思想家、美学家、教育家蔡元培，就曾躬亲过这一色彩学原理的普及。他在湖南的一次讲演中

说：

> 色彩的不同在光学上，也不过光线颤动迟速的分别。但是用美术的感情试验起来，
>
> 红黄等色，叫人兴奋；蓝绿等色，叫人宁静。又把各种饱和或不饱和的颜色配置起来，竟可以唤起种种美的感情。㉝

以后，倪贻德曾探索过色彩与民族心理、民族精神的联系。他认为，"色彩心理上的效果，是有很强的力量"㉞。色彩融合的感情的成分和层次的不断增富，融合程度的日益精细，这种融合与诗人色彩喜好的统一，以及这种统一对于诗人艺术个性的形成和丰富的推动——这些都在新诗色彩美的发展中不断得到印证。

色彩情趣与艺术个性

初期白话诗阶段对于诗歌色彩表现用力最著的，是康白情。他的诗集《草儿》中的《暮登泰山西望》《江南》《鸭绿江以东》，都表现了丰富的色彩，在当时的新诗中是十分突出的。《植树节杂诗八首》之六所描绘的颐和园的景致，更是色彩明丽：

> 风弹着一湖鲛绡纹翡翠的明波，
> 松柏丛里衬出黄玻璃瓦的房子，
> 楼台亭阁把一座富丽的万寿山都穿戴得满了。

这是我第一次读到的中国式的西洋画。昆明湖依旧，万寿山依旧，之所以能在这湖光山色中读到"中国式的西洋画"，是由于改变了的时代和改变了的审美观念，启迪了诗人对"色彩美"的"发现"。这是一首彩色的纪游诗，在初期白话诗中是不多见的。但其色彩运用还只是原原本本的自然写生，缺乏感情寄寓，缺乏艺术想象的意匠经营，加上诗歌形式的散漫无节制，难以形成比较丰润、集中、感人的"色彩美"。有力地推动了新诗色彩美的发展，扩大了诗歌色彩的感情容量，并促进了色彩表现与诗人艺术个性的有机融合的，是从《女神》开始的浪漫主义新诗的崛起。

带着乐观激昂的情绪走上诗坛的郭沫若，在找到了与自己奔涌的诗情相适应的艺术形式的同时，也把自己的色彩追求带入了新诗创作。他曾间接谈到，他比较喜欢明快、丰润的色彩㉟，而"明快的色彩，是能给我们清新喜悦之情"㊱的。郭沫若《女神》中的作品，大都表现了明快的色彩。其中出现频率最高、感情蕴蓄最丰富的，是白色和红色。白色反射了最多的光，不掩瑕疵，不容污秽，象征着诗人坦诚开阔的胸襟。当白色作为主导色调出现的时候，常伴随着诗人的沉思遐想，常用的抒情形象有月、云、大海等。这些作品传达了一种纯净、恬淡的"色彩美"感，表现了清新、质朴、本色的审美情趣，以及"五四"时代特有的那种对自由、民主、爱情的神往和歌颂：

> 月光一样的朝暾/照透了这蓊郁着的森林，/银白色的沙中交横的迷离的疏影。
>
> 松林外海水清澄，/远远的海中岛影昏昏，好象是，还在恋着他昨宵的梦境㊲。

红色则吸收了最多的光和热，凝结了炽热的情感，象征着诗人激情似火的心怀。当红色作为主导色调出现的时候，常常伴随着诗人对于动的、反抗的时代精神的强烈感应而心潮起伏、热血沸腾，常出现的抒情形象有太阳、云层、火。这些作品传达了一种热烈、辉煌的"色彩美"感受，表现了"五四"时代青年对于未来火热生活的憧憬和对光明的向往：

哦哦，环天都是火云！/好象是赤的游龙，赤的狮子，/赤的鲸鱼，赤的象，赤的犀。

你们可都是亚波罗的前驱？㊳

红色与白色的"交响"，则构成了一种强烈激昂而又明净率真的情绪，传达了一种具有冲击力量的、激动人心的"色彩美"感：

雪的波涛！/一个银的宇宙！/我全身心好象要化为了光明流去，/open-Secret哟！

楼头的檐霤……那可不是我全身的血液？/我全身的血液点滴出律吕的幽音，/同那海涛相和，松涛相和，雪涛相和。㊴

接受过严格绘画训练的闻一多，则更多地把自己对于色彩的切身感受带入诗歌创作。比起别的诗人，他更注重诗中画面的色彩选择和配置，以及色彩比较确定的感情象征意义。他的名篇，如《秋色》《忆菊》《口供》等作品，都以丰厚的色彩浸润着思乡爱国深情。像《忆菊》，即是以繁富和谐的"金底黄，玉底白，春酿底绿，秋山底紫"的菊花为色彩，晕染对于"如花的祖国"的赞美和思念。他以画家的敏感，诗人的热情，理论家的严密去探索、界定色彩的表情意义，在一首题为《色彩》的诗中，他写道：

生命是张没有价值的白纸，/自从绿给了我发展，/红给了我情热，/黄教我以忠义，/蓝教我以高洁，/粉红赐我以希望，/灰白赠我以悲哀，/再完成这帧彩图，/黑还要加我以死。/从此以后，我便溺爱于我的生命，/因为我爱他的色彩。

色彩是生命的体现，色彩丰富了艺术，丰富了人类的感情生活。这使我们联想起印象派大师塞尚的一段名言，"色彩是生物学的，我想说，只有它，使万物生气勃勃"㊵。这首诗是色彩学理论的诗化，也是闻一多为自己制定的一部色彩"法典"。依据这部"法典"，我们会从他的诗歌色彩的精心选配中得到更深刻的审美感受，从而更全面、更确切地理解这些作品。《死水》中有一首题名《罪过》的短诗，开头和结尾反复着一行诗："满地是白杏儿红樱桃。"这里除了要表达对诗中写到的老果农的同情之外，显然还有合于"法典"的更深一层的含义：白色与红色委之于地，象征着纯洁和热情任人践踏，这才是那个社会的真正"罪过"。

据闻一多的学生和朋友回忆，他生平最喜欢黑、红两种颜色㊶，这与他热情而又愤世嫉俗的性格，庄重、深沉而又热烈的诗风是一致的。他从"五四"的时代浪潮中汲取了积极的进取精神，从优秀文化遗产中继承了忧国忧民的传统，但由于未能进一步接受更先进的思想，未与人民革命运动相结合，常常四面碰壁。因此他的红色的情热常常伴生着黑，或是被黑色的忧郁包裹着。他写《死水》，写黑夜，但他在黑暗面前不退缩，不绝望，因为他有取自"五四"精神之火的红光烛照。他坚信黑夜尽头是黎明，多次以诗篇表达"死而后生"的信念。在《红豆·二七》中，他这样剖白自己——

请你只当我灶上的烟囱：/口里虽勃勃地吐着黑灰，/心里依旧是红热的。

这是以浑厚热烈的色彩表现的诚挚恋歌，他希望自己"红与黑"的色彩情趣，能为"爱人"所理解。他在前期新诗创作的"封笔作"《奇迹》中，再一次坦诚地剖白了自己的精神世界，也包括自己的色彩喜好，含蓄地表达了其中所寄寓的感情和理想：

我要的本不是火齐的红，或半夜里

楼花潭水的黑，也不是琵琶的幽怨，
……
我要的本不是这些，而是这些的结晶，
比这一切更神奇得万倍的一个奇迹：

作为"中国布尔乔亚'开山'的同时也是'末代'的诗人"㊷，徐志摩的色彩追求也像他的诗歌创作本身一样充满了矛盾。"五四"时代精神的影响使他写下了不少同情劳动人民疾苦的诗篇，在那首纪念"三·一八"的《梅雪争春》中，他以白色与红色的对比表达了对烈士的悼念和崇敬，对反动军阀政府血腥暴行的抗议：

白的还是那冷翻翻的飞雪，
但梅花是十三龄童的热血！

作为一个有着深厚艺术素养和一定程度的民主思想，坚持新诗创作十多年，对中国新诗美学发展起过重要推动作用的诗人，我们同样能够从他的很多作品中感受到丰富的"色彩美"，以及其中寄寓的感情：对社会的不满，对青春、爱情的渴求以及对人世坎坷的慨叹等等。他在《灰色的人生》中写道：

我一把抓住西北风，向他要落叶的颜色，
我一把抓住东南风，向他要嫩芽的光泽，
我蹲身在大海的边旁，倾听他的伟大的酣睡的声浪，
我捉住了落日的彩霞，远山的露霭，秋月的明辉，
散放在我的发上，胸前，袖里，脚底……

这里色彩的不确定（比如不是"枯黄的落叶"而是"落叶的颜色"），使得其感情的象征意义也相应地不确定，从而引导读者与诗人一起，从色彩的辨析走向感情的捕捉，再走向人生意义的思索。

徐志摩也写过少量为世所垢病的诗作，其中包括那两首敌视马克思主义和人民革命的作品《秋虫》和《西窗》，这些作品的色彩情趣，也像它们所流露的思想情绪一样反常，这是由于根深蒂固的英美式资产阶级政治理想的极端发展，使他产生了迥异于前的厌恶红色、害怕阳光的阴暗心理。可见色彩情趣与艺术个性一样，也是要受诗人思想矛盾影响的。

相近的创作倾向也会产生相近的"色彩美"的追求。后期创造社诗人穆木天、冯乃超、王独清，在一段时间内都曾不同程度地接受过象征派诗歌的影响。他们的作品，很注重色彩的象征、暗示意义的细微辨析，常出以一些十分奇特的色彩，如"灰紫（的小花）"㊸，"浓绿（的忧愁）"㊹，"水绿（的信封）"㊺等等。他们还有比较一致的色彩趋向，比如

苍白的　钟声　衰腐的　朦胧
疏散的　玲珑　荒凉的　濛濛的谷中
（穆木天：《苍白的钟声》）

祈祷的热情惨淡了
金风苍白地叹息
（冯乃超：《短音阶的秋情·其二》）

你唱出的颜色
好象是美人额间的苍白
（王独清：《你唱……》）

这种"苍白"的色彩趋向，不仅折射了"世纪末"的美学崇尚，还反映了他们长期羁留国外，很少承受祖国人民革命的阳光的特殊精神状态。他们对黑暗的社会现实充满敌意，但又总是在一个相对狭小、相对锁闭的艺术空间里进行寻求光明、不甘屈服的挣扎。贫血的、忧郁的、洁身自好的苍白，由于失去了郭沫若诗中的白色

所具有的强烈的光和热，就难免带着一些虚弱和颓废。即使作为一种"底色"，有时能把其他色彩反衬得更艳丽，但在整体的诗歌绘画美中，还是留下了一些"病态美"的暗影。

新诗的色彩表现也像整个新诗的艺术面貌一样丰富多样。诗人们不同的思想倾向和不同的艺术个性，决定了他们各自不同的色彩情趣，而创作中不同的色彩追求，又使得他们各自的艺术个性更加鲜明突出。色彩情趣与艺术个性的辩证统一，表明诗人们已经充分消化了外来的色彩学理论，并已把这一丰富的艺术化成了自己的血肉之躯。

新诗希望的田野

三十年代初，艾青带着"'我的'颜色与线条以及构图"（《诗论》）走上诗坛。他是农民的儿子，土地的儿子，泥土的颜色——最单纯也是最繁富的颜色，是他诗中的基本色彩。泥土可以滋养万物，可以孕育花果，可以是单色的，也可以是五光十色乃至万紫千红。他的很多优秀诗篇写的都是土地，土地渗透了他的深厚感情：

为什么我的眼里常含泪水？
因为我对这土地爱得深沉……㊻

从最初"大堰河"流过的土地，到抗战前夕《复活的土地》，再到《雪落在中国的土地上》和《北方》的土地，直到太阳照耀、黎明通知的土地——沉郁和明朗、冷峻和温暖的色彩变化，反映了他的思想感情的巨大起伏。诗人在土地上辛勤耕耘，收获了丰饶的色彩和诗意，垦殖了广阔的诗的田野。

《大堰河——我的褓姆》，是诗人用真挚的思亲之情灌溉的一片土地。他思念的不是故家"红漆雕花的家具"和"睡床上金色的花纹"，而是贫穷的褓姆那"泥黑的温柔的脸颜"。这里表现的色彩喜好，显然包含着他的爱憎。他要把自己的赞美诗呈给"黄土下紫色的灵魂"——黄土的色彩是实在的，而灵魂的色彩则是象征的：鞭打后的伤痕是紫色的，紫色同时也象征着庄严。写实与象征手法的结合，使得诗的色彩、诗的画面能够引发更丰富、更广阔的艺术联想。这种色彩处理，饱含着作者对于土地，对于生活在这土地上的被侮辱与被损害的劳动人民的庄严、崇敬的感情。

土地和人民的命运牵引着他的情思，感情的起伏带来了相应的色彩变化。他曾在《复活的土地》上撷取"繁花与茂草"和"金色的颗粒"，来点染自己的欢欣与希望。当战争的阴雾弥天，"雪落在中国的土地上"时，他也披上了"北方"的"土色的忧郁"：

从塞外吹来的/沙漠风，/已卷去北方的生命的绿色/与时日的光辉/——一片暗淡的灰黄/蒙上一层揭不开的沙雾；/……村庄呀，山坡呀，河岸呀，颓垣与荒冢呀/都披上了土色的忧郁……

色彩的写实和象征在这里得到了进一步的结合。"土色的忧郁"既有写实意味——那覆盖了"生命的绿色"、蒙蔽了北方大地的"揭不开的沙雾"；但更是象征的——"忧郁"本身是没有颜色的，"土色"使得忧郁显得浓重、沉滞，暗示着这种忧郁与土地相连，带着忧国忧民的情绪属性。同时，整个诗的情调，也就是这么一种"土色的忧郁"，可以说"土色"是整个诗的画面的"底色"。

然而诗人是坚强的，他没有被沉重的忧郁压倒。他在忧郁中思索，在思索中振作，他

挣扎了好久/才支撑着上升/睁开眼睛/向天边寻觅……（《向太阳》）

他终于看到了太阳！那是一个色彩绚丽、无比璀灿的太阳，是"比处女"、"比含露的花朵"、"比白雪"、"比蓝的海水"更美丽的太阳，那一轮"金红色"的、"扩大着"的

> 太阳的眩目的光芒
> 把我们从绝望的睡眠中刺醒了
> 也从那遮掩着无限痛苦的迷雾里
> 刺醒了我们的田野，河流和山峦

体现四亿中国人民庄严意志的民族解放的阳光，终于拨开了自然界也是诗人心头"阴暗而低沉的天幕"，"没有太阳的原野"这才真正成为"复活的土地"。在这"复活的土地"上，奔走着"举着白袖子的手的警察"与"挑着满箩绿色的菜贩"，"穿着红色背心的清道夫"和"棕色皮肤的年轻的主妇"。富丽明快的色彩消弥了"土色的忧郁"，表现了诗人"从未有过的宽怀与热爱"。

这种"宽怀与热爱"的色彩表现是多种多样的。他曾怀着深沉的爱，描绘一个普通的《刈草的孩子》：

> 夕阳把草原燃成通红了。
> 刈草的孩子无声地刈草，
> 低着头，弯曲着身子，忙乱着手，
> 从这一边慢慢地移到那一边……
>
> 草已遮没他小小的身子了——
> 在草丛里我们只看见：
> 一只盛草的竹篓，几堆草，
> 和在夕阳里闪着金光的镰刀……

读了这首诗，我们会联想到法国19世纪著名画家米勒的名画《拾穗者》。《刈草的孩子》所提供的，正是像《拾穗者》那样淳朴、真诚、没有丝毫矫揉造作、却又那么激动人心的完整画面。融会着热烈和希望的，金色的、通红的光彩，辉映着一个辛勤劳作的中国孩子。诗人手中握着一支真正的"彩笔"：既是在书写又是在涂绘着辉煌的诗篇。给你一首诗的同时又给你一幅画——通过草原、孩子、劳动工具的轮廓位置及色彩的对比变化，表现了开阔的自然美，农民孩子坚韧、辛劳的身姿神态以及作者的挚爱等等。如果没有对于相邻门类艺术理论和表现手法的借鉴、融合，恐怕很难以一首八行的短诗传达如此丰富的艺术感受。

艾青在法国留学时，曾读过象征派诗人兰波（A.Rimband）和阿波利奈尔（G.Apollinaire）的作品，以后还翻译过比利时象征派诗人维尔哈伦（A.verhaeren）的诗篇。象征派诗歌对于他的创作的影响是不待言的。但他始终是作为一个开阔而又坚定的、杰出的现实主义诗人，而不是作为象征派诗人奔走在新诗的广袤绚烂的田野上。他所生活的时代和他的经历，他的理想以及他的美学倾向，都使得他不可能像象征派诗人那样，去孜孜探求他们认为是虚幻的现实世界之外的另一个世界，并力图用自己迷离恍惚的诗歌色彩与音响唤起神秘的联想，形成"象征的树林"㊼，穿过树林走向方外世界。李金发的《夜之歌》，就是这位中国的象征派开山人漫步"树林"的行吟调。这首诗的头两节是

> 我们散步在死草上，
> 悲愤纠缠在膝下。
> 粉红之记忆，
> 如道旁之朽兽，发出奇臭。

作者所要表达的意念是：现实世界中没有美，没有快乐，没有生气，连稍有点"亮色"的记忆也是"奇臭"的。作者"烦厌诸生物之汗气"，欲在"枯老之池沼里""得一休息之藏所"。诗的情绪固然过于消极、颓废，但技巧如色彩运用，却还不无可取之处，这首诗抽去了所有的中介，直

接把"粉红"色着在"记忆"上。作为心理功能的记忆是没有颜色的，但又可以与很多种颜色相连属，因为现实生活是多彩多姿的，记忆则是生活图景在人的心理上的沉积。把生活图景的沉积浓缩为色彩的沉积，这是强调暗示、隐晦和高度凝练的象征派手法在处理诗歌色彩方面的体现。粉红象征着欢悦和希望，但也暗示着衰朽——刚开始腐烂的肉体也呈粉红色。看似反常的色彩处理大大扩充了诗句的容量，只是由于作者有意无意地企图切断诗与现实世界的联系，色彩运用也有较强的主观随意性。由于缺乏与抒情形象的必要联系，就带来了过分的晦涩和神秘。艾青借鉴了象征派诗歌"高容量"的色彩表现手法，扬弃了其主观神秘意味，促进了现实主义诗歌对象征派艺术经验的吸收。这种借鉴是以对现实生活的准确表现和描绘为基础的。无论是"紫色的灵魂"还是"土色的忧郁"，都处于与大地形象的密切联系之中——"紫色的灵魂"是在这"黄土"上生息劳作的灵魂，"土色的忧郁"是"一片暗淡的灰黄"笼罩下的悲哀的国土"的忧郁。因此这些高容量"色彩美"，是可以自然地、充分地被感受和理解的，不像"粉红之记忆"那样突如其来，上不着天，下不着地，需要经过反复的思索、猜测和感觉兑换去领略。艾青诗中的这种色彩表现，已不是象征派诗歌中孤立的色点或色块，而是凭借对感情与思想的有力概括，通过与诗歌抒情形象的坚实联系，晕染了诗的整体构思，增富了诗的艺术美感，强化了诗的现实主义力量。

诗歌语言形象的感情容量和美学内涵的丰富和拓展，显然得益于艾青注重色彩处理的现实主义与象征主义手法的结合。比起新诗草创时期和二十年代的前辈们，艾青有着更宽广的艺术视野、更开阔的艺术心胸。他注重诗歌画面的完整与色彩的谐调，注重色彩与诗歌内在节奏、语言形象特征的一致与融合，使得色彩运用"浓装淡抹总相宜"。若以画作比，《刈草的孩子》就像一幅色彩浓重的油画写生，而《树》则像一帧色彩淡雅的水彩风景；《乞丐》像是入木三分的白描人物肖象，而《雪落在中国的土地上》和《北方》，则像是色彩沉郁、线条冷峻的木刻组画——常常是一节诗提供一幅画面。作为画家的艾青，虽然没有在画廊里留下什么杰作，但却在中国新诗的史册上留下这么多灿烂的画页，他是现代中国最杰出的诗画家之一。

艾青坚实朴素的诗风和丰富开阔的色彩追求，给1940年代的新诗带来了一片春光。立足于表现中国人民的现实斗争生活，把包括"色彩美"的诗歌美学追求与对人民的苦难、祖国的前途的观察和思考联系起来，是1940年代许多进步诗人的共同艺术方向。诗人吴越写过一组简短深刻的贫民窟速写，其中的《小弄堂》之四㊽这样写道：

没有色彩，没有阳光，
春天也看不起小弄堂。
除非女人们打小菜场，
肘弯子挎来点鲜绿嫩黄。

艾青曾以阳光下的"满筐绿色"来渲染春回大地的喜悦，而这里的"鲜绿嫩黄"却恰恰是为了反衬小弄堂的阴暗与灰颓，为了"鸟鸣山更幽"的艺术效果。色彩在这里表现了很大的概括力，它凝聚了这小弄堂里，也是小弄堂外千千万万劳动人民的呐喊：把色彩、阳光和春天还给我们！

在"九叶"诗派——当年活跃在四十年代国统区诗坛上，有着相近的美学追求的九位青年诗人的作品中，我们同样可以看到丰富奇丽的色彩表现。"九叶"诗人写了不少题画诗，而更多的则是以画面来体现诗的构思。在女诗人郑敏的《诗集1942-1947》中，不少诗页正是用吴越所呼唤的绿色、阳光和春天装点的。"深受德国诗人里尔克的影响，和西方音乐、绘画熏陶的郑敏，善于从客观事物引起深思，通过生动丰富的形象，展开浮想联翩的画幅，把读者引入深沉的境界"㊾。她写过一首融诗于画、融画于诗的十四行《濯足（一幅画）》：

深林自她的胸中捧出小径
小径引向，呵——这里古树绕着池潭，
池潭映着面影，面影流着微笑——
象不动的花给出万动的生命。
向那里望去，绿色自嫩叶里泛出
又溶入淡绿的日光，浸着双足
你化入树林的幽冷与宁静，朦胧里
呵，少女你在快乐地等待那另一半的
自己。

这里的"（一幅画）"不是副标题，而是一种说明或暗示。它也许是一首题画诗，也许不是，但这其实无关紧要——它反正不是画的附庸。这幅优美的诗的画幅，是由转化成为色彩的，诗人丰富、细腻、幽深的感受所涂绘的，因此，无论是单纯的，或者说是绝对意义的诗或绝对意义的画，都无法独立完成这样一幅"诗画"，像"绿色自嫩叶里泛出""又溶入淡绿的日光"这样的诗句，也只有既懂诗又懂画的诗人才能写得出。诗人用这种融合着挚爱、不会消褪的绿色，忘情地描绘着自己的《春天》："它好象一幅展开的轴画，／从泥土、树梢，才到天上……""它将柔和的景色展开，为了／有些无端被认为愚笨的人，／他们的泥泞的赤足，疲倦的肩，／憔悴的面容和被漠视的寂寞的心。"绿色的春天正举着欢欣和希望的旗帜，涌出四十年代广阔的地平线，走向列队迎接它的人民：

更像解冻的河流的是那久久闭锁着的欢欣，
开始缓缓的流了，当他们看见

树梢上，每一个夜晚添多几面
绿色的希望的旗帜。

诗人吴越的呼唤，得到了有力的应答，色彩、阳光和春天，正和讴歌它们的诗篇一起，向人民回归。这里的绿色，是诗人心中那一片乐观、自信、生气勃勃的土地孕育出来的。

从礼赞《女神》到诅咒《死水》，从垦殖《北方》到呼唤春天，丰富绚丽的"色彩美"，加强了新诗的艺术实力，装点了新诗希望的田野。"色彩的感觉是一般美感中最大众化的形式"㊿，马克思的科学概括揭示了近现代审美活动的一个重要特征，同时也为现代社会文学艺术的发展提示了一个值得注意的方向。如果从这个意义上评价新诗色彩美的艺术追求，那么也许可以说，这是引导诗歌从"贵族文学"走向"人民文学"的一个有益的尝试。

"五四"时代是一个科学民主精神空前高涨的解放时代。诞生于这个时代的新诗，也是以空前恢宏的气度来重新评价中西文化艺术遗产，为我所用，自创新路。这种精神作为新的传统，为以后的新诗所继承。这样，新诗所提供的审美感受，也必然是丰富而开阔的，其中很多会是前所未有的。我们应当以"五四"精神研究"五四"新文学，全面地、准确地认识和评定新诗的美学价值和历史价值——这是我在结束本文的粗浅考察时得到的一点启示。

① 《诗的格律》，《闻一多全集》第3卷，1948年上海开明书店版。
② 苏轼：《苏东坡题跋·书摩诘蓝田烟雨图》。
③ 马克思：《〈经济学手稿〉导言》，《马克思恩格斯全集》第46卷上册第49页。
④ 《先拉飞主义》，《闻一多全集》第3卷。
⑤ 《女神之时代精神》，《闻一多全集》

第3卷。
⑥郭沫若：《文艺论集·自然与艺术》，1925年上海光华书局版。
⑦⑧郭沫若：《文艺论集·生活的艺术化》。
⑨刘半农：《诗与小说精神上之革新》，《中国新文学大系》第2集。
⑩⑪⑫刘海粟：《欧游随笔》，1935年上海中华书局版。
⑬郁风：《"能师大众者　敢作万夫雄"》，1978年《美术》第4期。
⑭陈从周：《徐志摩年谱》，1949年自印本。
⑮参见何家槐：《记刘海粟》，1933年2月《新时代月刊》第4卷第1期。
⑯梁宗岱《诗与真》，1936年上海商务印书馆版。
⑰朱自清：《中国新文学大系·诗集导言》。
⑱1926年7月上海商务印书馆出版。
⑲参见《沙扬娜拉》手稿，稿纸上有自绘的莲花。见《徐志摩诗集》插页，1981年四川人民出版社版。
⑳蔡元培给李金发的题词。1928年《美育》第2期.
㉑参见《丛书集成初编·对床夜语及其他一种》
㉒参见刘海粟《欧游随笔》第十二、十七章及倪贻德《艺术漫谈·印象派的理论》，1928年上海光华书局版。
㉓参见闻一多《出版物的封面》，1920年5月7日《清华周刊》第187期。
㉔参见梁实秋《谈闻一多》，1967年台北传记文学出版社。
㉕参见《闻一多全集》第3卷所载《书信》。
㉖参见《闻一多书信选辑·六十三》，1984年《新文学史料》第2期。
㉗参见艾青《母鸡为什么下鸭蛋》，1980年《人物》第3期。
㉘艾青《诗论》，写于1938-1939年。1980年人民文学出版社版。
㉙载《微雨》，1925年北新书局版。
㉚李拷程：《婴儿的诞生》，1947年上海星群出版公司版。
㉛载《红纱灯》，1928年创造社版。
㉜载《古典文艺理论译丛》第11辑，1966年人民文学出版社版。
㉝蔡元培：《美术与科学的关系》，1921年2月23日《北京大学日刊》。
㉞倪贻德：《艺术断片感想》，1927年4月15日《洪水》第3卷第31期。
㉟参见郭沫若《文艺论集续集·"眼中钉"》，1931年上海光华书局版。
㊱倪贻德《艺术断片感想》。
㊲《女神·晨兴》。"/"为分行符号，""为分节符号，以下同。
㊳《女神·日出》。
㊴《女神·雪涛》。
㊵载宗白华译《欧洲现代画派画论选》，1980年人民美术出版社版。
㊶参见陈梦家《艺术家的闻一多先生》，1956年11月17日《文汇报》。
㊷茅盾《徐志摩论》，1933年2月《现代》第2卷第4期。
㊸穆木天：《雨后的井之头》，1927年创造社版。
㊹冯乃超：《榴火》，《红纱灯》1928年创造社版。
㊺王独清：《花信》，《王独清诗歌代表作》，1935年12月亚东图书馆版。
＊ 着重号"苍白"为引者所加，以下同。
㊻艾青：《我爱这土地》。
㊼波特莱尔（Baudelaire）语。见《<恶之花>撷英·应和》，《戴望舒译诗集》，1983年4月湖南人民出版社版。
㊽吴越：《最后的星》，1947年上海星群出版公司版。
㊾袁可嘉：《九叶集·序》，1981年江苏人民出版社版。
㊿马克思：《政治经济学批判》，《马克思恩格斯全集》第13卷第145页。

新世纪诗歌现场研究

● 孙晓娅

当代是一个不断扩展的概念，它同时包含了记忆与历史，现实与想象，当下与未来。作为当代文学的重要组成部分，对21世纪以来诗歌创作与批评的研究成为人们关注当代文学的焦点议题。在相关诗歌创作现象的估衡中有两类观点比较典型，一类是认为新世纪以来的诗歌创作日益边缘化、小众化；另一类认为，新诗创作已经进入繁盛"复兴"期。两种观点对诗坛发展的真相都有所遮蔽，新世纪诗歌的发展是在动态、多语境甚至是多语际中完成的。新世纪以来诗歌创作的诸种症候与1999年这个历史节点紧密关联——1999年之后，网络交流愈加开阔；从这一年开始，中国出版业开始大力出版世界文化著述；1999年的"盘峰论战"遗留下很多重要问题，比如诗的本土化与外来经验问题、诗的叙事性与口语化问题、知识分子写作与民间写作问题等。21世纪以来的中国新诗，对自身问题的关注与处理很大程度上是围绕上述议题展开并有所演变、延伸甚至是消解。从世纪之交到当下，诗歌创作于渐进中形成不同于以往的艺术个性、精神向度，呈现出复杂的、行动的、多元丰富的、业余而专业的质素和写作格局。

新世纪以来，诗歌在公众中的地位和形象明显改观，诗人与读者之间的陌生感和距离日渐被淡化拉近；与此同时，我们还应该审慎地看到诗歌所面临的问题，诚如诗人杨炼所言：全球化时代，中国诗歌面对的表达困境早已超过了近代以来的"三千年未有之大变局"。诗歌的升温与困境并置，发展与乱象共存，其复杂性实际上是与时代的复杂性相互对应的。历史上，从未有过任一时代像21世纪被赋予如此多的命名：消费时代，网络时代，读图时代，信息时代、电子时代，APP移动临屏阅读时代、微时代、刷屏时代……繁多的称谓在某种程度上指涉出时代的特征。与此同时，各类诗歌体式、诗歌命名、诗歌事件、诗歌活动也纷呈溢出：梨花体、羊羔体、乌青体；"下半身写作"、"打工诗歌"和"草根写作"；裸体朗诵、诗人假死，诗公约、手稿拍；各种名目的诗歌排行榜、诗歌奖项及诗歌节、研讨会、朗诵会等交流活动是新诗自诞生以来最繁多的时代，它们或推进了诗歌的探索与发展，或者成为文坛与民间的笑柄，衍生为大众文化的乱象。

2001年，中国加入WTO，消费文化与日蔓延，尤其在经历了SARS、南方雪灾、玉树和汶川地震、奥运会、共和国60华诞等悲喜交加的大事件之后，诗歌开始化为行动。"写诗的人"与日俱增，"先锋"与"常态"的边界开始模糊，知识分子与民间诗人和解共处，诗人从"沉思的生活"中走出，在公共场域中自由而多维度地介入生活，践行着"以诗歌和词语行事"（帕斯）的现代诗歌传统，诗歌被注入了更多的行动意味，产生了积极的引航效应。诗人"没有必要高于自己的时代，优于自己的社会"，诗人是介入生活的一份子，扮演着"社会良知代言人"的角色。在公共事件中，一些名不见经传的诗人的作品引起众多读者的关注，比如，汶川地震后，《汶川，今夜我为你落泪》、《妈妈，别哭，我去了天堂》、《孩子，别怕》等诗歌作品在个人博客上一经发表，点击率多达几百万人次。王明韵、潇潇等不少诗人前往灾区实际救助，他们凸显了诗歌的影响力与行动力，践行了诗歌的力量，广大诗人与诗歌界同仁们开创了一个崭新的日趋繁盛的"诗歌时代"。

21世纪以来，诗人的"选择性立场"愈加多元，诗歌写作涉及的领域非常广泛，文本的无限可能性，调动了读者个体经验的参与。诗人在历史与修辞、责任与自娱、苦难与轻盈中坚持精英写作和公共立场，坚守对中国新诗的民族品格的思考与塑造；在时代与人生的剧场中探勘自我的生存境况，反观与他者、世界的关系（灵焚《剧场》），以历史意识串联起广义的人间剧场。在人类的现代化进程中，生态问题日益严峻，生态意识的建构关乎人类与自然的共同命运，在与人类意识构建体系密切相关的诗歌中，生态意识的表达逐渐成为诗写的对象，陈先发、李少君、徐俊国、李小洛、爱斐儿等诗人摒弃了人类中心主义的思想，站在植物等自然生态的诗学立场，审视诗歌的救赎性功能；还有诗人从海德格尔"人与世界的相遇"中走出，聚焦为人与动物的相遇，在人与动物的互为反观、彼此变形中审视生命的尊严与荒诞，比如西川的《蚂蚁劫》、《白苍蝇》，朵渔的《高原上》等。诗人们独守个性，不断拓展，写作向度多元，形式自由。怀乡与返源，介入与出离。女性诗歌写作也发生了很大的转向：从女性自我阐述与性别解放的主题中挣脱出来，或如王小妮、李南、路也、娜仁琪琪格于静谧安宁、古典诗韵中捕捉日常的诗性美；或如娜夜、荣荣透视母性、妻性的生命体验，抒发悲悯包容的情怀；或如安琪、胡茗茗、徐红等坚守女性的立场自我超拔；或如蓝蓝、李轻松、宋晓杰、郑小琼从女性主义概念中突围出来，跨越性别的局限，以去性别化"居中"的姿态突入现实生活之中，在见证与担当、享受与发现生活的同时，打开女性诗歌写作的向度。特别需要指出的是，在挖掘心灵空间的盲区和病症的同时，依然有诗人甘做"民族灵魂的守望者"（陈先发《与清风书》）和"沉默的砖头"（周庆荣《沉默的砖头》），翘首"儒侠并举的中国"；依然有诗人以"钉子"（蓝蓝《钉子》）的个体姿态施展对现实生活的批评力量（翟永明《关于雏妓的一次报道》），这恰恰是新世纪诗歌的希望晖光所在。

如果说，继"个人写作"和"叙事"的兴起而产生的20世纪90年代诗歌是在"非诗的时代""展开诗歌"、以"个人方式想象世界"，那么，21世纪以来的诗歌创作语境和拓展路径尤为丰富，别开征象。中国当代诗歌自身的发展正日渐呈现出蓬勃的态势，新世纪涌现的优秀诗人、诗作，并不逊色于以往的任一时代：一方面，优秀的诗人摆脱了"小圈子意识"，侧重独立思考、写作，有建构当代文化诗学和汉语新质的气魄，以西川、王家新、欧阳江河、于坚、树才、伊沙等为代表的诗人，继北岛、多多、杨炼之后已经步入世界一流诗人的行列，他们打开当代汉语诗歌虚掩的窗户，在国际诗歌节和中西诗歌交流活动方面频频展露锋芒，为中国当代诗歌赢得了良好的世界声誉。另一方面，以翟永明、臧棣、蓝蓝等为代表的优秀诗人，他们置身全球化背景下，积极探索当代汉语诗歌发展的新路径、新方向，做出很多诗歌内、外的努力和革新。诗人们从不同的路径打开诗歌重返现实的维度：比如欧阳江河（《泰姬陵之泪》）与蓝蓝（组诗《哥特兰岛的黄昏》）等诗人的异域书写，从外域风景中发现本土的文化记忆、对自我之存在进行反思；比如，在众声喧哗的时代，依然有诗人秉持自由高贵的姿态勘探与我们如影随形的生活（朵渔《稀薄》、《论我们现在的状况》）；伊沙、侯马等富有探索精神的口语写作的诗人打破诗歌的"元规则"，将叙事性、新闻性注入主体生命与灵魂的诗写之中，在个人私密的生命经验表达中开始关注"对于他物的追寻，和对于他性的发现"；谭克修等坚守地方性写作的诗人，再现了诗歌创作本土经验的当代蕴含及广度和力量；诗歌的私密性、公共性、审美性、地方性、可沟通性并举。臧棣、萧开愚、孙文波等诗人以强旺的创作生命力不断突破自我，为诗坛努力呈现"技术上无懈可击的作品"，他们细致地观察社会生活，雅致地描绘自然景物，迅捷地捕捉细微感情，诸多丰盈的感性意象、繁富智性的隐喻均极大地丰富了其诗歌的表现力。新世纪以来，诗歌与当代艺术的关联紧密交融，建构了双向往来的对话性反思，底蕴深厚、气象博大的诗人将中西方艺术精神、文化思想和当下的个人写作结合起来，部分优秀的长诗专注于日常化生活场景中发现历史、社会、文化的渗透以及生活现场的问题，揭示时代的真相，如欧阳江河的《凤凰》，吉狄马加的《我，雪豹》，翟永明的《随黄公望游富春山》等。并行不悖的是，以余秀华、许立志、郭金牛、张二棍、乌鸟鸟、老井为代表的"草根诗人"的大量涌现，不过几年的时间，形成了几十万甚至百万之众的"草根"写作群体，他们以特别的写作身份、立场，构成了新世纪以来中国诗坛的新生态。

不可避免，在泛娱乐化的多媒体时代，不乏有人滥用诗人的前卫形象，做出非"诗"的行为。如何诗意地坚守、追求人品与文本统一，牛汉、邵燕祥、屠岸、郑玲、灰娃这些二、三十年代出生的老诗人给予我们最精彩的回答。这些曾经以苦难为底色的"世纪之树"，牢牢持守风骨，葆有童心，他们是跨世纪百年新诗诗坛上最闪亮的风景线。新世纪以来，他们"智慧之树"上萌发的"新枝"时常在各大诗刊上闪现，这些作品坦诚锐利，纯真不失童心，在苦难记忆和生活的碎片中浸透着他们对历史、生命、现实的思考，情感真挚，诗学或透彻深邃或玄远神秘或洗尽铅华地朴实真诚。比照老一辈诗人的创作，五十年代前后出生的重量级诗人如北岛、多多、杨炼、欧阳江河、王家新、杨克等至今活跃在诗坛上的大有人在；而六十年代出生的诗人如西川、潘维、陈先发等已经成为中国诗歌的中坚力量；七十年代出生的诗人如朵渔、胡续冬、姜涛、冷霜等从诗歌创作、诗学储备、批评见地、学术建构等方面已经跃然于当代诗坛，他们诗歌中的智性与修养卓然独特，创新与继承呈现出勃勃生机。八、九十年代出生的诗人如胡桑、李成恩、扶桑、苏笑嫣等在中国诗歌舞台上排列出强大的阵容，他们的青春书写别具特色，无论是语言的革命，还是对生命与社会的观察和解读，都有了与前辈诗人完全不同的特质。由此可见，中国诗坛作者年龄跨度很大，这也是新世纪诗歌创作不可忽视的特别现象之一。

与诗歌写作空间不断拓展相伴随的是诗歌出版与发表传播途径的敞开，诗歌文本之外的环境滋养着新世纪以来的诗歌创作。置身于后工业社会及诗歌泛化的时代，官办刊物、民办刊物、网刊、微刊纷涌于诗坛，各级作协与文联主办的文学刊物如《诗刊》《星星》《诗歌月刊》《诗潮》《诗林》等老牌诗刊和《扬子江诗刊》《诗江南》等新创办的诗歌刊物，仍然是诗歌发表的重要阵地，《中西诗歌》《诗歌与人》《翼》《诗参考》《天涯》《天津诗人》《河南诗人》等民间诗刊，一如既往地坚持与发展，"诗生活"等民间性的诗歌网站影响波及广泛。《诗探索》《诗刊》等以刊物为标识的和以杨克、王光明、宗仁发等个人主编的年度诗选颇有影响力和信誉度。各种新诗选本及新诗理论与批评文集层出不穷，蔚为大观，不同代际不同风格的诗丛、诗集代表了新世纪以来新诗多向度发展的成果。15年来，诗歌出版呈现热潮，单本诗集出版呈现井喷趋势，出现过十余万册的销量奇迹，诗歌的传播与生产从来没有像今天这样迅捷。

面对21世纪良好的诗歌文化生态，我们还应该清醒地看到，问题依然很多：首先，网络文化的兴盛使我们的诗歌文化呈现出一种前所未有的景观。诗歌网站、虚拟性的诗歌社区与网络论坛、个人博客、微博、微信和电子刊物等等，极大地改观诗歌写作和诗的发表、传播方式，这是良性效应。就此而言，负面性效应也相伴竞生：由于传统纸媒发表门槛被冲破，那些诗歌网站的虚拟论坛、形形色色的诗歌论争此起彼伏，泥沙俱下，不仅出现了很多"粗鄙"、"即兴"和"口水化"的、基本没有艺术难度的"无难度的亚文学写作"，在网络论坛中，还曾出现过很多情绪性的越过了基本文明底线的宣泄与哄闹，有一个时期，甚至还引发过诸如"梨花体事件"和"羊羔体事件"之类的网络狂欢。刚刚逝去的2015年是名副其实的"微信诗歌年"，据不完全统计，微信使用数量已达7亿之多，其间，微信平台对诗歌的推广比任何文体都活跃，各种名目和大小的微信群全天候"热闹"地讨论诗歌、评骘诗歌，诗歌正在以不可思议的速度进入"微民写作"和"二维码时代"，颇有使诗歌成为独立之邦的趋向，这一现状极大地改变了诗歌的生态环境。因为微信平台下的诗歌无论是在创作、发表、转载、传播上都近乎没有限制，诗歌写作和公开发表的难度也随之被降低，带动了不同程度的潜在的作者和读者，"写诗的人"不分彼此地进入诗人行列，非诗、差诗、平庸的诗混入好诗的队伍，构成文本评价的障蔽，诗歌的生产与传播穿越了底线和法则，变得史无前例的容易，这不仅是诗歌也是文学遇到的世纪挑战。那么，历史真的会收割一切吗？当下诗坛该如何建立起理性和有序的媒介文化生态？当代诗与大众之间能否建立起有意味的对话沟通？这是诗歌文化转型中的暂时性问题还是长久性的问题？如何有效厘清上述症候足以引起我们审度。

其次，部分诗人旋转于喧闹的消费时代和翻飞的信息媒介之间，活在"集体声音"之中，被审美的大众化捆绑。近年，诗人的地区间及国际化交流日益频繁，无形中导致诗人们或停留于生活的表象，或沉滞于对西方现代诗的形式技艺的模仿，或好奇于"诗歌事件"而忽略了对优秀诗歌文本的挖掘、细读，部分诗人被浮华的世相磨损了个性和创作的生命力。还有的诗人创作意图就是为了"奔奖"或"得利"，缺少自设性的原创欲望，导致个性化创作的严重缺位。随着消费文化观念对作家的熏染与侵蚀，随着不同诱惑的接踵而至，这些问题日益浮现出来。

第三，诗歌写作有无文体的底线？为了扩大或尝试拓展诗歌的"边界"，诗歌写作破除了文体的底线，极易滑向"非诗"的险境，这究竟是破坏还是探索？在喧哗一时的梨花体事件中，如何做好"诗歌语言的守门人"？从余秀华的诗歌创作或诗歌现象一度成为诗坛"时尚"现象中我们需要反思的是什么？此外，置身后工业时代，缺席价值维度、突破道德限度的诗歌创作是精神的垃圾场，为何还有人频频涉足？以上争议颇多的问题尤其值得警觉。

诚然，新世纪以来，媒介资讯、消费经济、文化结构、培育机制、诗教策略等纷纷参与了新诗的建设和发展，直接或间接地影响了新诗现场与诗意重构，任何范式都无法框定和尽显新世纪以来的诗歌创作样态与状貌。毋庸置疑，任一时代都有唯属于时代自身的诗歌现场，21世纪的诗歌现场是在多重文化语境中"位育"而生，在这个场域中，特定语境和诗歌活动、诗教现场等对诗歌写作生发不同影响，它们在时间维度上连接过往、侧重当下、指向未来，发生于时空观念的交叉运动之中。新世纪新诗场域标准和向度多元，诗歌事件繁多驳杂、个人诗集和民刊以及不同版本的诗选竞相出版，破碎的片段与跨语际的格局、沉潜与浮泛的观念，新锐与喧嚣的创作态势，代际与地缘区域的划分标准林立，诸多症候并置浑融。

伴随社会转型，新世纪诗歌生态发生急剧变化，在新的文化形式和多重语境中，网络不仅仅是传播媒介，还是实现虚拟写作的载体，网络和微信诗歌写作、民间刊物的发行、网络社团的此消彼长；诗歌的传播方式、诗性在跨媒介中多元发展、延伸；消费文化、流行文化重新启用诗歌的资源，诗歌的通俗部分和流行诗意在向文化靠拢、进入消费领域的过程中，显示了极强的承载功能、高覆盖率和现实关联性。如何从新诗研究中鲜为人关注的几个视角入手，以整体性、关联性、合璧性甚至是逆向思维关注21世纪以来的诗歌发生场域，突破既有的研究范式、理路，尽可能立体化、多维度地呈现新世纪以来的诗歌现场，充盈新诗研究的盲区或被遮蔽的现象，为新世纪诗歌创作现场提供基础研究，尽可能全面纵深地展现新世纪16余年（2000–2016）新诗创作现场的态势、现象与问题，这有待我们进一步深化思考与探察。

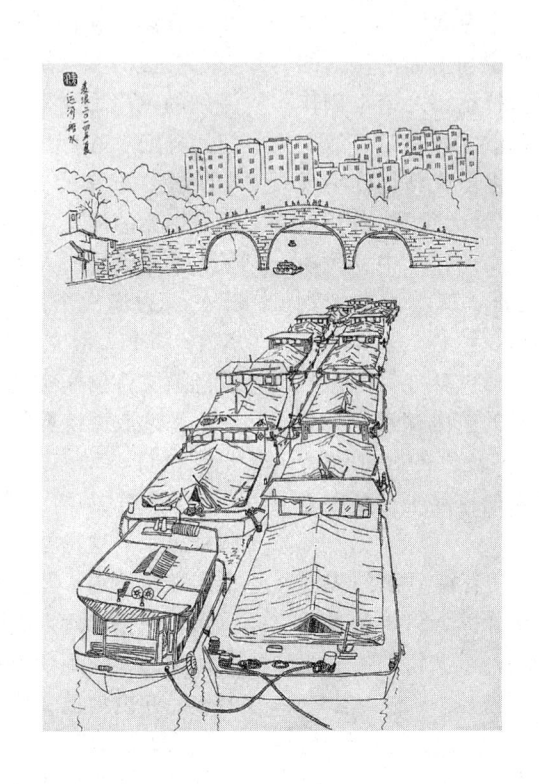

在浮躁中寻觅安静与升华
——港澳散文诗散论

● 蒋登科

香港、澳门的散文诗在过去并没有成为一种很受重视的文体，也很少专门从事散文诗创作的诗人，我在《散文诗文体论》中对台港散文诗的发展有过这样的描述："在十分热闹的台港诗坛上，散文诗是在一种受到冷落、缺乏引导的自由状态下发展的，其凌乱与驳杂的状况自不待言。""但是，作为一种诗歌样式，散文诗还是受到一些关注人生与生命的诗人的喜爱，一些诗人在创作抒情诗之余也创作散文诗，一些小说家、散文家也时有散文诗作品问世，这就使台港散文诗创作呈现出断续或者细流般的发展状况。"撇开台湾诗人不谈，在香港散文诗作家中，我谈到了晓帆、夏马、天涯、黄河浪、云利生、石金、盼耕、小思、兰心、东端、张诗剑、秀实、彦火、陶然、梦如等诗人的作品，他们以自己独到的艺术探索，为香港散文诗的发展贡献了自己的才能和智慧。不过，当时所涉及的作品主要是在香港回归祖国之前的。

1997年和1999年，香港、澳门先后回归祖国。港澳地区的作家、诗人与大陆文学界的交往更加密切，散文诗的发展也随之出现了一些新的现象。

1997年6月，香港散文诗学会成立，夏马担任会长，孙重贵等担任副会长，这是香港历史上第一个以推动散文诗发展为主要目的的文学社团，在团结诗人、促进创作等方面发挥了不可替代的重要作用。

1997、1998年，香港散文诗学会连续推出两部《香港散文诗选》，收录夏马、陶然、张诗剑、谈耘、傅天虹、天涯、巴桐、王彤、林子、春华、丽双、钟子美等近百位诗人的300余章作品，当时寓居深圳的著名诗人柯蓝撰写了序言。2002-2004年，香港散文诗学会策划出版了两套《香港散文诗丛书》，收录了孙重贵的《东方之珠》、天涯的《但愿人长久》、张诗剑的《生命之歌》、夏马的《相约在城门河畔》、华而实的《香港情怀》、文榕的《花语》、春华的《浅水湾的涛声》、陶然的《生命的流程》、蔡丽双的《春风》、钟子美的《致聪明人》、秀实的《秋扇》、谈耘的《香港故事》、海若的《情绕心间》等13部个人散文诗集，大体展示了当时香港散文诗创作实绩和作家阵容。

香港散文诗界与大陆诗界、出版界的交流也日益增多。2004年，蔡丽双散文诗集《剑气书声》《白云心语》由作家出版社出版，这是香港作家首次在大陆出版个人散文诗集。其后，夏马、张诗剑、孙重贵、文榕等诗人不断在大陆报刊发表散文诗作品，受到读者关注，还有一些诗人的作品在内地散文诗大奖赛中获奖或入选"年度散文诗选"等选本。2006年10月，中外散文诗学会成立大会及第一届理事会在成都双流县毛家湾举行，海梦、张诗剑、夏马当选为主席。这个学会是在香港注册的，促成了香港与大陆散文诗界的一次大汇合，体现了大陆和香港诗人的通力协作。

在推动创作、促进交流的同时，香港散文诗界也非常注重阵地建设。香港散文诗学会2001年创办的《香港散文诗》季刊（其前身为《香港散文诗报》），起到了团结队伍、促进创作、培养新人的作用。它不仅刊登香港本地诗人的作品，也刊登东南亚各国及中国大陆的散文诗作品，是中国大陆以外影响最广泛的一家散文诗刊物。此外，张诗剑担任总编辑的《香港文学报》、蔡丽双担任总编辑的《香港文艺报》、孙重贵担任总编辑的《世界华文诗报》、文榕担任主编的《橄榄叶诗报》等，也以大量篇幅刊载散文诗作品及评论。香港散文诗学会还注重散文诗发展史料的收集整理，组织编写了规模宏大的《中外华文散文诗作家大辞典》（2007年初版，2010年修订再版），共收入684位中国内地、港澳台和海外华人散文诗作家的简介及代表作，这是散文诗发展史上的一项大工程。

在散文诗理论研究方面，香港散文诗界也付出了努力。2000年底，香港散文诗学会在九龙召开"香港散文诗研讨会"，来自中国大陆、台湾及香港的35位诗人、学者参与会议，汇编出版了《香港散文诗研讨会论文集》。这些论文主要讨论了香港散文诗，也有少数文章从宏观上讨论了中国大陆、港台散文诗发展概况，是研究中国散文诗（尤其是港台散文诗）的珍贵文献。

相比于港台，澳门的散文诗作家相对较少，散文诗组织、活动也相对较少。但我们不能说澳门没有散文诗。事实上，郑炜明、高戈、陶里、姚风、苇鸣、贺绫声、袁绍珊等大批诗人都有散文诗作品问世。"澳门文学"、"澳门诗歌"等概念也得到了学界的广泛认可，我们期待人们对"澳门散文诗"这一概念的界定和阐释。

下面，我们试图通过对一些诗人的作品的简单解读，进一步了解当下港澳散文诗的创作队伍及其艺术追求。

夏马是资深诗人，他的作品也许不新奇，甚至在表现上还沿用了几十年前的书写方式，但他对香港历史、文化以及香港和中华文化的关联进行了深入思考。他是懂得历史的诗人，香港的一草一木都能够勾起他的深沉感悟。他在《缆车》中说："古时风月，已不复存，但流连于车道终站的'老衬亭'，或许还可以隐约地勾划出这个留长辫子抬轿的'阿衬'的形象。""一条缆绳，拖拽了百年，负载着时代的荣与辱，滑过今天，走向明天。"诗人将历史与现实融合在一起，甚至关注着未来的发展。在《不屈的山》中，诗人说："应该去读一读大屿山，读一读大屿山的东涌谷。读一读东涌谷中的古城寨，碑石斑驳，乱草萋萋之中，有一尊锈迹斑斑的古炮，至今仍昂首挺立，指向蓝天大海。为这古老的山，铸就了不屈不挠的山魂。"他对灵魂非常看重，一个民族、一个人都是需要灵魂的，因此他呼吁"都来读一读这山吧，在这风云漫卷的时日。"通过这些朴实而真诚的文字，我们读到了诗人的情怀与胸怀。

朱祖仁带给我们的是一道异域风景。诗歌的写法很多，可以用熟悉的方式写陌生，也可以用陌生的方式写熟悉，二者都可以出现好诗。朱先生对两种方式都有所尝试。他在《马来西亚·沙巴的海》中通过大海写下了对于人类自身的认识："这里，一道风景、一处奇观、一种讯息。/这里，也是一种境界、一种拥有、一种幸福、一种永恒。/让人们去体验一种无拘无束的氛围，去享受一次纯自然的洗礼。"通过人与自然的对话，心灵与大海的交流，诗人的心灵获得了净化与提升。陌生的地域在诗人的笔下，给我们提供了具有普视效果的人生体悟。《火烈鸟》勾画了一幅异域风情画。它们的奔波、互助、悠闲都显得那么协调、绅士，这或许就是诗人试图提供给人类的启示。而《迷惘的心灵》写的是几乎所有人都熟悉的一场空难，许多人因此失去了生命。作品没有以廉价的眼泪去展示悲哀，而是以期待、寻找的线索，抒写了人们对失踪者的寻觅与期待，体现出一种悲悯情怀，也体现了对生命的尊重。

钟子美的诗和散文诗都追求表达的精致和意境的建构，又常常于作品中表达她的人生感悟和追求。《玫瑰园的黄昏》细致地抒写了水浮莲，它们在水面上飘来飘去，但最终都会簇拥在一起，诗人感慨："他们生命的底蕴就是浪浮，以浪浮开始，以浪浮结束。这一川宏伟的漂流，是绿色军团的溃散，也是绿色军团的重整再出发。"如果说这还只是体现在浅表的层面，那么诗人由此想到的人类的命运，则将作品的意境提升到了另一个层次："这一川水浮莲，不正是人类移民史的缩影吗？为了生存，为了追求，没有任何力量能够阻挡他们的迁移和行进，沙渚、桥墩不能够，逆流、漩涡也不能够。"诗人感悟到了人类流浪的命运以及艰难，更获得了一种超越的力量："在岸上以目光追随水浮莲流动的我，其实也是流动的一份子。""我读懂了历史和人生永不休止的真谛——生命永不言败的真谛。"永不言败，这是诗人从一池水浮莲身上发现的启迪。《南莲园池，在初夏的雨中》抒写的是诗人对于安静的感悟和思考。诗人说："香港的闲人少，闲心更少。因此整个雨中的园池都让我的目光独占了。"其实不只是香港，现代人都在快节奏的生活中奔波劳碌，他们没有时间去体验人生的真味，而诗人却在一场大雨之中体验到了，"此时，我的游兴也涨满了整整一池。/不肯收住的雨还在淅淅沥沥地低语着。"这样的发现，是诗的、美的，也是和真正的生命情景合拍的。

香港诗人孙重贵、招小波、秀实、文榕、向云、恒虹、吴燕青、刘祖荣、周瀚等都是散文诗界的实力诗人或者潜力诗人，他们关注世界的角度不同，在艺术上的取向不同，但正是这种多元化的追求，构成了散文诗创作的丰富。孙重贵关注历史、文化，试图从中获得反思或者启示，体现出诗人对传统散失的迷茫和弘扬传统的渴望，并由此揭示了诗人对人性之真的思考。招小波善于抓住一些负面的社会现象、生命的陨落等等抒写自己的人生思考，通过一些细节性的描写，于淡然之中显示出一种尖锐，体现了诗人对于正义、公平等话题的关注和思考。秀实的散文诗一直写得比较精致，常常透过一些意象、场景抒写内在的细腻感受，他通过朋友、夜晚甚至蝼蚁这些看似平常的物象，抒写诗人对于人生、世界的体验，体现出一种见微知著的诗美效果。文榕以女性的细腻，与自然对话，与自己的内心对话，借助优美的文字，抒写诗人对爱、美、安静这样一些人生境界的品味，值得我们反复品读。"每个故乡都隐约着一座青山，每座青山都笼罩蒙蒙细雨，每丝细雨都漾着微甜，彷如我梦想的夙念，自始至终，都是淡淡青山后隐去的颜容。"这样的诗句在她的作品中随处可见。向云的作品有一种纯洁的向往，无论是雪域高原的寻觅，还是对鼓浪屿的赞美，都体现出诗人内心的干净。恒虹的作品带有故事性，通过和母亲一起体验太阳之美的经历抒写了自我成长："是的，我应该摆脱母亲那温暖而苍弱的双手的搀扶，独自去追寻那太阳升起的地方。"吴燕青写的是人物，而且是两个身份相差很大的人物，但诗人能够抓住细节，抒写自己对尊严、爱的思考，体现了诗人对于人生向度的思考。刘祖荣的作品从细节出发，抒写诗人对于境界、情怀等问题的感悟。在物质化时代，他看重的更多地是心灵的净化，精神的提升，这是值得我们肯定的。周瀚的作品写的是人性，"疲惫的旅人"可能是某一个人，也可能是任何一个人，写出了人生的奔波劳碌以及没有停歇的命运。这，就或许是现代生活，就是真实的人性。我们是否可以从中看到鲁迅《过客》的影子？

在这些诗人中，澳门诗人只占了两席，但他们的作品却各具特色，值得我们关注。贺绫声的作品具有明显的后现代特色，《网恋》通过对现代技术中的一些机器语言的解读，抒写了对数字化时代的爱、美等话题的思考，揭开了数字化时代的一些神话的秘密；《醉驾》写的是一种非常状态或者超常状态，抒写了诗人对于生与死的思考；《失联》则利用一种看似无聊的状态，写出了人与人之间的隔膜，暗示了人性的冷落。袁绍珊以诗的方式抒写对北京、台北、澳门三地的体验，用情感的脉络将中国的两岸三地联系在一起，使我们体会到了同源文化在不同地域的衍生。在诗人笔下，北京是温暖而有激情的；在台北，诗人通过自我想象和对现实场景的打量，获得了关于幸福的独特思考；而对澳门，诗人真切地感受了它的变化，但这种变化究竟是进步还是后退，诗人并没有完全的把握，于是体现出一种茫然的心态。从这两位诗人的作品中，我们可以感受到澳门的散文诗创作其实是很有特色、很有潜力的。我们期待更多的诗人加入到这个行列中。

总体来说，作为中国散文发展中的重要板块，通过老中青不同年龄诗人的共同努力，港澳散文诗创作以其开阔的视野、多元的文化、多样的笔法，为散文诗的百花园奉献了不少精彩的作品，取得了令人欣喜的成绩。但是，港澳散文诗界在理论研究上还显得相对薄弱，不少诗人在创作上依然延续着既有的路子，在文本上呈现出叙述加抒情的套路，在文体探索、艺术创新、题材开拓等方面还显得动力不足，这有待于诗人们在进一步的交流、碰撞之中，强化散文诗的独创意识和超越意识，为散文诗的发展奉献更多的精品，提供更多的诗学启示。

胡适：新诗革命的战略家

● 骆寒超

胡适，安徽绩溪人。1891年出生于上海。1910年赴美国留学，先上康乃尔大学学农科，后入哥伦比亚大学，转为学哲学，成为杜威实验主义哲学的信徒，获得哲学博士学位。1917年回国，任北京大学文科教授，参加《新青年》的编辑工作，投入新文化运动。该年，他在《新青年》第2卷第五号上发表《文学改良刍议》一文，反响极大。从此他就和志同道合的陈独秀、钱玄同、刘半农等一起，鼓吹白话取代文言从事文学创作，发动了一场以诗歌革新为主要标志的新文学革命。此后，胡适以民主主义和自由主义者的身份出没于学界政坛，曾任民国政府的驻美大使，北京大学校长等职。1962年2月24日在台湾国民党政府的中央研究院院长任上因心脏病突发而病逝。作为集学者、诗人与政治活动家于一身而显得人生道路颇为复杂的一代精英，胡适留给后人这样一个印象：他是中国文化向现代转型期间的关键人物。这个印象来自于他曾参与发起轰轰烈烈的新文化运动，以及还据此而闹出了一场中国新诗革命运动。值得指出的是：发起新文化运动的首要人物是陈独秀，使运动趋向深化的是鲁迅，胡适在这两方面都排不上是唱主角的，唯独闹新诗革命的第一人，非他莫属。因此在我们看来，胡适一生历史中特别鲜亮的一笔应该是这样：他是中国新诗的开山人，百年新诗历程中的第一块路标。值得指出：胡适是个"但开风气不为师"的人物。开风气必须排除旧势力，旧势力却不是随便可以排除的，这就需要革命。胡适为迎接时代新潮而在中国诗坛发起的新诗运动是开风气之举，因而也的确具有革命性意义。那末这场革命运动的突破口是什么呢？胡适找到的是语言，亦即让白话取代文言来写诗。这是1915年的事。今天，中国新诗已走过百年历程，终于能作为汉诗的一个全新品种在中国诗坛生根、抽芽、开花、结果，这等于向世人宣告了胡适当年发起的这场运动没有错。二十七年后的1942年，美国出版了韦勒克和沃伦合著的《文学理论》一书，在《主体和文体学》一章中他们引述了见勒森《英语与英语中的诗》中的一句话："真正的诗歌史是语言的变化史，诗歌正是从这种不断变化的语言中产生的。"还表达了自己的看法："认为诗歌史紧紧依赖于语言，贝特森的观点提出了一个很好的例证。"这些西方诗学家的见解可以推论出如下这点：诗歌的变化发展，是从诗歌语言的变化发展开始的。由此说来这岂不也证实了当年胡适以白话取代文言作为突破口来展开新诗革命是合于科学因而是看得准而选得对的！

不过，也不能不看到：胡适这场以语言变革来推动诗歌变革的认识从自发走向自觉，并把它付之于实践、进而拓展成全方位的新诗革命，可不是一朝一夕灵思勃发所致，而是经历了种种艰难曲折的探求，以及与来自各方面的守旧势力的论战而展开、深化，最后才取得胜利的，这里有一个值得后人来回味的过程。胡适自己称这个过程是"逼上梁山"。这也对，是形势逼着他走的结果。令人称道的是他把得准，能化被动为主动，充分展示出了一个战略家的风采。

"诗国革命"的酝酿

1905-1914年之间，胡适就已在孕育"诗国革命"。

1905年14岁时，胡适在上海读书，就已开始用白话给《竞业旬报》写章回小说。翌年辍学养病期间还读了不少古体诗，并开始学写旧诗。他生性偏爱把情思意绪表达得明白晓畅，因此学写小说用白话，学写诗也爱白居易一路老妪能听懂的诗风。与这种出于自发甚至可说来自于本能的诗美追求倾向相应的，是他不喜欢律诗，特别是杜甫的《秋兴》那一类七律，还对"香稻啄余鹦鹉粒，碧梧栖老凤凰枝"的语言表达大不以为然，认为是"文法不通"。还说七律的那一套起承转合，颈颔联对偶"只有一个空架子"。可见少年胡适就已确立了自己的审美选择是一切表达既要明白亦解又要合乎自然和谐的，而日后他大力提倡采用不同于文言的那类明明白白的语言——白话来写诗，在新诗革命中狠狠抓住白话不放的意念，大概此期间已在他的潜意识中扎下根了。还值得一提：在1906年写的旧笔记——《自胜生随笔》中，他还录有《麓堂诗话》中的话："作诗必使老妪听解，固不可；然必使士大夫读得不能解，亦何故耶？"又录有《南濠诗话》中的话："东坡云：'诗须有为而作。'元遗山云：'纵横正有凌云笔，俯仰随人亦可怜。'"在两则诗话旁边他打了密圈，表明他十分欣赏。这确也可以见出：少年胡适"论诗的旨趣"，不过，更重要的一点是反映着他的个性精神：对于传统，敢于大胆怀疑，敢于自择新路而决不随人后。

从1910年胡适赴美留学，到1917年9月他回国任北京大学教授的这一段时间，胡适渐次形成了并且初步确立了"诗国革命"的大致方案和主攻目标。这场"形成"和"确立"是他和留美中国同学中一股守旧势力激烈论战的结果，时间长达七年。正是这几年，成了他倡导新诗革命运动的关键时期。也是在这一时期，他作为"诗国革命"战略家的风采也已得到了动人的展现。

1910年进康乃尔大学的开始两年，因为没有谈文学、写诗的朋友，所以胡适显得有点寂寞，诗也写得很少。1911年以后，任叔永、杨杏佛等也到了绮色佳。由于志趣相投，有了做诗的伴当，所以"诗炉久灰冷，从此生新火"了。就在这段时间里，胡适读了不少西方文学作品，渐渐地在中西诗学的汇通中，诗歌观念也成熟起来。《藏晖室札记》第二册1914年7月7日的条目下他这样说："近年来作诗，颇能不依人蹊径，亦不专学一家。命意固无从摹仿，即字句形式亦不为古人成法所拘，盖颇能独立矣！"从"字句形式亦不为古人成法所拘"看，他似乎已有对旧体诗那套形式规范作颠覆之意向。不过也未见已抓准主攻方向。一年后的1915年，他为了参加在美中国学生会的年会，写了一篇文章：《如何可使吾国文言易于教授》。《尝试集·自序》中提到此事，胡适就说："那时我已明言'文言是半死之文字，不当以教活文字之法教之'，又说：活文字者，日用语言之文字，如英法文是也；如吾国之白话是也。死文字者，如希腊拉丁，非日用之语言，已陈死矣。半死文字者，以其中尚有日用之分子在也。如犬字是已死之字，狗字是活字；乘马是死语，骑马是活语。故曰半死之文字也。"从这些话中可以看出：胡适对文字有死活之别的关注点还是在日常"交通之媒介"的语言文字本身，和文学尚未挂上钩。并且，也诚如《逼上梁山——文学革命的开始》中所说："我那时还没有想到白话可以完全替代文言。"不过很快他的认识就发生了变化，对死活文字之说的潜在关注点也出现了转移。

事情发生在1915年夏季。那时中国留美同学任叔永、梅光迪、杨杏佛、唐钺都在绮色佳度暑假，大家集在一起常讨论中国文学的问题。在《逼上梁山》中胡适这样说："从中国文言问题转到中国文学问题，这是一个大转变。"由于在讨论中胡适举中国文学作品为例来对文字有死活之分展开论证，遭到最守旧的梅光迪强烈的反对："他绝对不承认中国古文是半死或全死的文字。"因了他的驳斥，促使胡适也深入地对自己的立场作了思考。结果"他越驳越守旧，我倒渐渐变的更激烈了"，以致使胡适说出"中国文学必须经过一场革命这样大胆的话"，"'文学革命'的口号，就是那个夏天我们乱谈出来的"。暑假结束，胡适要转往哥伦比亚大学求学，梅光迪也要转往哈佛大学。即将分别的一天——9月17日，胡适写了首长诗为梅光迪送行，诗中对一个夏天的论争表达了具有总结性的态度："我自不吐定不快，人言未足为重轻"，并且怀着同学的情谊，向论敌作了这样一番抒情：

> 梅生梅生毋自鄙，神州文学久枯馁。
> 百年未有健者起。新潮来之不可止，
> 文学革命其时矣，吾辈势不容坐视。
> 且复号召二三子，革命军前杖马箠。
> 鞭笞驱除一车鬼，再拜迎入新世纪。
> 以此报国未云菲，缩地勘天差可拟。

由于胡适在这首诗里第一次用"文学革命"这个名词，"颇引起了一些小风波"。任叔永看到了这首长诗，就把该诗中一些外国字连缀起来做了首游戏诗，送胡适去纽约："牛敦爱迭生，培根客尔文，索虞与霍桑，'烟土披里纯'；鞭笞一车鬼，为君生琼英。文学今革命，作歌送胡生。"诚如胡适在《逼上梁山》中说的："诗的末行自然是控告我的'文学革命'的狂言。"胡适因此在这一天的日记中有"知我乎？罪我乎"的悲叹，却也不甘心，为此作了如下一首"很庄重的答辞"诗：

> 诗国革命何时始，要须作诗如作文。
> 琢镂粉饰丧元气，貌似未必诗之纯。
> 小人行文颇大胆，诸公一一皆人英。
> 愿共谬力莫相笑，我辈不作腐儒生。

正是这个答辞，把暑期间开始的论争闹大了，焦点集中在首二句：一是把"文学革命"转为了"诗国革命"，二是提出"作诗如作文"的革命方案。第一点是惹出了一场新诗革命运动，第二点则把白话推上了现代诗歌用语的正宗地位。

由此可见1916年几个留学生的论争已升级为论战。胡适认为这一场升级"最激烈，也最有效果"。

一场大论战

一切全从"要须作诗如作文"一句生发开去。值得提出：在对围绕这句诗所展开的争辩作出梳理和评析以前，我们有必要先对"文"这个术语说个清楚。在古典文论中，"文"大而言之指形式，所谓"以文胜质"即指推重形式雕琢而轻视诗思内容，属于一种形式主义的创作现象。"文"小而言之指与诗相对立的散文，"要须作诗如作文"实指诗要写得像散文，而诗性思维是感兴直觉的，散文思维是理性逻辑的，所以对"作诗如作文"的进一步理解还可以认为是标榜宋诗作风：以理入诗。"文"更小一点而言，则指散文语言。这里的"散文语言"指诉说性那种适宜用于散文的白话，它是和吟咏性那种适宜于诗的文言相对的，所以究其实"作诗如作文"是提倡用白话取代文言写诗。此外，我们还须要说清楚一点："以文胜质"或者"有文而无质"中的"文"，一般人——也包括胡适都是反对的，而"要须作诗如作文"中的"文"，一般人也反对，但胡适却是提倡的。由此说来胡适在"文"字上岂不自相矛盾了，其实并不。胡适反对专事雕琢弄得矫揉造作，无丰厚深刻内容——这种形式主义的追求，说反对"以文胜质"中的"文"，无疑是对的。不过他提倡合于散文所具的天然美表现和合于白话那种明白晓畅且给人以真切感的诉说语态表达，都统一在自自然然而全不扭捏作态的情姿神态显现上，由此说来提倡"要须作诗如作文"的"文"，同样值得肯定。只不过中国文论中"文"这个术语包孕性实在太大，弄得模棱两可，以致使胡适使用的"文"有点含浑其辞，也容易让人陷入误解的泥淖。这种误解多少也存在于1916年胡适和他一班留美同学的论战中。

现在就回过头来看。自从胡适赠任叔永的那首"诗国革命何自始？要须作诗如作文"的诗在留美同学中传开后，虽有过一段短暂的停战或沉默，但到1916年初，论战全面爆发了。梅光迪率先驳斥，提出"诗之文字"与"文之文字"从来是分道而驰的。还说"若是改良'诗之文字'则可，若仅移'文之文字'于诗，即谓之革命，则不可也"，因为——在梅光迪看来，"吾国求诗界革命，当于诗中求之，与文无涉也"。这话任叔永很赞同。在《逼上梁山》中胡适坦言：当时"我觉得自己很孤立"，不仅感到孤立，更感到委屈，因为朋友们不理解"我的主张不仅仅是以'文的文字'入诗"，还有更多内容含在其中的。因此二月三日回复任叔永的信中明白地说了一番话，认为自己是对"今日文学大病在于徒有形式而无精神"才有感而发的；亦即对"徒有文而无质，徒有铿锵之韵，貌似之辞而已"而发的。为此，他提出："今欲救此文胜之弊，宜从三事入手：第一须言之有物，第二须讲文法，第三当用'文之文字'时不可避之。"还说"二者皆以质救文胜之弊也"（注意，这里的"文胜之弊"与"文之文字"中的"文"虽是同一个字，但前一"文"指的是形式，后一"文"则指散文的文字）。

值得指出：胡适对于用什么办法才能救"文胜质"之弊所提的主张中有一点很可注意。如他自己所说："只敢说不避文的文字"，却"还没有敢想到白话上去"。为什么没有敢朝这方面去想呢？恕今天的我们推测：梅光迪和任叔永所抓住不放的"诗之文字"与"文之文字"必须有区别一说，完全合于诗学本体的质的规定性，胡适不会不知道，他虽欲矫枉过正，但真要理直气壮地推翻这一说法，还是有所顾虑的，更何况要把"文之文字"的"文"具体说成是白话，一时间就更有点不敢去冒这个险了。不过，胡适"不避文之文字"虽自己也认为是"胆小的提议"，但他这样做也自有另一番打算的，诚如1916年2月3日他在日记中所说："吾所持论，固不徒以'文之文字'入诗而已。然不避'文之文字'，自是吾论诗之一法。"这透露着如下一点：他"这样胆小的提议"其实是一种策略，为的是以守为攻。所以当任叔永在2月10日给他的信中说"吾国文学不振，其最大原因乃在文人无学，救之无法，当从绩学入手，徒于文字形式上的讨论，无学也"时，他感到把不避"文之文字"的"胆小提议"改为不避俚语白话的时机已成熟。这个成熟的时机就在于经他略作一守，竟然诱得梅光迪、任叔永把自己话题的弱点暴露出来了。在《逼上梁山》中胡适就道出了他们这种弱点："他们都不明白'文字形式'往往是可以妨碍束缚文学的本质的。'旧皮囊装不得新酒'是西方的老话。我们也有'工欲善其事，必先利其器'的古话，文字形式是文学的工具；工具不适用，如何能达意表情？"经这一番分析，自己倒也进一步悟到了如下一些内容："一部中国文学史只是一部文字形式（工具）新陈代谢的历史"，"文学的生命全靠能用一个时代的活的工具来表现一个时代的情感与思想，工具僵化了，必须另换新的，活的"。从而使提出了一个新看法：

> 历史上的"文学革命"全是文学工具的革命。

这看法真令人振聋发聩！随之他进一步结合中国文学史演进的情况展开思考，认清了"中国俗语文学（从宋儒的白话语录到元朝、明朝的白话戏曲和白话小说）是中国的正统文学，是代表了中国文学革命自然发展的趋势的"。到这时，胡适才敢于理直气壮地向梅光迪、任叔永等朋友以及世人作这样的宣告：

> 中国今日需要的文学革命是用白话替代古文的革命。

这个宣告记在《逼上梁山》一文中，当初却回荡在与他论战的留美同学的心中。并且，意想不到的是最守旧的梅光迪，由于"究竟是研究过西洋文学史"的，竟也深表认同，认为胡适此论"甚启聋聩"，并致书说："文学革命自当从'民间文学'入手，此无待言。唯非经一番大战争不可。骤言俚俗文学，必为旧派文家所讪笑攻击。但我辈正欢迎其讪笑攻击耳！"胡适读信后说："真叫我高兴，梅觐庄也成了'我辈'。"这岂不反映着胡适提出的白话取代文言作为突破口的文学革命已得到与他对垒的朋友们的认同了！在无比兴奋中，胡适于1916年4月13日写了一首《誓诗》，后半首说："文章革命何疑？且准备搴旗作健儿。要前空千古，下开百世；收他真腐，还我神奇！为大中华，造新文学，此业吾曹欲让谁？诗材料，有簇新世界，供我驱驰！"好狂的口气，却很真诚。

不过也诚如梅光迪在上述信中认胡适与自己是"我辈"的同时所说的，一代文学要想从俚俗文学入手作革命性变化，是"非经一番大战争不可"的，而胡适终于找到以白话取代文言为突破口的文学革命，确也还是免不了"一番大战争"。可不是吗，这场"大战争"的来势就快得"战争"还未正式在"我辈"与"旧派文家"之间发生，却在刚认了"我辈"的圈子内部先干起来了：胡适与梅光迪、任叔永之间，又继续论战起来。

这一仗从白话取代文言为文学语言正宗这个话题的论争起始，打得又返回到"诗国革命"上来，终于闹出一场轰轰烈烈的新诗革命运动。可以说这是白话文学革命的深入。至于把刚停歇不久的论战重又开张，而且比"要使作诗如作文"引起的论战更具体更集中也更激烈的第二次论战，其起因则如同胡适在《提倡白话文的起因》一文中所说的："完全是一件偶然事件。"在《逼上梁山》中则说得具体一点，说他1916年7月初路过绮色佳回纽约不久，"绮色佳的朋友们遇着了一件小小的不幸事故，产生了一首诗，引起了一场大笔战，竟把我逼上了决心试做白话诗的路上去"。

事情原来是这样的：七月八日这一天，任叔永、梅光迪、杨杏佛、陈衡哲等在凯约湖划船，近岸时船翻了，又遇上大雨，虽没有伤人，但衣服都湿了。后来任叔永做了首长诗，寄到纽约给胡适看。由于诗里有"言棹轻楫，以涤烦疴"和"猜谜赌胜，载笑载言"等句，胡适不满意，认为"言棹轻楫"之"言"字和"载笑载言"之"言"字"皆系死字"，而"猜谜赌胜，载笑载言"两句则不相称"上句为二十世纪之活字，下句为三千年前之死句"。这批评不仅任叔永不服，更触怒了正在绮色佳度暑假的梅光迪，写信来痛驳说：

> ……夫文学革新，须洗去旧日腔套，

务去陈言，固矣。然此非尽屏古人所用之字，而另以俗白话代之之谓也……足下以俗语白话为向来文学上不用之字，骤以入文似觉新奇而美，实则无永久价值，因其向来未经美术家之锻炼，徒诿诸愚夫愚妇，无美术观念者之口，历世相传，愈趋愈下，鄙俚乃不可言。足下得之，乃矜矜自喜，眩为创获，异矣……总之，吾辈言文学革命，须谨慎以出之。尤须先精究吾国文字，始敢言改革。欲加用新字，须先用美术以锻炼，非仅以俗语白话代之即可了事者也。

对梅光迪的这一番驳斥，胡适在《尝试集·自序》有句评语是"说了一些没有道理的话"。

平心静气而言梅光迪的驳斥，从诗学的角度看并非没有道理，而是对的。不过他在新旧文学搏斗的关键时刻说这番话，未免书生气太足，犯了个时间性错误。正是求生存的关键时刻，新兴的"活文学"——也包括诗，要想战胜陈腐的"死文学"——也包括旧诗，从搏斗的战术上考虑，必须寻找突破口。在胡适看来，只有以白话取代文言作为突破口才行，至于以白话作为诗性语言，没有诗性文化传统，缺乏美术的锻炼，这说法固然对，但总得慢一步解决，得先把生死存亡的大局定了再作考虑的。所以，如果不从战术需要上着眼，把精力施于批倒白话缺乏美术锻炼，把首先得战胜陈腐的旧文学这件大事于不顾，那可是对文学革命犯了罪。由此说来，在这关键时刻只求以白话取代文言而暂不去顾及其它的做法，能说不对吗？由于胡适是毫不动摇地站在这个高度上的，所以退一步说：他即便觉得梅光迪的驳斥有理，也是决不让步的。于是他，依然在文字有死活之分上做文章，欲率先求取白话取代文言的这场工具革命获得胜利，至于其它的事，以后再说。为此，他于7月22日写了一首一千多字的白话游戏诗回答梅光迪，其中有这样的言说："文字没有雅俗，却有死活可道。/古人叫做欲，今人叫做要；/古人叫做至，今人叫做到；/古人叫做溺，今人叫做尿，"在他看来这本是同一个字，只不过声音稍许变了变，所以不存在雅俗之分。当然还有些情况如"古人叫字，今人叫号；古人悬梁，今人上吊"，在他看来"古名虽未必不佳，今名又何尝不妙"；至于还有些情况，像"古人乘舆，今人坐轿；古人加冠束帻，今人但知戴帽"，在他看来"若必帽作巾，叫轿作舆，岂非张冠李戴，认虎作豹"。这是一个"诗国革命"战略家智慧作用下的一场策略性言说。这种在轻松活泼的语调中展开的言说实是在向世人宣告：从历史进化观念出发来看待时代进化中的文学语言，确是有死活可道的。最后这样写：

今我苦口哓舌，算来却是为何？
正要求今日的文学大家，
把那些活泼泼的白话，
拿来锻炼，拿来琢磨
拿来作文演说，作曲作歌；
出几个白话的嚣俄，
和几个白话的东坡，
那不是"活文学"是什么？
那不是"活文学"是什么？

这个被胡适自己说成是"有意试做白话诗"的文本，虽还算不得是诗，却也渗透着真情，语重而心长，充分显示出一位高瞻远瞩的"诗国革命"战略家的风度，而以白话取代文言必不容怀疑的阵脚也守得很牢。

但梅光迪、任叔永的再次还击也是不可小觑的，梅光迪七月二十四日即回信，劈头就说："读大作如儿时听莲花落，真所谓革尽中外人之命者！足下诚豪健哉！"挖苦之后又说，西洋诗界"若足下主张革命旗者，亦数见不鲜"，而他们"皆喜以

'前无古人后无来者'自豪；皆喜诡立名字，号召徒众，以眩世人之耳目，而已则从中得名士头衔以去焉"。这就颇有指桑骂槐意味了。任叔永也在同一天回信，先来个总体判断"足下以此次试验之结果，乃完全失败是也。盖足下所作，白话则诚白话矣韵则有韵矣，然不可谓之诗。"随即说："如凡白话皆可为诗，则吾国之京调高腔，何一非诗，乌呼适之！吾人今日言文学革命，乃诚见今日文学有不可不改革之处。非特文言白话之争而已……以足下高才有为，何为舍大道不由，而必旁逸斜出，植美卉于荆棘之中哉！"他们对这首游戏的白话诗的否定，胡适虽"当时颇不心服"，但过后想想也觉得作为诗本身"没有多大价值"，但却因它的遭到批评竟"逼得我不能不努试做白话诗"了。这是因为梅光迪的诗中还有这样的话："文章体裁不同。小说戏曲固可用白话，诗文则不可。"任叔永的信中也说："要之，白话自有白话用处（如作小说演说等），然不能用之于诗。"这使胡适感到兴奋，受到鼓舞，因为——诚如他在《逼上梁山》中所说的："白话文学在小说词曲演说的几方面，已得梅任两君的承认了……现在我们的争点，只在'白话是否可以作诗'的一个问题了。"白话文学的作战，在他看来"十仗之中，已胜了七八仗。现在只剩一座诗的壁垒"，所以他"打定主意，要作先锋去打这座未投降的壁垒"。

尝试用白话写诗

在胡适心中，这就有了尝试写新诗的打算。

当然，这打算并不单纯来自于梅光迪、任叔永说白话用之于诗不可的一逼而在气头上作出来的。作为"诗国革命"战略家的胡适毕竟深谋远虑，还有更高的战略层次上的考虑。在《逼上梁山》一文中他谈了如下两点：

一、为了证明白话可以做一切文学的工具。在胡适眼中梅光迪、任叔永等其实也都赞成"文学革命"，都"诚见今日文学有不可不改革之处"，但胡适同时也看出"他们赞成的文学革命，只是一种空空洞洞的目的，没有具体的计划，也没有下手的途径"——找不到突破口。而当胡适提出一个具体的方案，即以白话取代文言做一切文学的工具——或者说作为文学革命的突破口时，受旧文学审美传统影响很深的他们又接受不了，因此不赞成了，表面的理由是"文学革命决不是'文言白话之争而已'"，还有文学革命应该有的"他方面"，而这才应该是"大道"，但"究竟那'他方面'是什么方面"，"究竟那'大道'是什么道"，他们又都说不出来，"他们只知道决不是白话"！既然如此，那么就让十分之七八已证实可以作新兴文学工具的白话也用来写诗，试试看能否证明白话可以做一切文学的工具。

二、为了证明白话必须做一切文学的工具。在前面我们已提到胡适还有个观点："历史上的文学革命完全是文学工具的革命。"所以他倡导的"文学革命"有个步骤：从抓"文学工具"开始，在《逼上梁山》中他谈到决定用白话尝试写新诗时特别强调如下这点："我也知道光有白话算不得新文学，我也知道新文学必须有新思想和新精神，但是我认定了无论如何，死文字决不能产生活文学。若要造一种活的文字，必须有活的工具，而现在小说戏曲中已证明了白话最配做中国话文学的工具"，那就"必须先把这个工具抬高起来"，因为有了新工具，我们方才谈得到新思想和新精神等等其他方面。所以，当白话已被人承认可以作小说戏曲了以后，胡适进一步看到了这点：非得"要用白话来征服诗的壁垒"不可，这意义不仅在于试验白话诗是否可能，还在于为了彻底全面地证实"白话可以做中国文学的一切门类的唯一工具"。

　　有了这些认识后，胡适的紧迫感更强，底气也更足了，在七月二十六日致任叔永的信中就说："吾志决矣。吾自此以后，不更作文言诗词。吾之《去国集》乃是吾绝笔的文言韵文也。"

　　于是胡适从1916年7月定下未来的白话新诗集名字——《尝试集》，并正式投入以白话写诗起始，而到1917年9月回国到北京的一年多时间中，他已写成白话诗一小册子了。朋友圈中的反映如何呢？在《尝试集·自序》中他说：

　　我初回国时，我的朋友钱玄同说我的诗词未脱尽文言窠臼，又说"嫌太文了！"美国的朋友嫌"太俗"的诗，北京的朋友嫌"太文"了！这话我初听了很觉得奇怪。后来平心一想，这话真是不错。我在美洲做的《尝试集》，实在不过是能勉强实行了《文学改良刍议》里面的八个条件，实在不过是一些刷洗过的旧语！这些诗的大缺点就是仍旧用五言七言的句法。句法太整齐了，就不合语言的自然，不能不有裁长补短的毛病，不能不时时牺牲白话的字和白话的文法，来牵就五七言的句法。音节一层也受很大的影响，第一，整齐划一的音节没有变化，实在无味；第二，没有自然的音节，不能跟着诗料随时变化。

　　这段话表明胡适在这一年多时间里"尝试"白话写诗所反映出来的，是他尝试写白话诗时光是抓白话、而且是只抓白话词语而并不同样去抓白话所具有的比较合于自然的句法，唯其如此，才使这一小册子里基本上只是一些用白话词语纳入五七言句法里写成的白话诗。这样的白话诗的确正好同上引他自己所说的，不过是刷洗过的旧诗。看来他还没有意识到既然诗创作中重视白话，那末与白话相应合的新体式尤其值得重视，而若要想重视新体式则必须先把一切束缚自由的枷锁镣铐——五七言的古风、律绝或各种词牌所规定的旧格律体式彻底丢弃。可是胡适没这样干，一年多时间里尝试写作的白话诗竟然体式不变，依旧是些白话旧体诗词而已。样品就是发在1917年《新青年》2卷6期的白话诗八首和3卷4期的"白话词"，不仅他人失望，连他自己也感到失望。问题在哪儿呢？在于胡适太看重白话而无视其它方面了。这里不妨提一提1917年1月初胡适在《新青年》上发表的《文学改良刍议》。这篇论文是关于新诗形态建构的重要文献，是新诗尚未成型时胡适对中国文学——主要是中国诗歌的一番现实审视和未来设想之中所要提出改良的"八要"。其中"须言之有物"，"不摹仿古人"，"不作无病之呻吟"这三"要"涉及中国文学（主要是诗）的内容问题，而其它五"要"包括"须讲求文法"、"务去烂调套语"、"不用典""不讲对仗"、"不避俗字俗语"涉及的则是形式问题，并且只涉及形式问题中的语言而已。这"五要"所导致的语言则只能是白话。试想想：改良中国文学特别是中国诗歌的八个方面中竟然有五个方面是属于语言——也就是白话的，足以见出他对"诗国革命"中形式方面的"改良"所看到的只是语言，亦即把改良语言的目标只定位在白话取代文言这一点上，根本没有对极有必要打碎旧格律镣铐即对体式进行改良这类问题作考虑。仅此一例足以证实胡适实在太看重白话而不及其余了。这种"偏至"，当年就引起过异议。1917年5月1日出版的《新青年》上刘半农发表了《我之文学改良观》，针对的是胡适在《文学改良刍议》中"谓古人之文"——亦即采用文言写作之"文"不当摹仿提出了不同的看法，认为自己有"较胡君更进一层"的看法，这样说：

　　……胡君仅谓古人之文不当摹仿，余

则谓非将古人作文之死格式推翻,新文学决不能脱离老文学之摹仿窠臼……吾辈心灵所至,倅可随意发挥,万不宜以至灵活之一物,受此至无谓之死格式之束缚。

刘半农旗帜鲜明地向"诗国革命"中那种白话拜物教显现的"偏至"提出异议,无疑使胡适吃一惊的。更何况刘半农这篇展示自己"文学改良观"的文章在提出异议后,顺势提出一个对"诗国革命"来说至关重要的建设性主张,这样说:

……尝谓诗律愈严,诗体愈少,则诗的精神所受之束缚愈甚,诗学决无发达之望。试以英法二国为比较,英国诗体极多,且有不限音节不限押韵之散文诗。故诗人辈出,长篇记事或咏物之诗,每章长至十数万字,刻为专书行世者,亦多至不可胜数。若法国之诗,则戒律极严,任取何人结果观之,决无敢变化其一定之音节,或作一无韵诗者。因之法国文学史中诗人之成绩决不能与英国比。

这段话不是立足于"破",而是立足于"立",提出"诗国革命"除了以白话取代文言外,更要"增多诗体"的主张。他认为胡适这时尝试用白话的"白话诗八首",如《朋友》《他》,虽有"建设新文学的韵文之动机",但"倘将来更能自造或输入他种诗体,并于有韵之诗外,另增无韵之诗",在他看来"则在形式一方面,既可添出无数门径,不复如此前之不自由"了。他还多少带点言外之意地说:"吾辈岂无五言七言之外更造他种诗体之本领耶!"这显然是婉转地批评了胡适那些传统旧格律体式没有打破的"白话诗"。而他自己则率先身体力行,既采用白话又往"增多诗体"的路上走了起来。1917年10月他写了有韵的长短句自由体诗《相隔一层纸》、《题小慧周岁日造像》,12月写了"不限音节不限押韵"的散文诗《其实》《案头》。

战略调整:诗体大解放

刘半农对胡适的这种批评,以及他"增多诗体"的"尝试",无疑触动了对"诗国革命"情势十分敏感的胡适,作为一个战略家,他立即领会到自己在"诗国革命"中只看到以白话代替文言一面的偏颇,以及由这偏颇带起的自己这一场"尝试"的失误。于是他决定作战略调整,在"尝试"写白话诗中不声不响地打破了旧格律体式,且同刘半农一样悄悄儿在"增多诗体"上下功夫,比刘半农略迟一点,于1917年11月至12月之间写出了押韵的长短句自由体诗《一念》《人力车夫》《老鸦》,一扫五七言句法和词曲体式。从而,也就有了1918年1月出版的《新青年》4卷1号上的胡适、刘半农、沈尹默三人合成的九首白话新体诗出现,以这第一批样板文本而宣告了新诗这一新品已在中华诗国破土而出。

胡适这一场"诗国革命"的战略调整,不仅对他自己"尝试"写新诗意义重大,而且对他倡导的"诗国革命"运动具有了转折性的意义。怀着战略家高瞻远瞩目光的胡适在领导这场运动中,终于把作为"诗国革命"突破口的白话取代文言提升为"诗体大解放"了。在《尝试集·自序》中,胡适提到了他"尝试"写白话诗的战略调整,这样说:

……我到北京以后所做的诗,认定一个主义:若要做真正的白话诗,若要充分采用白话的字,白话的文法和白话的自然音节,非做长短不一的自由诗不可。这种主张,可叫做"诗体的大解放"。

应该说这段话虽隐匿了刘半农对他的批评和刘半农率先在创作实践中探求"增多诗体"对他的启发,只说是他到北京以后自己的"认定",但他自有战略家的智慧,一经受到刘半农的启发,他又悟得在这场"诗国革命"的革命关键时刻,建设性意见虽重要,但新兴力量必须彻底打垮旧传统才是当务之急,因此胡适上引的话在把自己的新"主张"概括为"诗体的大解放"后,他又一次从战略高度出发引申出如下一段话:

……诗体的大解放就是把从前一切束缚自由的枷锁镣铐,一切打破:有什么话,说什么话;话怎么说,就怎么说。这样方才可有真正的白话诗,方才可以表现白话的文学可能性。

他竟然不把诗体的解放从获得写诗特别自由上强调,强调的是对旧传统能因此彻底摧毁,是深懂不破不立之道的。可见他始终不忘这是一场"诗国革命"而不是旧事物的修修补补,再次显示出他的战略高度。至于这段话的最末一句,也再次显示出胡适始终是牢牢守住白话取代文言这个阵脚的,只不过此时此刻他已把白话取代文言提升为诗体大解放了。

于是在诗体大解放的旗帜下,不仅有胡适自己在《尝试集》第二、第三编中白话新体诗的成功尝试,也有刘半农、沈尹默、唐俟(鲁迅)、俞平伯、陈衡哲、沈兼士、周作人、康白情、傅斯年、罗家伦、叶绍钧、顾诚吾、裴庞彪、王光祈、田汉、周无、宗白华等在这方面相当可喜的探求。一时间具有"破"字当头旨趣的这个"诗体大解放"成了诗坛最为热门的话题,这个话题发展开去,则竟然跳过胡适原初为了打破旧体诗格律束缚的目的,把诗体大解放纳入进反对一切形式规范的轨道。康白情在《新诗底我见》中就说:"新诗破除一切桎梏人性底陈套、只求其无悖诗底精神罢了。"那是后话。

作为"文学革命"或"诗国革命"的倡导者,胡适有一个坚定不移的认识。

《逼上梁山》一文中他谈到 1916 年 2 月和梅光迪等留美同学间引发首次大论战时自己所树立的一个固执念头:"他们指(梅光迪等)都不明白'文字形式'往往是可以妨碍束缚文学的本质的。"正是这个念头,使他为这场革命确立起了这样一个战略方针性的认识:文字形式(文体或诗体)是文学(诗)的工具,只有当工具更新了,诗体解放了,一个时代的情感与思想——丰富的现实内容才能得到充分而真切地表达。既然"诗国革命"第一步——诗体解放已全面展开,那么第二步——大力抒唱全新的时代精神与丰富的社会内容岂不也得立即跟上去?是的,倡导"诗国革命"的胡适早就在作准备了,且于 1918 年初夏就写出了《易卜生主义》一文,全力提倡已拥有白话新体这一现代抒情工具的新诗,有必要也必须把个性解放的时代精神内容充分表现出来,因为"社会最大的罪恶莫过于摧折个人的个性,不使他自由发展"。胡适再一次显示出他作为战略家的风采,并赢得了有识见的友人的喝彩响应,周作人于 1918 年底写了《人的文学》一文,提出文学革命到这份儿上就得来表现为旧文体从来没法得以表现的灵肉结合的人,全力来抒唱旧诗体抒唱不出来的个人主义的人间本位主义精神。1919 年 3 月又发表了《思想革命》一文,提出"文学革命上,文字改革是第一步,思想改革是第二步,却比第一步更为重要。我们不要对于文字一方面过于乐观了,闲却了这一面的重大问题。"紧接着傅斯年在 4 月间写了《白话文学与心理的改革》一文,提出:既然诗体解放了,就得;利用以白话新体更新的工具去开辟"人荒。"他称白话新体的工具为介壳,开辟"人荒"的内容为内心,然后说:"大家快快的再跳上一步——从白话文学的介壳,跳到白话文学的内心;用白话文学的内心,造就那个未来的真正中华民国。"所有这些言论,都是在胡适的文学革命或

"诗国革命"战略方针指引下的产物。

于是，一场新诗革命运动终于全方位地轰轰烈烈展开了。

1919年10月，擅长于抓时机的胡适写出了长文《谈新诗》，为这场新诗革命运动作了总结。文中颇表扬了一些白话新体诗，且把这些诗中生活内容的丰富、情绪感受的真切，思想境界的高远都和诗体解放挂起钩来，说"新诗中的第一首杰作"——周作人的《小河》"那样细密的观察，那样曲折的理想，决不是那旧式的诗体词体所能达得出的"，说自己的情诗《应该》那种"意思神情都是旧体诗所达不出的"，说康白情的《窗外》中"这个意思，若用旧体诗，一定不能说得如此细腻"，说傅斯年的写景诗《深秋永定门外晚景》"若不用有标点符号的新体，决做不到这样完全写实的地步"，说俞平伯的《春水船》"这样朴素真实的写景诗乃是诗体解放后最足使人乐观的一种现象"。然后他又把这些诗的成就归结于一点："都可以表示诗体解放诗的内容之进步。"正是在这种成功的现实经验面前，胡适为他所倡导的这场新诗革命运作出了这样的生存定位与价值判断：

……新文学的语言是白话的，新文学的文体是自由的，是不拘格律的。初看起来，这都是"文的形式"一方面的问题，算不得重要。却不知道形式和内容有密切的关系。形式上的束缚，使精神不能自由发展，使良好的内容不能充分表现。若想有一种新内容和新精神，不能不先打破那些束缚精神的枷锁镣铐。因此，中国近年的新诗运动可算得是一种"诗体的大解放"。因为这一层诗体的解放，所以丰富的材料，精密的观察，高深的理想，复杂的感情，方才能跑到诗里去。五七言八句的律诗决不能容丰富的材料，二十八字的绝句决不能写精密的观察，长短一定的七言五言决不能委婉达出高深的理想与复杂的感情。

这番话真可谓一锤定音，是有深远的历史意义的。

翌年五月，胡适出版了《尝试集》。这是百年中国新诗史中的第一本个人新诗专集，也是"白话诗的试验室"里提供的第一份试验报告。这份"报告"正是按上引《谈新诗》一文所概括出来的那个新诗革命战略方针"尝试"性写出来的成果。

到此，历史也就为胡适倡导的新诗革命运动打上了句号。

2016.11.11.上午写毕

"群体性呼唤"与"新诗戏剧化"

——艾青抗战叙事诗的艺术探索

●邱景华

一

新诗史上,对艾青抗战诗歌的认识和评价,几经变易。早期是誉为杰出的现实主义诗歌,因为它反映了伟大的抗战时代,并以此确定艾青在诗坛泰斗的地位;新时期以来,诗界的评价标准发生重大变化,认为中国现代主义诗歌的艺术价值,高于现实主义诗歌,并以此贬低艾青的抗战诗歌。诗界曾经有一种观点,认为:抗战阻碍了新诗现代主义的发展。言外之意,就是说艾青抗战诗歌于现代主义无缘。

与此同时,随着穆旦研究热的升温,有的研究者把穆旦推上中国现代主义诗歌的首席代表之位。在大捧穆旦的同时,又伴随着大贬艾青,一度成为诗界的时尚话题。

但是,随着青年穆旦的两篇诗评佚文被发现,出现了令捧穆旦贬艾青的研究者惊讶的历史事实:1940年3月和4月,穆旦在两篇诗评中,赞誉艾青《吹号者》和《他死在第二次》,是他所提倡"新的抒情"的榜样。(《火把》创作于1940年5月,所以未提及。)而对卞之琳的《慰劳信集》则有所批评。①

按新时期曾经流行的观点:卞之琳和冯至,是中国现代主义诗歌之父,是"九叶派"的导师;艾青作为"落伍"的现实主义诗歌的代表,则不属于现代主义诗歌之列。但令人不解的是:被誉为中国现代主义诗歌首席代表的"九叶"诗人穆旦,为什么要批评现代主义之父卞之琳,而赞扬现实主义诗人艾青?

穆旦这两篇诗评,是把艾青的诗集《他死在第二次》和卞之琳的诗集《慰劳信集》相比较,并阐述他所提出的"新的抒情"诗学。青年穆旦虽然深受英美现代主义诗歌的影响,但他深刻地感悟到抗战时代所需要的审美理想,认为抗战诗歌,不能学艾略特所提倡的玄学诗的机智,以"脑神经的运用代替了血液的激荡……"而应该是:"为了表现社会或个人在历史一定发展下普遍地朝着光明面的转进,为了使诗和这时代成为一个感情的大谐和,我们需要'新的抒情'!这新的抒情应该是,有理性地鼓舞着人们去争取那个光明的一种东西。"应该有:"强烈的律动,洪大的节奏,欢快的调子——新生的中国是如此,'新的抒情'自然也该如此。"②

这就是穆旦所提倡的"新的抒情",一种具有现代诗艺的"群体性呼唤",能给读者带来强大的情感激荡的力量,能鼓舞读者投身到抗战的洪流中去。

按常理,当年艾青诗歌在抗战中国影响更大的是1939年初出版的《北方》诗集,《他死在第二次》诗集是1939年11月出版。穆旦为什么不以《北方》诗集作为"新的抒情"的范本,却推崇《他死在第二次》?

这是因为《北方》诗集是抒情诗,而诗集《他死在第二次》中所收的《吹号者》和《他死在第二次》则是叙事诗。这两首叙事诗采用"新诗戏剧化"的手法,并且创造性地把叙事和抒情相融合,形成一种深沉有力、鼓舞人心的"群体性呼唤"。由于当年青年穆旦深受英美现代派诗歌"戏剧化"的影响,同时,也在思考如何用"戏剧化"来表现本土的抗战题材。而艾青的这两首叙事诗,正好提供成功的范例。深谙英美现代主义诗艺的穆旦,对艾青这些用"新诗戏剧化"表达"群体性呼唤"的抗战叙事诗那种创造性特色心领神会,并予以学习与吸收。随后创作的《在寒冷的腊月的夜里》和《赞美》,就明显受到艾青的启示和影响。

卞之琳的《慰劳集》虽然也是采用"戏剧化",但是受奥登《战地行》的重大影响,采用"机智"手法,来表现抗战题材。《慰劳信集》并不是没有"抒情",也充满着对抗战人物的赞美。但由于卞之琳性格内敛,不喜欢在诗中表现奔放的激情,而选择更适合表达理性思考的十四行体。所以,《慰劳信集》缺少一种波澜壮阔的"群体性呼唤",缺少"新的抒情",这就是穆旦批评卞之琳的理由。

确实,在当年的抗战中国,《慰劳信集》与艾青的抗战诗歌相比,所产生的社会影响,是有限的;不像《北方》《吹号者》《火把》那样,曾经鼓舞着众多的青年走上抗战前线。

青年穆旦的慧眼提醒我们:艾青抗战叙事诗并不是"现实主义叙事诗",那种以现成理论为依据,在新诗创作中寻找证据的研究,永远无法理解和接近大诗人的艺术奥秘。

抗战爆发后,"一切为了抗战",曾经是文艺界压倒一切的共识和中心任务。于是,为了配合抗战,"标语口号诗"曾一度流行并发展到极致。对此,青年艾青极为反感和不满,并努力探索一种新的现代诗。抗战时代需要热血沸腾的激情,需要诗歌鼓舞民众去追求中华民族的光明和希望。一句话,需要激荡心灵和情感力量的"群体性呼唤"。但"群体性呼唤",又不是抒情诗口号似的呐喊。新诗发展到1930年代,已经形成"新诗戏剧化"的传统。但"新诗戏剧化"的客观性和间接性,又与"群体性呼唤"的主观激情相矛盾。青年艾青,正是在这两难的艺术矛盾中,创造出一种抗战时代的新诗艺:用"新诗戏剧化",融合象征手法,表达"群体性呼唤"。

"新诗戏剧化"作为一种诗学理论,虽然是袁可嘉1946年提出来的。但"新诗戏剧化"作为一种艺术实践,作为一种对新诗抒情诗过度滥情和感伤的纠正和调节,则是从闻一多的《死水》开始、中经徐志摩,再到卞之琳《鱼目集》,已经有了近二十年的探索和实践。艾青抗战诗歌也受到这种新诗"戏剧化"风气的影响,同时,还接受戴望舒的启示。戴望舒师承法国后期象征主义,又有新的创造,用现代口语,把象征主义的晦涩和神秘,变成单纯而明朗。如《乐园鸟》《寻梦者》,以整体的象征来抒情。1930年代的新诗,戴望舒是主情的代表,卞之琳是主知的代表。艾青显然也是偏于主情这一路,接受和发展了戴望舒"散文化"的主张,同时又根据抗战时代的审美需要,采用"戏剧化",把叙事和抒情融合一体。要言之,艾青是在新诗传统的基础上,加以创新和发展。

袁可嘉认为:必须严格区别"新诗现代化"与"新诗西洋化"的差别,后者是横向的移植,前者则是在新诗传统的内部发展产生出来的。③艾青抗战诗歌的"戏剧化",就是"新诗现代化",表现出更多的本土性和原创性,所以不是"新诗西洋化"。而那些认为"新诗现代化"就是

"新诗西洋化"的学人,自然无法认同艾青抗战诗歌的现代性。

总之,抗战不但没有阻碍艾青现代诗歌艺术的发展,反而是提供了历史机遇,使艾青在"新诗现代化"中,全面展示他的创造天才。那种认为抗战阻碍了中国现代主义诗歌发展,认为艾青抗战诗歌与中国现代主义诗歌无缘,是明显偏颇,是研究者从主观片面的逻辑中推导出来的,并不符合新诗的历史真实。

二

艾青的抗战诗歌,主要是由抒情诗和叙事诗构成的;并有一个从抒情诗演变为叙事诗的发展过程。促使这两种诗体演变的内在审美原因和艺术追求是什么?

1932年,艾青从法国回国。他不仅是一个受法国超现实主义影响的留法艺术家,而且也是一个认同左翼思想的激进青年。回国后,艾青在上海从事左翼美术活动时被捕并被判决入狱。在狱中,艾青无法画画,转为诗歌创作。愤怒和抗争成了他诗歌的主调。于是,观念和激情的表达,使艾青远离了法国超现实主义,而选择了惠特曼的浪漫主义句法,写出了成名作《大堰河——我的保姆》。诗中虽然充满了艾青"童年记忆"中的各种生动的写实意象,但由于采用了惠特曼的排比抒情句法,还不能构成完整的画面和艺术境界。

《大堰河——我的保姆》虽然在当时影响很大,但在艺术上还有待于提高,它是艾青的成名作而不是代表作。艾青前期抒情诗的代表,是抗战初期创作的《北方》《雪落在中国的土地上》《向太阳》。在这些诗中,一个重要的艺术变化,就是象征手法的运用,意象不仅构成画面,而且画面又是象征,这是受法国后期象征主义的影响。但这种象征手法的不断增强,是抗战时代的审美需要。因为诗歌的象征,特别是整体象征,具有普遍性的暗示和号召力。一言以蔽之,抗战时代的诗歌,需要能唤起群体的激情和力量,而象征,正是达到这一目的的最佳手法。以意象构成的画面和情境,作为象征,既能避免沦为"标语口号",又能达到呼唤群体性的目的。这就是艾青抗战诗歌中象征手法不断强化的真正原因。

与《大堰河——我的保姆》相比,《北方》和《雪落在中国的土地上》在艺术上的最大区别,就是从单一的自我抒情变成主观抒情与客观画面的融合,而且是以客观画面为主,主观抒情为辅。

《雪落在中国的土地上》共有六个客观画面。诗人在这六个画面中,融合了主观的抒情,形成了客观场景与主观抒情相结合的抒情诗结构。这六个在抗战初期中国土地上发生的有代表性的悲剧画面,极大地震撼了国人的灵魂,再加上叙述者以"雪落在中国的土地上/寒冷在封锁着中国呀"为悲怆的主旋律,不断重复,所以,在当年的抗战初期,产生了巨大的影响。

如果说,《雪落在中国的土地上》的六个画面,是蒙太奇式的拼接;那么,《北方》却是由几个画面融合成一个完整的情境。艾青以"北方是悲哀的"作为这首诗的基调,把几个画面融成一个浑然天成的大情境,成为整体的象征。诗的后半部分是诗人面对"悲哀的北方"的抒情,但这抒情不是自我情感的抒发,而是对广阔的北方土地上曾经发生过的民族苦难历史的缅怀和思考。这样,"北方"大场景的空间感,就与"北方"悠久的历史时间感相结合,形成一种时空大结构,具有雄浑、厚重和悲慨的艺术力量。所以,有人称《北方》具有民族特征的现代史诗感。《北方》这种大手笔,显示了艾青作为大诗人,对大时空和大情境的想象和驾驭能力。

艾青这两首名篇问世后,中国的抗战形势发生了很大的变化,全国抗战的呼声日益高涨，抗战时代所需要的"群体性呼唤"的审美需求，更加强烈也更加迫切：要求诗歌能激起国人抗战必胜的希望，以及献身于民族救亡的斗志和战斗。1938年4月，艾青在武汉，受到"武汉保卫战"的巨大鼓舞，写出了充满光明的长篇抒情诗《向太阳》。从中我们可以看出，抗战的时代审美需求，是如何影响诗人的艺术创造。

表面上看，《向太阳》的"我"发生了巨变，由"旧我"这一个"不论白日和黑夜/永远的唱着/一曲人类命运的悲歌"的诗人，变成了"新我"，一个"我向太阳"的歌唱光明未来的诗人。而引起诗人这种心理巨变的是全民抗战不断高涨的现实。诗人的"我"是"小我"，是陪衬。"小我"看"大我"——抗战的群体——则是目的。充分表现士兵、工人和少女的抗战场面，成为《向太阳》的重点。

其二，为了表现工农兵抗战的场面，长篇抒情诗《向太阳》融入了一些叙事因素，并且第一次采用了分场景的叙事结构。整首诗从"我起来"，然后"上街"，看到太阳下的各种各样的抗战场景，最后，以"我向太阳"结束，形成一个完整的叙事结构，使长篇抒情诗有个坚实的叙事基础。

但《向太阳》是现代抒情诗，它还是以抒情诗句法为主的。具体而言，不是单一的诗人主观抒情，而是有"各种声音"的：如第七节的"在太阳下"，先是插入少女们的歌唱，接着又插入工人们的"呼声"，最后又融入士兵们的"心声"。这是"戏剧化"，其目的是为了表现抗战时代审美所需要的"群体性呼唤"。也正是这些写实的抗战场景，才使得《向太阳》前面的"日出"、"太阳之歌"、"太阳照在"这三节的浪漫抒情得到了适当的艺术调和，而不显得太"飘"、太"虚"。

"向太阳"作为一种追求抗战光明前景的象征，把全诗"各种声音"和"各种意象"都统一起来，成为中华民族全民抗战——"群体性呼唤"的大象征，所以具有巨大的艺术力量。

《向太阳》的"群体性呼唤"，虽然融入了"新诗戏剧化"的某些手法，但它毕竟还是抒情诗，并且在艺术上已达到极致，有的篇章的抒情，已经接近于"标语口号诗"。也就是说，必须另拓新境。于是，艾青选择了叙事诗。

从以上的梳理中，可以看出：艾青抗战时期的抒情诗，已经出现了与"新诗戏剧化"相融合的探索和创造。但由于抒情诗的主观情感，与"戏剧化"客观性的矛盾，难以调和，艾青才选择叙事诗，才有后面在叙事诗中采用"新诗戏剧化"的新突破，把叙事与抒情相融合，最终在叙事诗体中，开拓艺术的新天地。

三

下面讨论艾青三首长篇抗战叙事诗：《吹号者》（1939年3月末）、《他死在第二次》（1939年春末）和《火把》（1940年5月）。

《吹号者》虽然是叙事诗，但还保留着抒情诗向叙事诗过渡的特点：是在叙事中抒情。

艾青抗战叙事诗的基本特质，就是不同与于以传奇故事为情节的传统叙事诗；它是以一个个相对独立而又内在联系的场景为结构。如果说，追求传奇性，是传统叙事诗的一种纵向结构；那么，艾青抗战叙事诗则是以一个个场景的横向展开结构，构成一种时间关系，类似多幕剧的场景。这种以场景转换为主的叙事诗结构，就是"戏剧化"在结构中的运用。在每一个场景中，把表现抗战生活的的客观性和间接性，与"群体性呼唤"的抒情融合在一起。

因为场景成为艾青叙事诗艺术创造的中心，而场景的转换要靠叙述人称的不断变化而实现，所以，叙述人称的转换和变化，就成为叙事诗"戏剧化"的重要手段。

《吹号者》分为五节，第一节"起床"，用第三人称"他"叙述，是客观角度的叙述，但又有变化。第一节第二段："他睁开了眼睛的/在通宵不熄的微弱的灯光里/他看见了那挂在身边的号角"。在这段中，诗人通过对吹号者的"他"的强调，把原来客观叙述角度的"他"，悄悄转为吹号者"他"的眼睛。因为从吹号者眼睛来看他心爱的号角，可以表达更强烈的情感，这实际上是人物视角的叙述：

　　号角是美的——
　　它的通身
　　发着健康的光彩，
　　它的颈上
　　结着绯红的流苏。

接下去，又悄悄转回客观的叙述视角，虽然也用"他看见"，但那一段关于黎明的壮美抒情，不是军队号手眼中所能感悟的，而是叙述者看到和感到的充满诗意的黎明抒情：

　　他走上了山坡，
　　在那山坡上伫立了很久，
　　终于他看见这每天都显现的奇迹：
　　黑夜收敛起她那神秘的帷幔，
　　群星倦了，一颗颗地散去……
　　黎明——这时间的新嫁娘啊
　　乘上有金色轮子的车辆
　　从天的那边到来……
　　我们的世界为了迎接她，
　　已在东方张挂了万丈的曙光……
　　看，
　　天地间在举行着最隆重的典礼……

第一节，实际上是采用小说的叙述方法，根据内容不断变换，进行叙述的转换，从而把叙事和抒情融为一体。

第二节"吹号"，依然是第三人称，但所用的是抒情句式，散发着清新的诗意，虽然也是用排比句，但意象的并列组成了一个完整的画面。（青年穆旦也喜爱这段抒情，并在诗评中加以引用）：

　　林子醒了
　　传出一阵阵鸟雀的喧吵，
　　河流醒了
　　召引着马群去饮水，
　　村野醒了
　　农妇匆忙地从堤岸走过

这就是叙事诗的抒情性，使《吹号者》具有隽永的诗意。

第三节，是部队开赴前线，有关道路和行军的叙述。叙述人称转为"我们"——复数的第一人称。第四节，士兵们在战壕待命，同样是用"我们"叙述：

　　今日的原野呵，
　　已用展向无限去的暗绿的苗草
　　给我们布置成庄严的祭坛了；
　　听，震耳的巨响
　　响在天边，
　　我们呼吸着泥土与草混合着的香味，
　　却也呼吸着来自远方的烟火的气息，
　　我们蛰伏在战壕里，
　　沉默而严肃地期待着一个命令……

为什么叙述人称要从客观的"他"转为"我们"而不是"我"？第三人称的"他"，是一种客观的叙述；"我"只是个人的抒情；"小我"必须融入"大我"，成为抗战群体，也就是"我们"。"我们"（"大我"）才能发出抗战时代所需要的"群体性呼唤"，让读者强烈地感受到群体追求光明的波澜壮阔的力量。

这就是艾青的创造：通过不同场景、不同的叙述人称，即把客观的叙述人称与主观的叙述人称,很自然地融合在叙事诗的结构中,并灵活转换。这样既有客观的场景,也有主观的抒情,巧妙地化解了"戏剧化"的客观性和间接性,与"群体性呼唤"主观性和抒情性的艺术矛盾。

第五节,写吹号者在冲锋中牺牲,也是用"我们"来叙述,强调"抗战群体"对吹号者的赞颂和悼念。

最后一段,诗人为了调节"我们"过于直露的抒情,采用一种"戏剧化"的间接处理,换成较为客观的叙述视角:

在那号角滑溜的铜皮上,
映出了死者的血
和他的惨白的面容;
也映出了永远奔跑不完的
带着射击前进的人群,
和嘶鸣着马匹,
和隆隆的车辆……
而太阳,太阳
使那号角射出闪闪的光芒……

听啊,
那号角好像依然在响……

这真是神奇的想象,虽然吹号者牺牲了,但艾青通过铜号的间接"反映"——映照出死者的血和惨白的面容,和前进的士兵、嘶鸣的马匹和隆隆的车辆……用一种客观化的手法,写出吹号者的"冲锋号"所激发出的惊天动地的群体力量。

《吹号者》淡化故事情节,强化场景,其目的就是淡化叙事诗的传奇性,突出时代性:呼唤群体追求光明的理想和力量。淡化情节,强化场景的另一个作用,就是有利于象征的呈现。这里有戴望舒的影响,但又不同于戴望舒《寻梦者》和《乐园鸟》的明朗单纯中带着忧愁迷惘的整体象征;《吹号者》则是充满着光明激情和理想力量的整体象征。

戴望舒所写的是抒情诗,而《吹号者》则是叙事诗。作为叙事诗,如果单单有整体象征,还不够,还需要现实生活的诸多场面。其实,对场景的重视,也是英美现代派诗歌的基本特点。艾略特说:"用艺术形式表现情感的唯一方法,是寻找一个客观对应物;换句话说,是用一系列实物、场景、一连串事件来表现某种特定的情感;要做到最终形式必然是感觉经验的外部事实一旦出现,便能立即唤起那种情感。"④

也就是说,场景就是一个大的"客观对应物",这种写实的"客观对应物",同时又是隐喻。英美现代主义诗歌就是用这种客观化的对应物所产生的多义隐喻,代替浪漫主义主观、单一的意象象征。

《吹号者》的象征,不是浪漫主义主观化的意象象征,因为其写实场景具有现代主义的"隐喻"暗示功能,如号手黎明起床吹号的写实场景;但又具有浪漫主义意象象征的明朗,如"吹号者"的主题性意象,并没有英美现代主义诗歌隐喻的晦涩。这种艺术的选择,也是抗战时代的审美需要所决定的。所以,艾青叙事诗的主题性象征:吹号者、黎明、火把,都是明朗、朴素的意象,内含"呼唤性"的力量。

总之,艾青叙事诗既有呼唤性的主题象征,又具有场景的写实隐喻,正是这两者的融合,使艾青叙事诗达到了新的艺术高度。

四

《他死在第二次》仍然保持着《吹号者》以场景变化为转换的发展结构,但不同的是:《吹号者》多用叙述者的视角,保持着抒情诗的叙述特点;而《他死在第二次》则是不同场景,采用不同的叙述人称,较多地采用小说人物的叙述视角。这种角色的叙述,"戏剧化"更加明显。其目的,不是讲传奇性故事,而是注重表现人物心理：一个伤兵，在医院治疗和重上战场过程中的心理变化。

青年穆旦欣赏《吹号者》，但更喜欢《他死在第二次》。他在诗评中说："……然而《他死在第二次》却超过了画面，而且有着更深层的立体的表现。在这首诗里我们很惊喜地看出了作者更多的才能。""作者在心理刻划上，使我们联想到了Herry james 和 Marcel Proust 在小说所用的手法，——以各种不同的场合中，出了更贴近真实的、主人公的浮雕来。很明显地，这种手法是比一切别的心理描写都更忠实于生活的。"⑤

《他死在第二次》第一节"舁床"，是用第三人称"他"叙述，以一种庄严的调子，讲述伤兵负伤后被抬回后方。

第二节"医院"，叙述人称变为复数的第一人称"我们"。其实是伤兵的"内心独白"，也可看成是伤兵群体的"内心独白"。因为"内心独白"具有普遍性，不是某个伤兵的独特情感经历。

第三节"手"，也是伤兵的"内心独白"。此节艺术上很精采，曾受好评。以来自农村伤兵的独特感觉和眼睛，来看美丽文静的护士。这是从人物视角来写的好处，能充分表现人物的独特体验。它所表达的是一个生命的感觉，是对伤兵的生命复活感的精确传达。这种小说化的技巧，不仅生动、真实，而且因为叙述者暂时隐去，能充分体现"戏剧化"的客观性和间接性。

第四节"愈合"，叙述人称又变为第三人称的"他"，是客观叙述，但紧贴着人物的心理来写。第五节"姿态"，第六节"田野"，第七节"一瞥"，叙述基调基本一致。这四节以不同的场景，表现愈合后的伤兵准备重上战场前的心理变化：从最初受伤的痛苦，逐渐恢复到作为抗战士兵为国而战的光荣，以及保家卫国的责任和义务。在写法上，也有变化，第三节"田野"，充满着乡土的抒情，因为伤兵来自农村，走到田野，犹如走向故乡，充满着喜悦。

第七节的"一瞥"，虽然名曰"一瞥"，其实极具心灵的震撼力，当愈合的伤兵，在公园门口看到另一个残废的伤兵在讨乞时，内心受到强烈的震撼：

让我们再去战争吧
让我们在战争中愉快地死去
却不要让我们只剩下了一条腿回来
哭泣在众人的面前
伸着污秽的饥饿的手
求乞同情的施舍啊！

虽然是用"我们"，但却是这个伤兵的"内心独白"。至此，愈合后的伤兵，已经完成了心理变化，既治愈好了肉体的伤口，也医治好了心灵的暗伤，重新激发起斗志，准备重上战场。于是，就有了第八节的"递换"。脱下绣有红十字的伤兵服，换上草绿色的军装。

第九节"欢送"，转为复数的第一人称"我们"，是群体性的"内心独白"。这就是抗战时代审美需要的"群体性的呼唤"。通过这种宏大、激昂的群体性呼唤，召唤国人加入抗战的洪流。

但耐人寻味的是，艾青为什么要在第九节的"群体性呼唤"之后，又插入第十节"一念"？

这一节，不仅在结构上显得有些突兀，而且特别引人关注，曾经招来不少批评。批评者认为："一念"，作为伤兵的"内心独白"不真实，因为其中有不少是对生死的哲理性思考，一个来自农村的伤兵，不可能有这样的心理活动。

我以为，如果把"一念"看作是叙述者的"内心独白"，很多指责也就不复存在。"一念"是叙述者的独白和思考，它区别于第七节的"一瞥"。"一瞥"是伤兵的"内心独白""一念"则是在"一瞥"的基础上，对生死进行更高层次的思考，是叙述者的思考，叙述者也是诗中的一个角色。（伤兵当然不可能有这样的哲理性思考，艾青自然是清楚的，他不可能犯这样的低级错误。）叙述者的思考，不完全等于是诗人的思考，它是在诗的语境中所引发出来的思考。

在"一念"中，先是叙述者自问："你可曾否知道的/死是什么东西？"后又转为"我们"的叙述：

当兵，不错，
把生命交给了战争
死在河畔！
死在旷野！
冷露凝冻了我们的胸膛
……
——那么，我们为这而死
又有什么不应该呢？

这一段内心独白，表面上看，好像是伤兵的独白，其实不然。在抗战时期，艾青曾经把自己看成是以笔为枪的士兵，写诗就是上战场。⑥

在诗的语境中，叙述者就是把自己当作是士兵，所以，用"我们"的复数叙述人称。如果把这一节看成是叙述者以士兵的身份，对生死所作的思考，就说通、说圆了。

从结构上讲，也正是有"一念"的插入，《他死在第二次》的结构就从平面变成立体了。"一念"与"一瞥"构成呼应，而且是一种对比和深化，是两个层面。

如果把"一念"这一节去掉，直接从"欢送"到第十一节"挺进"，也是可以的。而且从表面上看，这样处理似乎更连贯自然。因为这两节，都是用"我们"的"群体性呼唤"："挺进啊，勇敢啊！/上起刺刀吧，兄弟们/把千万颗心紧束在/同一的意志里：/为祖国的解放而斗争呀！"

但是从艺术效果看，则明显激昂有余，深沉不足，过于直露。这其实是艾青抗战叙事诗的一个重要变化：在"群体性呼唤"中，融入"个体性思考"，对抗战中个体命运和个体死亡的关注，在更高的哲理层面上进行思考。换言之，"群体性呼唤"是表现抗战时代，而"个体性思考"则是超越时代，两者的融合，使艾青抗战叙事诗不会沦为"时代传声筒"，具有更加永久的意义和价值。

从结构上讲，"一念"与最后一节"他倒下了"的士兵死亡，是"个体性思考"的内在呼应和连续。为抗战而死，对士兵而言，虽然是义务、是责任，也是光荣的，死得其所；但对个体生命而言，却是悲剧性的。作为无名英雄，很快就被人遗忘了，这就是战争的残酷现实。因为有了"一念"的过渡，诗的结尾，就把读者从"群体性的呼唤"，引向"个体性的思考"：

在那夹着春草的泥土
覆盖了他的尸体之后
他所遗留给世界的
是无数的星布在荒原上的
可怜的土堆中的一个
在那些土堆上
人们是从来不标出死者的名字的
——即使标出了
又有什么用呢？

同样是死亡，是为国捐躯，《他死在第二次》中伤兵的死亡，与《吹号者》号手的死亡，两者的艺术表现大相径庭。《吹号者》强调的是：号手的牺牲，对士兵们和大众是一种巨大的激励作用，诗人是着眼于个体在群体中的意义；而《他死在第二次》虽然也强调个体参战对国家和民族的意义，同时又关注个体的生命，思考在抗战时代个体的悲剧命运及其价值。

但是，这样超越抗战时代的深刻思考，在当年却受到不少批评，以至艾青不得不违心地辩解："《他死在第二次》因为写作时间很久，时写时缀，所以全诗不能统一，有几段并且连格调都不一致，（如《一念》、《挺进》）所以我自己并不喜欢。"⑦

如今，七十多年过去了，以现在的眼光看，正因为《他死在第二次》有对个体悲剧命运的思考，比《吹号者》的思考更深刻，才对今天的读者有意义和价值；因为它超越了抗战题材，具有人性的永久意义。

也许还有人会以现在的眼光，认为删去第九节的"欢送"和第十一节的"挺进"，减少标语口号的内容，全诗就更显精纯。但是，当年的抗战时代却需要这样的"群体性的呼唤"。在民族救亡的紧急关头，诗人响应时代的审美需要，是第一要务。而且艾青把"个体性思考"，作为"群体性呼唤"的一种补充，一种深化。这在今天看来，也许是不必要，但在当年却是必须的，是唯一而正确的明智选择。

作为一个大诗人，艾青高于田间的地方，就是他不仅有像田间那样表现抗战的精神，而且还有超越时代的独特思考，以及"新诗戏剧化"的探索。对抗战时代个体生命和悲剧命运的关注和悲悯，也是艾青抗战叙事诗到今天仍然没有被遗忘的重要原因之一。

庆幸的是，《他死在第二次》"不合时宜"的"个体性思考"，在《火把》中又再次出现。

五

《火把》的构思，始于艾青看到桂林火把大游行所引起的心灵震撼。那千千万万支火把，照亮黑夜的壮观景象，是最能表现"群体性呼唤"的光明象征。但耐人寻味的是，艾青并没有把"火把大游行"，写成气壮山河的抒情诗；而是对"火把大游行"采用"戏剧化"的艺术处理，写成对话体和抒情体相融合的诗剧。

《火把》延续了《他死在第二次》的"群体性呼唤"与"个体性思考"相融合的思路，在结构上把"群体性呼唤"作为高潮，放在中间部分；而把"个体性思考"作为贯穿全篇的叙事发展线索。《火把》构思的巧妙在于：如果全部内容都是用抒情诗来歌颂火把大游行，虽然能表现出强烈的"群体性呼唤"，但很可能成为"时代的传声筒"；所以，《火把》的"戏剧化"，就是采用叙事诗，以一个比《他死在第二次》的伤兵更真实更具体的女青年唐尼为主人公，重点写抗战的火把大游行是如何影响她的恋爱和心理。和《他死在第二次》一样，个体在抗战时代的独特命运，是艾青关注和思考的重点。所以，《火把》没有采用比唐尼更有革命觉悟的李茵或克明为主人公，而是以一个恋爱胜过抗战的19岁的商人女儿唐尼为主角，并以她的眼光为视角，来看抗战的火把大游行。唐尼这种对抗战若即若离的态度，正好表现"戏剧化"所追求的客观性和间接性。

英美现代主义诗歌为了表现客观性和间接性，采用诗剧曾一度成为热点。《火把》也是诗剧，但不是采用正宗的诗剧形式，如郭沫若《女神之再生》、《湘累》，而是另辟蹊径，借鉴《圣经·雅歌》的对话体。在新诗前期，《雅歌》为一些诗人所喜爱，并产生一定的影响。

《雅歌》，是人类最古老的爱情诗，是用一对相爱中的青年男女的对话体而写成的。如《第五章·良人暂别佳偶》（译诗为散文诗体）：

1、我的妹妹，我的新妇啊！我进了我的园中；我采了我的没药与香料；我吃了我的蜂房与蜂蜜；我喝了我的酒和奶。朋友们！你们要开怀吃喝；亲爱的啊！你们要不醉无归。

2、我身虽然睡卧，我心却醒。这是

我的良人的声音,他敲着门说:"我的妹妹,我的佳偶,我的鸽子,我的完全人哪!求你给我开门;因为我的头满了露水,头发给夜露滴湿。"

3、我回答:"我脱了外衣,怎能再穿上呢?我洗了脚,怎能再弄脏呢?"

4、我的良人从门孔里伸进手来,我的心因他大为激动。

5、我起来,要给我的良人开门;我的两手滴下没药,指头滴下没药,滴在门闩上。

6、我亲手给我的良人开门,我的良人却已转身走了;我发现他走了,差点昏倒;我到处找他,却找不见,我呼叫他,他却不回答。

《雅歌》这种隐去诗剧场景说明、人物对话前的标明,只剩下人物的对话,并且在极其精炼的对话中叙事和表达人物心理的高超技巧,为《火把》所师法,因为它更适合从对话体到抒情体的转换。(艾青的诗歌创作,深受《圣经》的影响,《圣经》中译本的语言,对艾青的诗歌语言产生很大的影响,可惜还缺少这方面的研究。)

《火把》虽然借鉴《雅歌》的对话体,但又不像《雅歌》那样展示男女主人公恋爱过程。《火把》的重点不是讲爱情,而是讲述抗战对青年们恋爱的冲击和影响所引发的"时代心理"。《火把》对话体,不是以恋爱双方的唐尼和克明为主,而是以唐尼与女友李茵的对话为主。其二,作为抒情诗的《雅歌》,没有分场景;而作为叙事诗的《火把》则分场景,有一个唐尼离家,到街上,再到会场,看演说,参加火把大游行,到游行结束后回家的叙事全过程。所以,有的研究者称为"叙事诗剧"。

《火把》第二节"街上"和第三节"会场",是以唐尼的眼光和口吻讲述的,体现了一个十九岁少女涉世未深的单纯和清浅。但是,如果整首诗都是以唐尼的视角来讲述,却很难表达千千万万民众火把游行的大场面,很难表达抗战时代所需要的"群体性呼唤"。于是,《火把》就出现了诗体的变化:第一节至第三节,是采用对话体;第四节至第九节,则变为抒情体,直接抒发抗战时代的"群体性呼唤"。

第四节的"演说",第五节的"给我一个火把",第六节的"火的出发",第七节的"宣传卡车",都是直接写火把游行的主要场面,都是从叙述者的视角,即"大我"——"我们"来叙事,来抒情:

把火把举起来
把火把举起来
把火把举起来
每个人都举起火把来
一个火把接着一个火把
无数的火把跟着火把走

……

让我们的火把的烈焰
把黑夜摇坍下来
把高高的黑夜摇下来
把黑夜一块一块地摇坍下来

第十节到第十八节,又回到唐尼与李茵的对话体。表面上看,中间六节,虽然没有写唐尼,实际上是暗示唐尼参加并亲眼目睹了火把大游行后,并在李茵的劝说下,心理上产生很大的震动和变化。艾青写《火把》,就是希望有更多的青年,能像唐尼一样,从个人的小小悲欢中超越出来,积极参加到抗战的洪流中去。

所以,《火把》是以对话体为主,以抒情体为辅。或者说,是对话体与抒情体的混和。在结构上,我们又看到与《他死在第二次》一样的艺术构思和调和:以戏剧化的对话体,来表现"个体性思考",以抒情体表现"群体性呼唤"。

《火把》这种独创性的对话体与抒情体相结合的叙事诗剧，在当年引起了极大的反响。在重庆发表之后，不断被朗诵和上演，受到社会各界和广大读者的欢迎。

当然，以今天的眼光来看，《火把》中间这六节抒情体的"群体性呼唤"，显得过于直露，特别是其中的第七节"宣传卡车"，是太明显的宣传口号（像余光中所批评的那样）。假如删去了中间这六节，《火把》的艺术会更纯粹和完整。但在抗战的当年，假如作这种的删节，肯定无法为诗界和广大读者所接受。比如，艾青当年所写的那些"山林诗"，曾遭到诗界的不断批评。这就是当代诗歌研究所必需的"历史之同情"。

六

新诗早期，冯至的叙事诗，人称"独步"。如《吹箫人的故事》（1923年），《帷幔》（1924年），《蚕马》（1925年），都是用抒情体来讲述历史传奇性的爱情故事。

艾青早期创作也是如此：1933年写的叙事诗《一个拿撒勒人的死》，是讲述基督被钉死在十字架上的故事；《九百个》，是讲述陈胜吴广的农民起义，都是写历史的传奇。艾青叙事诗写作的尝试，可以看出传统叙事诗对他的影响，其艺术独创性还不明显。

艾青这三首抗战叙事诗，与前期叙事诗最大的差别，就是放弃了历史传奇性，而写抗战的现实生活。从《吹号者》到《他死在第二次》，再到《火把》，越写越现实，越具体。《吹号者》还只是一个象征大于写实的故事。"吹号者"和《他死在第二次》中的"伤兵"，都没有名字：前者是一种类的象征，后者是代表了抗战中为国牺牲的千千万万名的无名英雄。《火把》却更加写实，主人公唐尼不仅有名字，而且个性鲜明，是一个游离于抗战时代，专心恋爱但又受到抗战时代感召，向往进步的十九岁女青年。

从艺术上看，《他死在第二次》和《火把》，最大的创新是不仅表现了抗战时代的火热生活，而且以小人物的心理变化为主要内容。小人物的"时代心理"，成了叙事诗表现的中心，这在艾青以前的叙事诗中是没有的。这不由让我们联想起艾略特的现代诗，同样是对人物时代心理的重视。

这种对人物时代心理的重视，表现在结构上，就是压缩时间，扩大空间。如《吹号者》只写一天，《火把》是一晚，《他死在第二次》也不过数月。与传统叙事诗长时段的历史叙事相比，艾青抗战叙事诗的时间都很短。纵向的时间短了，才有利于结构的横向展开，集中笔墨对场景进行叙述和刻画。

值得注意的是，从《吹号者》、到《他死在第二次》，再到《火把》，表现出从叙事诗再到诗剧的走向，与西方现代主义诗歌的发展有相似之处，但艾青没有直接从西方现代主义诗歌中借鉴手法，而是从新诗的戏剧化传统，从法国后期象征派、以及《圣经》中吸取营养，不仅同样达到"新诗戏剧化"的艺术效果，而且根据抗战时代的审美需要，融入"群体性的呼唤"，和"个体性思考"，表现出一个大诗人的天才创造力。

1941年艾青去延安后，对叙事诗仍然情有独钟，根据听来的故事，写叙事诗《雪里钻》，内容是一匹战马的传奇。叙事诗《吴满有》，是通过采访，写一个劳模的事迹。1953年写叙事诗《藏枪记》，1954年写叙事诗《黑鳗》，都是根据听来的故事而创作的，并且采用民歌体。这四部叙事诗的创作，由于完全脱离了抗战叙事诗的艺术探索道路，都不成功，也可以说是失败之作。

正因为这样，艾青这三首抗战叙事诗，才更加弥足珍贵，在20世纪新诗史上堪称独步。它们与抒情诗《北方》、《雪落在中国的土地上》和《向太阳》,再加上1941年写的《旷野》,共同构成抗战诗歌——雄浑悲壮而影响深远的"艾青时代"!

注释:
① 《穆旦诗文集》第二册,人民文学出版社2006年,第48页至58页。
② 《穆旦诗文集》第二册,人民文学出版社2006年,第54页。
③ 袁可嘉:《论新诗的现代化》,三联书店,1988年版,第21页。
④ 转引自孙玉石:《中国现代主义诗潮史论》,北京大学出版社1999年版,第420页。
⑤ 《穆旦诗文集》第二册,人民文学出版社2006年,第50页。
⑥ 程光炜:《艾青传》,北京十月出版社1999年版,第190页。
⑦ 转引自骆寒超:《艾青评传》,重庆出版社2001年版,第127页。

渺小的伟大　卑微的高贵
——评伊甸的《黑暗中的河流》

⦿ 陈　卫

　　由于媒体传播与印刷技术的提高，近百年来发表或传播的中国新诗，数量上恐怕不比中国古代少了。但是，并非每首诗都能抓住你的心，有时你甚至会感觉我们生活在一堆语言的泡沫和空洞无边的幻想中，乃至你会从那样的文字中产生厌恶，要求对分行文字的屏蔽。可是你不能否认，我们的大地上，还有着一群为诗歌吸引并喜欢诗歌的人，他们渴望在有限的文字里，最大限度地表现出广大辽阔的天空和富有勃勃生机的大地。这时，诗歌就是一艘快艇，能迅速驶入人们的内心，打开紧锁的内宇宙，把我们的肉眼无法看见的感受，用文字铭刻在我们的记忆里，时时提示着真善美。

　　浙江诗人伊甸，曾做过工，当着老师。1980年开始发表诗作，1984年就读湖州师专，担任远方诗社的首任社长。1986年参加了《诗刊》社的第六届青春诗会，出版过《石头·剪子·布》、《疼痛和仰望》、《别挡住我的太阳光》等诗文集。

　　今天读他的诗，你会发现，他的诗已渐渐远离了八九十年代的主要风格，他既不偏爱宏观大气，也不迎合主流或反主流的某些意识，他的诗，格局似乎不大，着意写小人物及小人物的感受，而诗心胸又较宽，为大地、天空、人类而写。他在诗中热切地表现出自己对外在人事的关怀，又隐藏着与世相距甚远的深深寂寞感。

一、渺小而卑微——小人物为中心

　　《黑暗中的河流》是伊甸2012年出版的新诗集。在这本诗集中，容易感动读者的诗篇无疑是描写小人物的诗篇。如《失踪的坟墓》，有一定的自传色彩，描写诗人的祖母。初读此诗，很容易让人联想起艾青的《大堰河——我的保姆》。艾青的诗歌描写了他的乳母艰忍的经历和乐观的精神，表达对社会的不满，在主题上，伊甸的诗歌有近似处，但他书写的是另一个时代，我们称之新时代：祖母去世，却没有自己的坟墓。在中国农村，没有坟墓意味着死无葬身之地，丧失做人的尊严。一位老人，她的尊严何在？诗中没有特别解释祖母没有坟墓的原因，只说"她静静地睡在故乡的东山上——不，是我的故乡，她的异乡"——她是一个失去故乡的老人。没有亲人用"眼泪、花圈和纸钱来打扰她"——祖母埋下，没有墓碑，找不到坟墓，所以，诗人表示，只能把复活的青草当作祖母。"大地上的青草无边无际，哪一棵在乎/生或者死，被纪念或者被遗忘？/它们的谦卑和默默无闻，使世界变得高大"。正因世界上有很多祖母以及青草一般遍地默默生存的渺小而谦卑的普通人物，才映衬出我们这个世界的高大与辽广。

伊甸的诗歌写作就像一根富有张力的弹簧，想要展开，先行压缩，使世界的景观积聚到某一点，在拉开中使读者看到，很多事物都不是单独存在，而是相对性的印证。由此也看到，与多数青春年少，想象力丰富而持极端写作态度的诗歌写作者不同，在诗歌思维中，伊甸不是从A到Z，也不是从A到B，他选择了一分为二，A到B-或B+，辩证的诗性思维，不偏不倚的抒情与分析，使诗歌充满了宽容、圆熟之感。

伊甸的诗歌思维特点也能从诗集的每辑命名中看到。每集题目都设有一个二元性而非二元对立性命名：歌唱或者流泪，纪念或者遗忘，祈祷或者呻吟，死去或者复活。这些辑子的命名，单看是两两为不同的人生状态组合，合起来看，又为人生的大体存在状态。为他人或为自己的命运歌唱或者流泪，祈祷或者呻吟，为了一些快乐或不快乐的事，选择纪念或者遗忘。在人生经历中，有的人死去，有的人以精神的方式复活。

伊甸关注小人物，也关注自然。同样如此，他常常借自然当中一些不起眼的自然物或现象，表现微小事物（小人物）的生存状态。如《薄雪》。雪是冬天的馈礼，对于热爱自然的人来说，它是纯洁的幻梦。但是，雪又给人们的生活带来不便，它跟随狂风，招来暴雨，交通因它受阻。然而，伊甸不从这些日常生活经验出发，而把它拟作胆小而敏感的人，在冷酷的环境中：

　　战战兢兢栖息在枯黄的草地上
　　仿佛谁轻轻一声干咳，它们就会一齐飞走

　　它们过于单薄的衣衫藏不住秘密
　　它们过于轻盈的躯体承担不了庄严的使命

　　它们羞怯地微笑着，仿佛做错了什么
　　它们随时准备以缩小自己的方式来道歉和感恩

　　它们专心致志地倾听万物的言说
　　它们不欢呼，不反驳，像大地一样冷静

　　但它们的内心—那明亮的水
　　开始小心翼翼地反射万物的色彩

诗歌借物抒情，将雪拟人拟物化，在阅读中，我们仿佛读到的不是飘落的大雪，而是命如纸薄的卑微者，它们装点着世界，可是它们只存在瞬间，这瞬间的价值，却不为人重视。突出卑微者的卑微，实际上是诗人想把卑微者的卑微放大，以此获得读者的尊重。

伊甸笔下的许多意象都选择了像薄雪那样凡俗而容易被忽视的意象，它们被赋予小人物特征，再如《红苹果》，《小小的青草》等。说起小人物，我们容易想起小说家契诃夫、果戈里、巴尔扎克、托尔斯泰、陀思妥耶夫斯基等人的作品，他们常常在具有讽刺性的叙事性作品中把小人物身上的一些缺点放大，但也不完全忽略他们身上洁白的品性和尚存的人类良心。又如中国现代作家鲁迅笔下的阿Q、祥林嫂等，也都是小人物，生活贫困者，胆小或自大，然而普遍还有着善良的品性。这些文学作品中的小人物并不是恶的化身，他们在底层辗转时，都还残留着一丝人性的光，所以鲁迅等作家会在批判小人物之余，表示些许同情，"哀其不幸，怒其不争"。在红色政治写作中，小人物是革命领袖的崇拜者和革命意志的实施者，所以，在特殊年代，小人物形象又被执政党规定为必须是不断进步的高大全形象。因为他们坚信，只有将这些默默无闻的人物身上的亮点发掘出来，代表大多数的这些人，才可能成为推动社会前进的动力。

伊甸的诗写人的渺小，诗歌视角却是物化的，他的诗歌里还有比渺小事物更小的人物，那就是精神状态里存在的"我"。如《发现》："一粒泥土发现了我""一只蚂蚁发现了我"，"一滴露水"，"一片落叶发现了我"。诗歌主体并不一定就是"我"，而是借助"我"在不同的眼睛中，反衬其他的生命的生存，如"一片落叶发现了我 /它等待我用手把它轻轻拾起/而不是用脚践踏，它将用它满身的伤痕/教会我怜悯、感恩和宽恕"。可见，诗人喜欢从大自然渺小的生命里获得认知及感动，并借助他们，表达对微小者的特别尊重和对权威的蔑视。

渺小者各不相同，在诗人那里，他们的命运相通。有时诗人借物比拟人类命运。如《城市里的蝉》，蝉象征着渺小孤独的生存处境："它比谁都清楚自己的弱小和卑微/它甚至不是一条毛毛虫的对手/但它豁出去了/它用身体呼喊，用灵魂呼喊/用心、肺、胃、脾、肾……用每一个器官呼喊/用每一滴鲜血每一个细胞呼喊/它的呼喊是天鹅和杜鹃的绝唱！"

渺小，微小，不能因为形象小或地位低而漠视，卑微者存在，不代表卑贱地存在，它们高贵而严肃，这使伊甸的诗歌书写不因表现渺小而变得小家子气，反而充分展现出以小见大的美学特征和热爱一切万物的人道主义关怀。可以说，在这些诗歌中，伊甸完全颠覆了他这一代人，即出生成长在五、六十年代的主流观念，他放弃对高大全的歌颂，也放弃了七八十年代对国家命运、人类前途的宏大主题，他只歌颂渺小和卑微。

渺小并非是不起眼，无价值的生存体，它有伟大的作为，而卑微并非猥琐，它有高贵的品质。它们常常被人忽略，为人不耻，可是，他们顽强地存在，并用微薄的力量改造这个社会。这种草根性的人生存在，也许是新世纪以来，知识分子在放下精英身份之后，特别关注与肯定的。

二、抗争、隐忍、多疑——人的再认识

伊甸的诗歌并非只有渺小意识而丧失了精英意识。精英意识在他的诗中表现出宗教感。《一个人走进黑暗》就是这样的一首诗。这个要走进"比世界还要大的岩石"的黑暗中的人，不是为了寻求宝藏，而是为了发现"它坚硬和软弱的部分"，"他要用自己最坚硬的部分/去撞击黑暗最坚硬的部分/只要撞出一点火星就够了"。

出于对卑微者的同情，伊甸必然会在诗中表现对权力者藐视的态度。他的诗歌倒不一定像流沙河创作的《草木篇》那样，非得用某种植物来象征某种品质。不是。他用各种意象，你想得到或想不到的。

如《这炎热》这种人体对温度的感受，被诗人写成了一首具有挑战意识的诗。炎热便是人类的假想敌。诗人在各种联想中煞有其事，把热写得刺骨，表现人与热呈现出强者与弱者的关系：

它划伤我们的皮肤时，我们一声不吭
它扎穿我们的肌肉时，我们一声不吭
它捅穿我们的血管时，我们一声不吭

诗人写炎热，也是写像炎热一样的权力：

它刺穿我们的骨头了
它开始践踏我们的骨头
玩弄我们的骨头
它把我们的骨头当泥巴一样
捏成各种可笑的形状

在人与炎热的对抗中，诗人并不盲目歌颂人的力量，而是表现炎热如何改变人自身：

最后，这炎热把我们的骨头彻底碾碎

融化，把我们的骨头变成炎热本身
　　把我们的整个躯体和灵魂变成炎热本身

人为权力控制，最后又演变成权力的迷恋者。诗歌在表现对权力的不满中，很巧妙地借助了人们对抗炎热的感受与表现。

伊甸的诗歌，不仅有歌颂或反抗，还有发现与感知。这一类写作多为哲学命题。如《黑夜中的河流》：

　　我们看不见河流
　　但是它在流
　　我们听不见水声
　　但是它在流

在诗歌中，这条河流无论是被人们赞美、仇恨、发誓忘记，逃开或寻找，气急败坏地吼叫、咒骂、威胁，或是取消、删除，否认它的存在，它都在流。正因为这个"流"，使我们意识到"黑暗中的河流"应该是作者设置的较为复杂的象征系统。它可以是我们看不见，道不明，而能够感知的自然规律，生、死、爱、恨、情仇，或者时间等。

《地》是一首充满辩证描写的诗篇，诗歌伸缩自由地给我们揭示世间的感受与道理：

　　地很大，我们一辈子走不到底
　　地很小，有时我们找不到一寸立足之地
　　……
　　地爱我们，赐我们花朵、家园和四季的风光
　　地恨我们，我们逃不出洪水、荒原和毒蛇的包围

　　地像宝贝一样托起我们
　　也能把我们当废物一样扔掉

伊甸的诗里有着南方诗人的气质。这种气质不仅表现在诗歌的主题选择和诗歌思维的个性化，还能看出，他不是一个毫无主见的诗人。他的诗歌不仅再现世界之美，也呈现出智慧之美。往往，二者在诗中完美地结合在一起。

八九十年前的中国现代诗人徐志摩、戴望舒，他们热衷在诗中表达人性与自然的关系，歌唱爱和美，与此同时又表现出对真的向往。伊甸的诗歌中可以看到这两位同乡仙逝者的诗歌影响，但是，伊甸在表现柔韧与细腻之余，喜欢增添一些叙事元素。因此，他的诗歌不做空洞无物的抒情，也更能洞穿人世，显现人的真实身影。这样一种写作，应相对吸引当今的读者。

《落在铁轨上的雪》写了四种雪的命运，落在雪上的雪，能够拥抱，亲吻，融成一体，这是幸运的雪；落在河里的雪是性子急躁的雪；落在人身上的雪"跟人的命运纠缠，摩擦/互相吸引又互相排斥。它们彼此从对方身上/看到了自己的短暂和轻浮。"伊甸对雪情有独钟，爱写雪。雪是小人物，雪还是人的命运，世人的投影。

伊甸喜欢观察，不仅是雪，还有人间及非真实的人间。在2003到2005年间，他写了七首"看"相关的诗，《看夜》《看梦游人》《看老人慢悠悠地散步》《看雾》《看烛火》《看鬼》《看醉人走路》等。题目虽不感新鲜，对于一位在诗歌世界中行吟许久的人来说，他的描写是新鲜而深刻的。如《看夜》：

　　看他黝黑的皮肤，看他光洁的额头
　　看他的衣服上缀着灯的纽扣
　　——看他闪闪烁烁的虚荣

诗歌用了"夜-灯-装扮的夜客"意象变化来描写夜里的虚妄。

《看梦游人》中写的是一个场景：

他慢慢地起身，神情严肃
像要赴一个庄严的约会
又像思考着重大的事情
他穿上衣服，扣紧纽扣
两只脚轻快地游进皮鞋
很有风度地捋了捋额前的头发
他悄悄打开房门
好像怕惊醒了鄙人
他低着头行走，目中无人
他目标明确，决不左顾右盼

诗歌仿佛在写一个梦境，一位连梦游都一丝不苟的人。他在白日可能过着怎样的生活呢？诗歌通过"我差点喊出声来"，留给读者以思考。

《看老人慢悠悠地散步》想到不要等到老了才慢下来，而是现在就慢下来，看"更多好看的东西"。《看雾》与其说是看雾，不如说是看世界变化，它像"窃贼""豹子""蛇"，"它追上每一个奔走的人，把他们融化/把他们变成雾，让他们爬行，翻滚……"《看烛火》写烛火用"谦卑照亮我们/使我们避免了与黑暗同流合污"《看鬼》中通过想象，把鬼描写成是一个有着奇特长相的形象："我看见鬼的铁青色的额头/弯弯曲曲的皱纹里爬动着一只只蚂蟥/我看见他紧闭的眼睛里钻出一股黑烟"，他有巨大的能力，吹灭世界和人类眼睛中的光亮，"我看见他扮作衣冠楚楚的神/春风得意地来到我们中间"等。《看醉人走路》通过醉话来告诉读者，大地是倾斜的，大地是醉的。只有醉人才能"丢掉帽子、眼镜和沉重的记忆"，反衬出在这个世界上，自以为清醒者却不得不面对谎言生存。在这些诗中，我们看见诗人的眼睛在看，诗人也把观察者的形象传达给我们，如看到了鬼"我看见，但我不敢说出"。人渺小，本值得同情，然而在恶势力面前并不英雄，诗人对他一直以来的主题进行了一次深化。

伊甸的诗歌，相对同时期的其他诗人诗作，有较多对普世价值的思考，如《高过》中所写：

日子高过了岁月
一线星光高过了庞大的黑夜
一棵小草高过了山峰

一只蚂蚁高过了恐龙
一粒泥土高过了宫殿
一缕山沟里吹来的风高过了摩天大楼

这种高，并不是物理上体积大小的比较，而是心理价值大小的比较，来自写作者的个人感受。如果说前一两节由物体体积上比较的话，那么最后三节是对友谊、诚信等普世价值的比较。

一个会心的微笑高过歃血盟誓
一堆寒夜的篝火高过整个夏天
一封信高过天上的云彩

伊甸诗歌中的宗教意识，不单单表现在诗歌中喜用黑暗、光明、灯、婴儿等富有宗教含义的意象，他还偏爱描写献身或牺牲精神。《米》是一首好诗。它被塑造成圣洁形象：

米，就像一个好人的头颅
我们喜欢它朴素的形状和单纯的色彩
它以无言的悲悯注视着
那些短暂的狂欢和永久的饥饿
它献出自己，并非出于
一个殉道者的信念
那是它的命运，它与生俱来的
幸福和痛苦

诗人把米当成大地的儿子，"它从稻壳中走出/披一身薄薄的忧郁"，但是它有存在的价值，"向我的血液输送温度和梦想/它以它的洁白批判人间的五光十色/它以它的渺小否定我的庞大/它的表情如此安详和高贵/仿佛整个世界都在围绕它旋转"。

诗歌中描写人与小说中用故事展开不同，有的采用歌颂的方式，而有的从日常小事件中获得。后一类似小题大做，但在具体的细节描写中，直接揭示人的心理。如《推门》，诗歌写了出家门的"我"，郑重关上门，推了两推，发现门关实了，但转身走开前，还是习惯性地再推。走了几步后，又往回跑，"把门推了一下/推了两下/又使劲地推了第三下"，然而，走了十步之后，又恐慌起来。这类诗歌不一定有普世价值，但是他比较细腻地表达了人的不自信，这种不自信并非来自记忆，来自完全的自我怀疑，也有对社会产生的恐慌，不安全感。渺小、胆怯、多疑，没有安全感，诗人对人再一次自省。

三、知识分子与自我

中国诗歌中向来不缺知识分子形象，无论身在庙堂还是乡土。中国诗歌中的传统知识分子形象，主要有三种：一是屈原类忧国忧民的一种，杜甫、白居易、辛弃疾都可以归为此类。他们显出了国家知识分子的形象。第二种是远离官场，国家，享受田园生活，感受自我情趣的一类，如陶渊明。也有的游离于国家与自我之间，如苏轼，他的诗文更表现出个人情操的高远与达观。

在当代诗歌中，特别是新时期之后，写知识分子的诗歌逐渐从国家与政治的大主题中游离出来，如果说八十年代的知识分子在诗歌中还注意自己的精英形象——大众的人民的精神导师，那么到九十年代的知识分子形象大多表现出市民形象，有悲有喜的情绪，淡化知识身份而突出市民身份。

伊甸也对自己的身份有过思考，他从不隐晦自己的卑微身世。他是一个有不止一个姓，然而又放弃父亲姓氏的人：他的父亲过继，先后有两个姓氏，而伊甸放弃传统的从父姓，选择1982年便开始用的笔名-伊甸，2000年，他的身份证和户口重新用此名登记，成为他的正式名。这个来自圣经典故中的诗名，寄托着人类所向往的乐园，是诗的，也是诗人的。

在伊甸的诗里，并非处处乐园。他写痛苦。《有一种痛苦》："有一种痛苦你无法说出来/你只能嚼碎，咽下去/再嚼碎，再咽下去"我们不一定非要与诗人探讨是何种痛苦，但作为一个不放弃思考，不放弃对社会关注的知识分子，一定都有过这种感受，"你的沉默比滔滔不绝的演讲/说出更多的真理/但这是痛苦，这是嚼碎自己的舌头/咽下去，嚼碎火或冰/咽下去，嚼碎过去和未来/咽下去……这是高高耸立的十字架/这是最后的受难-/你注定不会像耶稣一样复活"。知识分子的痛苦不是劳力者可以言说的肉体之痛，或疾病之痛。这种痛苦是不能说出真相，不能说出结局之痛。

《挖啊挖》可以看作是对知识分子，或写作者形象的直接呈现：

　　他用锃亮或者灰暗的笔尖在白纸上挖掘
　　这张白纸是肥沃的土壤，是神奇的矿藏
　　还是荒芜的盐碱地，他一无所知
　　他使尽全身的力气挖啊挖
　　就像西西弗斯的苦役，永无休止

这是一位不计功利，不论美丑，不论土质软硬都要挖掘的，即便挖出的是"残缺，阴暗，恐惧"，"是奇迹，是祈求，是疼痛"，他都"挖啊挖"，用"骨头、血管、神经挖啊挖"，直到筋疲力竭，化成一粒泥土。

以知识分子的怜悯关怀大地，关怀每一微小的生命，并将每一微小的生命价值放大，思考他的存在与痛苦的根源，是伊甸诗歌的显要特色。不断地自省，为他的诗歌脱去了浮而不实的光环，《我的灵魂看着我》目光沉重。我们习惯用"人在做，天在看"的古话来约束自己与他人，伊甸也是。他认为在阳光下做事，被阳光看，在黑夜里做事，黑夜看着自己，"我在屋子里做的事情/墙壁看着我//我用笔做的事情/时间看着我//我过去做的事情//记忆看着我/我脑子里想的事情/我的灵魂看着我"。

热爱自然的人都渴望读懂万物，与万物交流，作为诗人的伊甸，特别想替万物说出它们的沉默。《说出》中他有许多渴望，是帮助万物：

我想代一棵草说出它被歧视的痛苦
代一缕风说出它无家可归的惶恐
代一片落叶说出它的衰老，它的疾病
代一粒泥土说出它的委屈
——它竭尽全力地奉献
却摆脱不了被践踏的命运

我想代一座大山说出它内心的空虚
代一场雨说出它的精神抑郁症
代变幻莫测的天空说出它的焦躁，它的多疑
代一匹飞奔的马说出它的嫉妒
——它跑得再快
也比不上头顶的狂风和闪电

万物无情人有情。要想万物有情，人类必然有情并移情。替万物言出内心之痛，应该是写诗者的自我之痛。

伊甸拜谒过徐志摩的墓，他由早夭的诗人而想到诗的写作和诗人何为。《西山徐志摩墓里》一诗中，他思考："除了一点温柔，我们还能给这个世界/带来什么？"革命斗争是一个时代留下的记忆，就像有棱角的石头，刺出了人间的血与痛。诗人可以给世界提供另一种东西–温柔。温柔不是软弱，不是脆弱。它是爱，是平等的爱，是世界万物得以生长的环境。诗应该永久地怀有这种温柔。

我们在黑暗中看。在伊甸的诗里看。希望温柔的爱像河流，从我们身上，我们周围经过。

稿　　约

一、欢迎抒情诗、叙事诗、散文诗、诗剧等不同体裁的新诗创作,欢迎诗学理论、新诗史探、个案专论、文本解读、史料钩沉、诗坛掌故、诗人访谈及域外译作。

二、欢迎自由体新诗,也欢迎格律体新诗,尤其欢迎自由格律体新诗。

三、欢迎与新诗建设有密切关系的中国传统诗学、域外诗学专论。

四、抒情诗一般不超过30行,叙事诗一般不超过200行,长篇抒情诗和长篇叙事诗不受此限。

五、来稿文责自负,本刊保留技术性处理权。

六、本刊人手有限,一律不退稿。凡来稿三个月内不见录用通知,作者可另作处理。

七、本刊只收电子稿件,来稿邮箱:
18969025677@163.com

八、联系电话:0571-88083536
　　　　　　18969025677

扫二维码进入《星河》

征 订 启 事

大型新诗丛刊《星河》于2009年创刊,全年四期,国内公开发行,每期定价39元,全年起订。需订阅者请直接和本编辑部联系。

电话:0571-88083536,18969025677

邮编:310012

地址:浙江省杭州市天目山路浙江大学西溪校区内